Andres Muhmenthaler

Koste es, wen es wolle
Ein Aarberger Krimi

Teil 1: Der Geburtstagskrimi
Teil 2: Der schwarze Engel

AF271881

Andres Muhmenthaler

Koste es, wen es wolle

Ein Aarberger Krimi

2. Auflage 2017

ISBN 978-3-9524730-6-1

Satz und Layout	Werner Affentranger
Korrektorat	Marlis Boeschenstein
Druck und Vertrieb	BoD – Books on Demand, Norderstedt
	www.bod.de
Herstellung und Verlag	Publishing Partners GmbH, Biel-Bienne
	www.publishing-partners.ch

Andres Muhmenthaler

Koste es, wen es wolle

Ein Aarberger Krimi

Erster Teil
Der Geburtstagskrimi

1

Genüsslich vergräbt sich Heiri Weber nach dem Erwachen nochmals in den warmen Kissen. Rita hat ihr gemeinsames Nest bereits verlassen. Aus Erfahrung weiß Heiri, dass es jetzt etwa sieben Uhr ist. Längst hat er ihre «senile Bettflucht» akzeptiert, ja sogar schätzen gelernt. Er genießt nämlich das Privileg, als Frühpensionierter liegen bleiben zu dürfen und noch fast zwei Stunden Zeit für sich zu haben. Seit gut einem Jahr begibt sich Rita beinahe täglich auf ihre große Walkingrunde, von der sie erst gegen neun Uhr zurückkehrt. Heiris Aufgabe besteht bis dahin einzig darin, den Tisch zu decken und Kaffee zu machen, was nur knapp fünf Minuten in Anspruch nimmt und ergo fast bis um neun warten kann. Heiri hat es sich zur Gewohnheit gemacht, den Tag mit Musik einzuläuten. Nach dem Aufstehen setzt er sich mit einem doppelten Espresso an seinen Steinway-Flügel. Die Lust am Klavierspielen ist wieder in ihm erwacht. Aus Zeitmangel und auch ein wenig aus Groll seinen Eltern gegenüber, die ihn daran gehindert haben, Berufsmusiker zu werden, hat er während fast dreißig Jahren keinen Ton gespielt. Sein musikalischer Nachholbedarf ist daher riesig. Er hat sich ehrgeizige Ziele gesetzt und will mindestens sein früheres Niveau erreichen. Er genießt es auch, mit Musik sanft in den Tag zu gleiten. Immer wieder staunt er, wie wach und gelöst er dabei wird. Zur guten Laune trägt auch das bevorstehende Frühstück mit Rita bei. Das alte Ehepaar Weber zelebriert dieses nämlich. So gegen elf macht sich Heiri in der Regel auf zu seinem Rundgang mit dem Velo ins Aarberger Stedtli.

Freunde treffen, im Tearoom Steffen Zeitungen lesen und kleine Einkäufe tätigen steht auf seinem Programm.

An diesem Morgen findet Heiri jedoch nicht zum Schlaf zurück. Zu sehr fühlt er sich gedrängt, einen Versuch mit seiner neu erstandenen Begleitstimmen-CD zu wagen. Kaum hat Rita das Einfamilienhaus als «Stockente», wie man im Volksjargon die Walkerinnen mit Stöcken nicht gerade charmant nennt, verlassen, begibt sich Heiri ins Wohnzimmer, legt die CD mit Beethovens Klavierkonzert ein und beginnt, den Solopart zu spielen. Zu seiner freudigen Überraschung gelingt es ihm auf Anhieb, mit der orchestralen Begleitung mitzuhalten. Er spielt sich langsam in einen Rausch hinein und wähnt sich als Solist auf einer großen Bühne. Treffsicher setzt er die mächtige Akkordfolge, bis ihn etwas Feuchtes im Nacken beinahe erstarren lässt.

«Spinnst du, mich so zu erschrecken!», faucht Heiri, in der Meinung, Rita sei vorzeitig heimgekehrt und habe ihn ohne Vorwarnung auf den Nacken geküsst. «Willst du mich umbri…?» Das letzte Wort bleibt ihm im Hals stecken, denn nun kratzt ihn jemand auch noch ganz unsanft am Rücken. Heiri fährt herum und erschrickt erneut, als er den mit dem Schwanz wedelnden und winselnden Hasso entdeckt, der auf den Hinterpfoten steht und wie Espenlaub zittert. «Du kannst doch deinen Hund nicht einfach reinlassen, Paul!», ruft er vorwurfsvoll in Richtung Hauseingang. «Bist du bescheuert?! – Was willst du in dieser Herrgottsfrühe, ich bin noch im Pyjama! Du hättest wenigstens klingeln können!»

Als aber das leichenblasse Gesicht seines Freundes im Türrahmen auftaucht, hält Heiri inne. Etwas Schreckliches muss geschehen sein. Paul wankt durch die Zimmertür und sucht nach entschuldigenden Worten für seinen Überfall. «Du hast die Klingel, es ist…»

«Schon gut, komm, setz dich», erwidert Heiri und führt den völlig verstört wirkenden Freund am Oberarm zum Sofa.

«Hasso, hast du mich erschreckt», sagt er zum immer noch aufgeregt herumtänzelnden Dalmatiner. «Ja, ja, beruhige dich doch!» Heiri tätschelt dem Hund den Hals. «Ja, ja, du bist ein Braver», fügt er an. Aus den Augenwinkeln betrachtet er seinen vor Schreck erstarrten Freund. «Geht es dir nicht gut?», fragt er vorsichtig. «Ist es wegen deiner starken

Medikamente? Ist dir schwindlig? – So sag schon, vor wem hast du Angst? Bist du auf der Flucht?! Warum kommst du zu mir?»

Paul scheint über diese Fragen lange nachdenken zu müssen. «Was – warum?», bröselt er hervor.

«Warum hast du deinen Hund auf mich gehetzt?», fragt Heiri nach, in der Hoffnung, Paul auf scherzhafte Art aus seiner Starre befreien zu können.

«Weiß nicht!», antwortet dieser, «habe es vergessen», und starrt mit weit aufgerissenen Augen an die gegenüberliegende Wand.

Ist Paul nun völlig übergeschnappt? Ist seine Demenzerkrankung schon so weit fortgeschritten?!

«Da hängt einer am Baum! Es ist Jens!», stottert Paul. «Hilf mir! Wir müssen ihn runterholen!»

Heiri zieht den Freund aufs Sofa zurück. «Komm, erzähl mir, was geschehen ist. Wer oder was hängt am Baum? Und wo…?»

«Er hat sich auf der Bargenschanze erhängt. Komm schnell!», drängt Paul, «bevor ihn Kinder entdecken – es ist ein furchtbarer Anblick! Sein Gesicht ist völlig verzerrt. Er trägt einen zerknitterten schwarzweißen Anzug. Warum hat er sich umgebracht? Ist es meine Schuld? Du weißt, wir hatten im Frühjahr einen großen Streit! Gestern ist Traore, sein Geschäftspartner spurlos verschwunden, wie mir sein Vater gemeldet hat, und heute erhängt sich mein Ziehsohn Jens…»

«Hast du die Polizei schon verständigt?», fragt Heiri und greift beinahe instinktiv zum Telefonhörer. «Nein, ich dachte…»

«Schon gut», erwidert Heiri und wählt die Nummer der Polizei. Er meldet den schrecklichen, von Paul zufällig entdeckten Fund und den Verdacht, dass es sich beim Opfer um seinen Nachbarssohn Jens Zesiger aus Bargen handle. Nach Rücksprache mit Paul nennt er auch den genauen Fundort und gibt für Rückfragen seine wie auch Pauls Adresse an. «Ja, *der* frühere Hauptkommissar Weber ist am Apparat, Ihr früherer Kripo-Kollege. Deshalb schlage ich Ihnen vor, dass ich sogleich eine Absicherung der Fundstelle auf der Bargenschanze vornehme und oben mit Paul Krebs auf die Ankunft von Hauptkommissar Boselli und Laura warte. Sie sollen sich verdammt noch mal beeilen. Die Bargenschanze ist ein beliebtes Ausflugsziel für Schulklassen – besonders bei solchem

Wetter. Das Verhindern eines Schreckensszenarios hat oberste Priorität, verstanden?!» – «Nein, wir werden bestimmt nichts anfassen!», erwidert er auf den schulmeisterlich wirkenden Belehrsatz etwas ärgerlich und beendet das Telefonat.

Heiri drängt nun zum Gehen. «Es gilt, keine Zeit mehr zu verlieren. Komm! Ich hole noch rasch einen Rest Absperrband, den ich kürzlich in einem Kellerschrank gesehen habe, dann gehen wir», erklärt er sachlich. «Die Polizei wird wohl zirka eine halbe Stunde benötigen, bis sie auf der Bargenschanze eintrifft.»

Rasch geht es die kurze Strecke bergauf. Beide geraten innert Kürze außer Atem. Hasso scheint gar nicht erpicht zu sein, nochmals an die unheimliche Fundstelle zurückzukehren. Immer wieder muss ihn Paul zum Weitergehen antreiben. Als sie das kleine Waldstück mit der Feuerstelle erreichen, werden auch seine Schritte langsamer. «Muss ich mir den schauerlichen Anblick wirklich nochmals antun?», fragt Paul besorgt.

«Nein, entschuldige, dass ich nicht selber darauf gekommen bin. Sichere du hier den Zugangsweg und lass niemanden passieren. Da, nimm dieses Stück Absperrband, damit kannst du dich besser als Polizeihelfer ausweisen!», ordnet Heiri an.

Dankbar bleibt Paul mit Hasso zurück, während sich Heiri gedankenversunken Richtung Fundstelle macht. Haben mein ungutes Gefühl, mein Instinkt mich gestern doch nicht getäuscht? Paul hatte zum wiederholten Mal von Jens' undurchschaubaren Machenschaften erzählt und seine Skrupellosigkeit betont. Auch erwähnte er, dass die Börsenhelden Jens und Traore, der Sohn des nigerianischen Botschafters, mit ihren gemeinsamen Geschäften wohl in einen mächtigen Strudel geraten seien. Wenn man so rasch reich wird, kann es ja nicht mit rechten Dingen zu- und hergehen, erwähnte er. Viel Spekulatives geht Heiri durch den Kopf, und er erschrickt beinahe über seine Gedanken. Bei der Feuerstelle auf der Bargenschanze angelangt, schaltet sein Hirn wieder ins Hier und Jetzt um. Er starrt vor sich auf den Boden, um sich zu sammeln. Das hat er immer so gehalten, wenn ihm schreckliche Anblicke schwer verletzter Opfer oder entstellter Leichen bevorgestanden sind. So, von hier aus kann ich die nähere Umgebung überblicken, denkt er, und bleibt stehen. Auf das Schlimmste gefasst, hebt er langsam seinen Blick und sucht die umliegenden Bäume nach dem Erhängten ab – und findet nichts. Wie ist das möglich?, fragt er sich. Hatte Paul heute Morgen Halluzinationen? Haben seine «Medikamentenhämmer» diese ausgelöst? Verunsichert und beinahe etwas verzweifelt dreht er sich um und ruft Paul herbei. «Komm, Paul, da hängt niemand!», ruft er leicht vorwurfsvoll. «Gleich wird die Polizei eintreffen, und wie werden wir dann bitte dastehen?!»

Heiri will sein Smartphone zücken und seinen früheren Kollegen eine Entwarnung durchgeben, aber schon sieht er hinter dem angrenzenden Fußballfeld einen Polizeiwagen stehen.

Paul schaut verblüfft zur Krone der hohen Eiche hoch. «Fort, weg!», sind die Worte, die er hervorbringt.

«Und da soll Jens Zesiger gehängt haben?», fragt Heiri leicht verstimmt nach.

«Ja, er hing da! Die Leiche kann doch nicht einfach verschwunden sein?!»

«Seit deinem Fund ist ja erst eine knappe Stunde vergangen! Du hast doch schlecht geträumt! Willst du mich verarschen? Sorry, aber für so was habe ich absolut kein Verständnis!» Heiri gerät immer stärker in Rage und beruhigt sich erst, als er Laura, seine frühere Assistentin, winkend über das Fußballfeld auf sie zukommen sieht. Sie wird sicher eine gewisse Nachsicht für den Fehlalarm haben, denkt er. Die Tatsache, dass ihr Boselli folgt, sein geltungssüchtiger Nachfolger im Amt des Hauptkommissärs, dämpft jedoch seine Hoffnung gleich wieder.

Heiri und Boselli reichen sich zur Begrüßung die Hand, während es sich Laura nicht nehmen lässt, ihren früheren Chef freundschaftlich zu umarmen. «Es ist, wie es ausschaut, ein Fehlalarm. Nehmt Rücksicht auf Paul, ihr wisst, er ist sehr krank und kaum noch zurechnungsfähig. Es war mein Fehler, ihm die makabre Geschichte abzunehmen, sorry!», flüstert ihr Heiri bei der Begrüßung ins Ohr.

Leider kann Heiri damit nicht verhindern, dass Boselli Paul sofort in die Mangel nimmt. «Und wo, bitte sehr, hängt nun dieser Tote?», fragt er vorwurfsvoll und leicht süffisant. «Ein Fehlalarm wird Sie teuer zu stehen kommen, mein Lieber! – Bitte Laura, nimm du die Personalien dieses Herrn auf und protokolliere seine Wahnvorstellungen. Dann ziehen wir hier ab. Wir haben Wichtigeres zu tun, als Hirngespinsten nachzujagen, nicht wahr!»

Danach wendet er sich Heiri zu. «Nun, altes Haus, ça va? Ist dir langweilig geworden, oder hat es einen anderen Grund, dass du jetzt fiktive Mordfälle vor deiner Haustüre inszenierst?! – Was, bitte, soll ich an die Presse weitergeben? ‹Wildwest-Szenen im Seeland?› oder vielleicht ‹Der Weber kanns nicht lassen›?!»

Immer noch der gleiche arrogante Aufschneider, denkt Heiri verärgert und lässt Boselli mit seiner höhnischen Fragerei ins Leere laufen. Er konzentriert sich vielmehr darauf, was Paul zu Protokoll gibt. Boselli merkt nicht, dass ihm Heiri gar nicht zuhört, als er zu einem Monolog über seine erfolgreiche Arbeit als Fahnder ansetzt. Ab und zu streut Heiri ein «ja so» oder «erstaunlich» ein.

Paul schildert Laura derweil genau die gleiche Horrorgeschichte, die er Heiri morgens erzählt hat. Er fügt einzig an, dass der Erhängte ein Pappschild mit der Aufschrift SCHULDIG auf der Brust getragen habe. Diese Bemerkung lässt Heiri endgültig aufhorchen. «Bringt Paul nun alles durcheinander? Interpretiert er Neues in seine fiktive Horrorgeschichte hinein? Warum nur bin ich auf ihn eingegangen? Welch eine Blamage!»

«Hast du es? Können wir?», fragt Boselli mehrmals und immer ungeduldiger, was Laura stereotyp mit «gleich!» beantwortet.

Auch beim Abschied kann der junge Hauptkommissar Hohn und Spott nicht unterlassen: «Das nächste Mal, wenn ihr hier einen hängen seht, holt ihr ihn gleich runter und bringt ihn zum Beweis in mein Büro, verstanden?!»

Zum Glück nimmt nur Heiri wahr, wie Laura demonstrativ die Augen verdreht. Seine Bemühungen, Paul in Schutz zu nehmen, fruchten keineswegs. «Vielleicht hat er die mannsgrosse Vogelscheuche, die dort drüben am Kirschbaum hängt, mit Jens Zesiger verwechselt», versucht es Heiri, doch Boselli packt Laura am Arm und sagt schroff: «Komm, ich habe Besseres zu tun, als mir von zwei alten Herren Seeland-Märchen auftischen zu lassen! Ihr hört von mir.» Im Davongehen redet Boselli noch überdeutlich weiter: «In Anbetracht, dass es sich beim Verursacher dieses Fehlalarmes um einen alten Kollegen handelt, werden wir wohl ein Auge zudrücken müssen.»

«Danke!», ruft ihm Heiri demonstrativ laut hinterher, «sehr gnädig von dir!»

Boselli tut, als ob er diese Bemerkung nicht gehört hätte, setzt sich hinters Steuer und fährt mit überhöhter Geschwindigkeit davon. Der Polizeiwagen zieht eine dicke Wolke von aufgewirbeltem Staub hinter sich nach. «Erstaunlich, dass dieser Arsch nicht noch die Sirene einschaltet», bemerkt Heiri kopfschüttelnd und wendet sich wieder seinem Freund zu.

Paul sitzt immer noch wie ein Häufchen Elend auf der «Anklagebank», einem liegenden Baumstamm. «Verzeih mir bitte!», fleht er, als Heiri neben ihm Platz nimmt. «Es sind wohl doch meine starken Medikamente. Ich hatte heute früh schon ein hartnäckiges Flimmern in meinen Augen.» Nach kurzem Zögern korrigiert er sich selber: «Aber nein! So etwas bildet man sich doch nicht ein! Genau dort drüben hing Jens – ich kann immer noch kaum hingucken.»

«Bitte beruhige dich!», erwidert Heiri. «Wir gehen jetzt runter zu unserem Haus. Rita wird auch gleich da sein. Zu dritt werden wir gemütlich frühstücken und uns von diesem Schock erholen. Glaub mir, die Geschichte ist auch mir schlecht eingefahren. Bei Jens weiß man ja nie so recht, woran man ist. Hast du mir nicht kürzlich erzählt, du hättest nun endgültig mit ihm gebrochen?»

«Doch! Eben! Hoffentlich habe ich ihn dadurch nicht in den Tod getrieben!»

«Vergiss es! Du hast definitiv alles Menschenmögliche für ihn getan! Komm jetzt! Ein Kaffee bei uns zu Hause wird uns hoffentlich auf angenehmere Gedanken bringen.»

Gerne nimmt Paul das Angebot an. Stumm nebeneinander gehend treten sie den Heimweg an. Nachdem sie das noch immer über den Waldweg gespannte Absperrband entfernt haben, hören sie nahende Kinderstimmen. «Gott sei Dank, sind sie nicht früher gekommen!», murmelt Paul. Heiri nickt nur.

Kurz bevor sie beim Waldrand oberhalb der kleinen schmucken Bargener Kirche angelangt sind, hören sie von hinten nahende eilige Schritte. «Und wer macht mir heute das Frühstück?», tönt es leicht vorwurfsvoll. Es ist Rita, sie ist via Bargenschanze von ihrer Walkingrunde zurück.

«Ich habe Paul zum Frühstück eingeladen, wenns dir recht ist», erwidert Heiri schlagfertig, ohne etwas von den Vorfällen preiszugeben. Er ist froh, dass Paul mit seiner Gruselgeschichte zurückhält und artig für die Einladung dankt.

«Ich war mit Hasso spazieren und habe mich nicht etwa selber eingeladen», erzählt er Rita, die sich über den Besuch freut. Ihr brennt offenbar etwas auf der Zunge, denn obwohl sie noch kaum zu Atem kommt, beginnt sie beunruhigt zu reden: «Ihr glaubt nicht, was ich soeben bei der hinteren Waldhütte erlebt habe. Ich bin richtig froh, wieder in Sicherheit zu sein. Es war total unheimlich. Schon von Weitem, als ich von Niederried her in den Wald kam, hörte ich Trommeln schlagen. Trotzdem setzte ich meinen üblichen Weg quer durch den Wald fort. Kurz vor der hinteren Waldhütte stand ein geparkter Geländewagen. Zuerst dachte ich an das Fahrzeug eines Waldarbeiters, doch beim Nähergehen realisierte ich, dass es sich um ein großrädriges Auto mit getönten Scheiben handelte. Sofort fiel mir das seltsame Kennzeichen des Wagens auf, es war eine Diplomatennummer. Die Trommelschläge wurden immer lauter. Im Wagen konnte ich niemanden erkennen. Es war unheimlich, ich hatte ein richtig mulmiges Gefühl. Ich lauschte in Richtung der Geräusche. Es hörte sich an wie afrikanischer Gesang. – Paul, du als Afrikakenner hättest ihn vielleicht deuten können. Durchs Dickicht hinter der Hütte nahm ich die Schatten von vier oder fünf dunkelhäutigen Tänzern wahr. Als Trommel diente eine große blaue Regentonne, wie sie in unserer Gegend in jedem zweiten Garten steht. Der ganze unheimliche Spuk fand auf der kleinen Lichtung statt, wo wir vor Jahren die Asche von Jens' Vater verstreut hatten. Vielleicht war es ein Totenritual?! Mich schaudert!»

Staunend hören Heiri und Paul zu, und Rita erzählt aufgeregt weiter: «Ihr versteht sicher, dass ich nicht den Mut aufbrachte, nachzusehen, was dort vor sich ging! Ich habe noch jetzt weiche Knie vor Schreck. Es war so beängstigend und wie verhext, denn auf dem Rückweg habe ich keinen einzigen Menschen angetroffen. Für gewöhnlich halten sich um diese Zeit doch Spaziergänger, Joggerinnen, Biker oder zwei, drei Reiterinnen im Wald auf. Da geht etwas nicht mit rechten Dingen zu, glaubt mir! Beinahe hätte mich vorhin noch der Streifenwagen der Polizei angefahren. Der kam in einem Höllentempo angebraust. Vielleicht sind sie den Schwarzen auf der Spur, dachte ich, und versuchte, sie zu stoppen. Doch der Polizist am Steuer hupte nur kurz, um dann gestikulierend vorüberzufahren. Wegen der sich in der Frontscheibe spiegelnden Sonne konnte ich sein Gesicht nicht sehen, aber ich glaube, in der mir zuwinkenden Beifahrerin Laura erkannt zu haben. Seltsam, dass sie nicht abgebremst und kurz angehalten haben. Ich hätte ihnen gerne meine Beobachtungen mitgeteilt. Müsste ich die nicht der Polizei melden? Was meinst du, alter Profi?»

«Beruhige dich!», befindet Heiri. «Das ist tatsächlich eine außergewöhnliche Geschichte. Wir dürfen jetzt nichts überstürzen.»

«Ist das alles, was du zu diesem Schreckensereignis zu sagen hast?», fragt Rita ungläubig.

«Nein, sicher nicht», entschuldigt sich Heiri und ist froh, dass sie mittlerweile zu Hause angelangt sind. «Nimm eine Dusche, wir werden beim Frühstücken in Ruhe darüber sprechen, denn auch wir hatten heute Morgen ein mysteriöses Erlebnis», beendet Heiri das Gespräch.

«Na, da bin ich aber gespannt», bemerkt Rita, bevor sie ins Badezimmer geht.

Da gibt es doch offensichtlich einen Zusammenhang, denn einen solchen Zufall gibt es fast nicht, denkt er. Ohne Ritas Beobachtungen würde das Ganze noch als Halluzination von Paul durchgehen. Seit gestern weiß ich, dass Traore und Jens ein gemeinsames Problem haben könnten. Doch dies erklärt noch lange nicht, weshalb eine Afrikafraktion in Bargen vorfährt, Jens Zesiger überfällt, ihn an einem Baum aufhängt und seine Leiche unweit der Mordstelle im Wald verscharrt! Die Geschichte wird immer abstruser! Werden meine Befürchtungen, in etwas reingezogen zu werden, vielleicht konkreter, als mir lieb ist?

«Es würde zusammenpassen!», murmelt Paul plötzlich beunruhigt. «Der Botschafter hat gestern am Telefon erwähnt, dass er Jens nun verdächtige, Traore etwas angetan zu haben. Scheinbar hatten sie vorige Woche einen heftigen Streit. Nun sind sie beide wie vom Erdboden verschwunden. Vielleicht liegt der Fall umgekehrt. Traore hat Jens getötet und sich dann abgesetzt. Beide seien wegen ihrer erfolgreichen, aber unsauberen Börsengeschäfte bereits auf dem Radar der Genfer Polizei, wie mir Traores Vater, der nigerianische Botschafter, schon vor Wochen sorgenvoll mitteilte.»

Beim Stichwort Genfer Polizei durchzuckt es Heiri kurz. Er erinnert sich an den Zeitungsbericht, der ihm gestern Abend ins Auge gestochen ist. Im Artikel der Tageszeitung *Seeland heute* stand etwas von einem Genfer Mietwagen, der im Obstgarten eines Bauern verlassen aufgefunden worden sei. Der Fundort war ausgangs Kallnach, nahe der Hauptstraße in Richtung Aarberg. Auf Anfrage der Polizei habe die Mietwagenfirma bestätigt, dass der Mercedes nicht wie vereinbart vor zwei Tagen zurückgebracht worden sei. Der Lenker, ein gewisser Jacques Favre, sei zudem spurlos verschwunden. Er nehme ihre Anrufe auch nicht entgegen, liessen sie verlauten. Sachliche Hinweise und so…

Ein Zusammenhang mit dem Erhängten, wenn es ihn denn überhaupt gab, scheint Heiri jedoch eher unwahrscheinlich. Obwohl die Luftliniendistanz zwischen dem Fundort des Wagens und der Bargenschanze keine drei Kilometer beträgt.

«Jetzt beruhige dich doch! Vielleicht nimmt Jens deine Anrufe bewusst nicht entgegen. Sollte er Feinde haben und das nächste Opfer einer Racheaktion sein, hätten seine Gegner sicher einen Berufskiller engagiert, um ihn aus dem Weg zu räumen. Dieser hätte bestimmt im Geheimen agiert und nicht eine solch halböffentliche Tötung, begleitet von einem afrikanischen Folkloreauftritt, gewählt, meinst du nicht auch? Das Ganze ist mehr als suspekt. Lynchjustiz in der Schweiz? Die Täterschaft müsste sich schon sehr sicher fühlen, um eine solch rustikale und aufsehenerregende Hinrichtung vorzunehmen. Das anschließende, weit herum zu hörende Totenritual bei helllichtem Tag käme einer Kumulierung der Verwegenheit gleich. Nein, einem Schnellfahrer wie Jens könnte man zum Beispiel ein wenig die Bremsen seines Sportwagens oder seiner Harley Davidson manipulieren, oder…, sorry, nun ist mir beim lauten Denken etwas die Fantasie durchgegangen! Ich wollte dich nicht brüskieren. Du kannst auf meine Hilfe zählen, falls diese nötig sein sollte», fügt Heiri an.

«Danke», murmelt Paul, der ganz in sich zusammengesunken ist.

«Ich wollte dich nicht noch mehr verunsichern!», entschuldigt sich Heiri erneut. «Vielleicht hilfts, wenn wir vermutete Zusammenhänge mit Rita besprechen. Erzählst du ihr deinen Bargenschanz-Schrecken?»

Paul nickt nur. «Wir werden es ihr erzählen müssen», bemerkt er etwas später, um gleich noch die ihn belastende Frage anzuhängen: «Haben die Schwarzen Jens' Leiche verschwinden lassen, was meinst du?»

«Was Leiche?», fragt Rita empört. «Seid ihr etwa auch bei der hinteren Waldhütte gewesen? – Habt ihr Geheimnisse vor mir?»

Heiri, der Rita immer noch im Bad glaubte, fährt zusammen und sieht sich gezwungen, ganz mit der Geschichte herauszurücken. Dies auch, weil ihn Rita gleich mit mehreren Fragen überschüttet: «Weshalb hast du mich nicht benachrichtigt, als du heute früh weggingst? Du weißt, ich habe mein Handy immer dabei. Warum triffst du dich mit Paul um diese Tageszeit im Wald?»

«Stopp, du lässt mich ja gar nicht erzählen», unterbricht Heiri die Vorwurfssalve seiner Frau und schildert die Vorkommnisse des frühen Morgens aus seiner Optik. Er schließt mit den Worten: «Wahrscheinlich hat sich Paul jedoch alles nur eingebildet. Sein Blutdruck spielt verrückt. Seit gestern nimmt er stärkere Medikamente.»

«Okay, aber meine Beobachtung entspringt nicht meiner Fantasie, das siehst du ein, nicht? Ich habe die Schwarzen um etwas rumtanzen sehen. Ich schwöre es! Aus reiner Angst bin ich nicht näher getreten. Mich schaudert beim Gedanken, dass Jens in ihrer Mitte lag. Und wenn er sich selbst erhängt hat? Seine Mutter, Giulietta, hat mir oft von Jens' dunklen Gedanken erzählt. Schon vor Jahren fürchtete sie sich davor, dass er sich etwas antun könnte. Gerade du, Paul…» Es gelingt Rita nicht, auszureden, Paul erleidet einen Schwächeanfall und rutscht von seinem Stuhl. Geistesgegenwärtig stützt ihn Rita.

«Komm, hilf mir!», fordert sie Heiri auf. Wir legen ihn aufs Sofa – das wird schon wieder. Es wird die ganze Aufregung sein.»

«Sollen wir den Arzt holen?», fragt Heiri besorgt. Doch dieser haucht: «Nicht nötig, ich werde es überleben, glaubt mir!»

Ein paar Sekunden später fährt Paul hoch. «Herrje, ich sollte Liliane benachrichtigen! Sonst gibt sie eine Vermisstmeldung auf. – Wegen meiner Demenz, wisst ihr!» Hastig zückt er sein Handy, um seine Ehefrau zu benachrichtigen. Heiri zieht sich unterdessen rasch in die Küche zurück, um frischen Kaffee zu holen oder vielmehr, um seine Gedanken zu ordnen. Soeben ist ihm nämlich ein schlimmer Verdacht gekommen.

Was, wenn Paul das Ganze nur spielt? Waren Pauls Wildwestgeschichte, sein Schwächeanfall und alles weitere nur Ablenkungsmanöver? Aber wovon? Hat er sich in krumme Geschäfte hineinziehen lassen? Geht es ihm um einen Vergeltungsschlag gegen Jens, Traore oder den Botschafter? Paul scheint irgendwie zwischen die Fronten geraten zu sein. Jens ist ihm längst entglitten. Seine Bemühungen, ihn zu einem einigermaßen anständigen Mann zu erziehen, sind gescheitert. Hat Paul nun alles gegeben und «seine» Afrikaner dafür eingespannt, Jens aufzurütteln? Hätten diese Jens vielleicht nur die Grenzen aufzeigen sollen, sind dabei aber zu weit gegangen?

Auffällig oft hat Paul in letzter Zeit, und insbesondere seit er wieder bei Liliane wohnt, betont, wie wichtig ihm die Kontakte zu seinen früheren afrikanischen Mitarbeitern und zur Botschafterfamilie aus Bern seien. Ja, der «Gute Paul», wie ihn seine Bekannten nennen, wird weit herum «Helfer von Afrika» bezeichnet. Auch Rita und Heiri sind Mitglieder im Gönnerverein seines Fraternité-Projektes und zahlen regelmäßig ein. Über dreißig Jahre stand Paul seinem Projekt vor, bis er die Verantwortung aus Altersgründen via den Botschafter an ein regierungsnahes Hilfswerk abtrat. – Aber nein! Paul ein Gauner oder gar Mörder, das kann nicht sein! Bestimmt bin ich mit diesem Verdacht auf dem Holzweg, überlegt Heiri. Bevor ich Leute verdächtige, müsste ich herausfinden, ob Jens, Traore oder diesem Phantom mit dem Genfer Mietwagen wirklich etwas zugestoßen ist. Leide ich an einer gewissen Déformation professionelle? Schon wegen meines Pensioniertenstatus ist es doch verdammt noch mal nicht meine Sache, mich in irgendetwas einzumischen.

Etwas verwirrt kehrt er ohne Kaffee in die Stube zurück und hört, wie Paul sich von Liliane verabschiedet. «Ja, ich beeile mich!», ruft er, und zu Heiri gewandt: «Sorry, aber ich muss nach Hause, wir bekommen Besuch.» Paul macht Anstalten, zu gehen.

«Soll ich dich nicht besser nach Hause begleiten?», fragt Rita besorgt. Doch Paul wehrt erstaunlich ironisch ab: «Erstens habe ich ja meinen Kampfhund dabei und zweitens stehen entlang dem Trottoir nach Aarberg keine Bäume. Die Gefahr, dass ich noch mehr Erhängte antreffe, ist also minim!»

Rita und Heiri sind irritiert. Solche von dunkelschwarzem Humor begleiteten, ins Makabre abdriftenden Sprüche sind sonst keineswegs Pauls Art.

Unter der Tür bleibt Paul nochmals stehen, entschuldigt und bedankt sich, um dann verblüffend sicheren Schrittes zur Dorfstraße zu marschieren. Seltsam, höchst seltsam, dieser Abgang, denkt Heiri. Dieser plötzliche Wandel..., sein klarer Kopf! Will er sich vielleicht nur ein verwegenes Spielchen mit mir leisten, um seine häufigen Schachniederlagen gegen mich zu rächen?

2

«Was soll ich mir weiter den Kopf zerbrechen?», redet Heiri sich zu und setzt sich erneut ans Klavier. Wäre doch schön, wenn ich meine Gäste anlässlich meines näher rückenden Geburtstagsfestes mit dieser wundervollen Musik beglücken könnte. Diesmal unterbricht ihn keine feuchte Hundeschnauze, nein, es ist vielmehr Rita, die ihm ganz einfach die Begleit-CD ausschaltet und vorwurfsvoll an ihn herantritt. «Wie kannst du nach solch einem Schocker einfach so in den Alltagstrott deines Rentnerdaseins zurückkehren? Findest du es nicht nötig, meinen verdächtigen Beobachtungen nachzugehen? Möchtest du nicht auch wissen, wo Jens steckt?»

Nun wird auch Heiri etwas lauter: «Was erwartest du eigentlich von mir? Soll ich etwa den Waldboden um die hintere Waldhütte herum umgraben, um Jens' Leiche zu finden? Paul hat doch halluziniert! *Er* macht mir Sorgen, nicht dieser Unflat von Jens.

Rita verstummt; sie weiß, dass es jetzt nicht an der Zeit ist, mit Heiri zu streiten. Meistens, wenn etwas dicke Luft aufzieht, sprich, Vorwürfe von Rita auf ihn einprasseln, zieht sich dieser schmollend wie ein in seine Schranken gewiesener Junge zurück, um dann später meist doch einzulenken. Auch diesmal funktioniert es nach diesem Muster. Allerdings nicht, weil er klein beigeben will, sondern vielmehr erhofft er sich, durch sofortiges Handeln seinen Kopf endlich wieder frei zu kriegen. Ich lass mich doch nicht von der Vergangenheit als Fahnder einholen und mir die gerade jetzt so schöne Lebensphase durch Spukgeschichten vermiesen. «Shit!», flucht er leise vor sich hin.

Statt hinter dem Flügel, findet er sich jedoch eine halbe Minute später mit dem Handy bewaffnet im Badezimmer. Er wählt die Nummer des Gemeindeschreibers und hat Glück, diesen auf seinem Posten zu erreichen.

«Nein, eine Waldbestattung findet heute keine statt», gibt ihm der Befragte etwas erstaunt zur Antwort. Auf die Rückfrage, warum er dies wissen wolle, gibt Heiri nur ausweichend Antwort, um dann rasch eine zweite Frage zu stellen: «Kannst du mir bitte noch sagen, wo Jens Zesiger – du weißt schon, der ‹Quicky›, wie ihn viele von euch nennen, seine Schriften hinterlegt hat?»

«So viel ich weiß, in Genf», antwortet Simon, dem die seltsame Fragerei seines Onkels etwas peinlich ist.

Heiri spürt das. Mit lieben Grüßen an Simons Familie, die hoffentlich wohlauf sei, beendet Heiri das Kurzgespräch.

Vielleicht wurde Jens auch «nur» entführt. Jemand will ihm Angst einjagen oder ihn erpressen. Bestimmt könnte man bei ihm eine große Summe Lösegeld holen, denkt Heiri auf dem Weg zurück ins Wohnzimmer und merkt, dass ihn seine Situation nervt. Im Flur hört er Rita etwas von: «Ja, er hat angebissen, tschüss» ins Telefon hauchen.

«Und?», fragt Rita. «Mit wem hast du heimlich telefoniert?»

«Mit Simon, es gab oder gibt übrigens heute keine Waldbestattung», antwortet Heiri freimütig. Die Frage: «Wer hat angebissen?» schluckt er wohlweislich vor dem Aussprechen hinunter. Denn ihm ist keineswegs entgangen, wie Rita ihren eigenen Anruf mit der Frage nur vertuschen wollte. Mit dem: «Er hat angebissen» hat sie also bestimmt mich gemeint! Er ärgert sich einmal mehr über die Geheimnistuerei rund um sein anstehendes großes Geburtstagsfest. Nicht gerade stimmungsfördernd. Hat sich heute die ganze Welt gegen mich verschworen? Dabei denkt er auch an das eben geführte Telefonat mit Simon zurück. Warum nur musste dieser die Sache mit Jens' Übernahmeangebot für unser Haus erwähnen? Der dumme und zugleich perfide Spruch: «Mit Jens hätten wir einen großen Fisch, sprich Steuerzahler, an Land gezogen. Dies hätte unsere marode Gemeindekasse geradezu saniert», klingt noch immer in seinen Ohren, und er sieht Jens' Kaufangebot von einer Million Franken für seine Liegenschaft vor Augen.

«Tja, einmal Kriminalist, immer Kriminalist», stichelt Rita, als sie ihren in Gedanken abwesenden Mann ansieht. «Man kann in deinem Gesicht ablesen, wie dein Gehirn arbeitet! Seit der Südfrankreich-Geschichte, deinem letzten gelösten Kriminalfall, hat dich wohl doch nichts mehr derart beschäftigt wie die Vorfälle von heute früh, nicht wahr? Ich bitte dich jedoch, mir deine Schritte im neuen Fall kundzutun. Das Ganze geht Paul und mich doch auch an. Vielleicht können wir sogar etwas zur Lösung beitragen. Vorläufig ist ja keine Hilfe von Polizeiseite zu erwarten. Im Gegenteil, dein Ruf ist bestimmt etwas angekratzt. Also, sagen wirs kurz und deutlich: Diesmal werde ich mich nicht wie damals in Südfrankreich mit einem Rosenstrauß und einem Nachtessen für deine Geheimniskrämerei abspeisen lassen, das verstehst du doch!»

Heiri nickt: «Jawohl, Frau Oberstaatsanwältin,» entgegnet er. «Ich stehe am Anfang meiner Ermittlungen außer Dienst und werde Sie nach meinem persönlichen Ermessen immer auf dem neusten Stand halten.»

Rita kann es nicht unterlassen und antwortet lächelnd: «So gefällst du mir! Auch ich werde meinen Beitrag zur Lösung leisten.»

«Ist dies der Schlüssel von Zesigers Haus?», unterbricht Heiri seine Frau und nimmt diesen sogleich vom Nagelbrett.

«Ja, willst du heute vielleicht einmal bei unseren Nachbarn die Blumen gießen und die Aquariumsfische füttern?», fragt Rita mit einem Augenzwinkern.

«Genau», antwortet Heiri, «die Blumen.» Seine Schritte führen ihn jedoch vorerst zum Fahrrad und nicht zum Haus von Zesigers. Mürrisch, weil ihm überhaupt nicht danach ist, schlägt er den Weg zur besagten Waldhütte ein. Irgendwie stinkt doch die ganze Sache zum Himmel, verflixt noch mal! Warum schaltet sich Rita nur so vehement ein? Wem hat sie ganz vertraulich gesagt: «Er hat angebissen…»? Soll ich nun von einer auf die andere Stunde meiner ganzen näheren Umgebung misstrauen?! Um dies zu vermeiden, sehe ich mich fast schon gezwungen, Fakten zu liefern. Deshalb kann es sicher nicht schaden, das Gelände um die Waldhütte herum abzusuchen. Ein geübter Fahnder wie ich wird doch bestimmt herausfinden, ob die Horrorgeschichten von Rita und Paul erstunken und erlogen sind.

Beim Radeln fällt ihm plötzlich «Madame Etoile» ein, die gestern früh im Radio ihr Wochenhoroskop verbreitet hat: Schwierige Sternkonstellationen in Kombination mit dem bevorstehenden Vollmond könnten zu Gefühlsirritationen und Verwirrtheit führen. Mit der nötigen Gelassenheit würde man diese Phase am besten meistern. Man solle sich nicht unterkriegen lassen, denn ab Donnerstag würde wieder Stabilität einkehren. Mit wichtigen Entscheiden solle man besser bis Ende Woche warten, denn nichts sei bis dann richtig fassbar.

Heiri, der sonst nichts mit Sterndeuten am Hut hat, erschrickt bei der Feststellung, dass dieses Horoskop ganz auf seine momentane Lage zugeschrieben ist. Mir fehlt das Greifbare an diesem «Fall». Alles kommt mir vor wie in einem Traum. Alles ist irgendwie surreal. Wenigstens die Waldhütte steht noch am selben Ort wie immer, stellt er mit einem Grinsen fest, und stellt sein Fahrrad an die Blockhüttenwand. Alles ist ruhig. Kein Trommelschlagen, keine tanzenden Afrikaner oder dergleichen. Ein Blick auf den vom vorgestrigen Gewitterregen aufgeweichten Waldboden genügt jedoch, um frische Reifenspuren, Fußabdrücke und einen Abdruck eines kreisrunden Gegenstandes mit einem Durchmesser von ungefähr vierzig Zentimetern auszumachen. Ein Regenfass, in der Größe wie das, welches in Zesigers Garten steht, überlegt Heiri, und der Routinier wird nun doch etwas nervös. Er nimmt sich vor, beim anschließenden Besuch von Zesigers Haus einen Blick auf deren Regenfass zu werfen.

Kein Zweifel! Der feuchte Waldboden ist hier neben den Abdrücken des parkiert gewesenen Autos und dem messerscharfen Kreisabdruck des Metallrahmens eines Fassverschlusses völlig plattgetreten. Die Fußspuren folgen dem Wildwechsel, der ins Dickicht dahinter führt. Mehrere Personen sind diesen hin- und zurückgegangen, weshalb er nun eher der Kategorie Trampelpfad zuzuordnen ist. Nach wenigen Metern durch niedrigen Wald gelangt Heiri auf die von Rita beschriebene Lichtung.

Ja, genau hier haben wir vor Jahren die Asche von Jens' verstorbenem Vater verstreut, erinnert sich Heiri. Er entdeckt im selben Moment auf dem Waldboden einen Kreis mit ausgelegten Blumen. Etwa zwei Meter im Durchmesser, schätzt er. Exakt groß genug, um einen liegenden Menschen zu umrahmen. Heiri kommt nicht um Gedanken an ein mögliches Totenritual herum. Umso mehr als ein zweiter, etwas größerer, aber weniger perfekter Kreis eindeutig darauf hindeutet, dass hier um einen Waldbodenaltar getanzt wurde.

Hat Rita doch recht gehabt?, fragt er sich beunruhigt. Deutlich erkennt Heiri neben dem Kreis auch einen gleich großen Regenfassabdruck wie vorne am Wegrand. Und dann haben sie die Leiche ins Regenfass gestopft und über die Fluh weiter vorne entsorgt. In diesem abwegigen Steilhang, der fast hundert Meter abfällt und im gestauten Wasser der Aare endet, bliebe die Leiche wohl lange unentdeckt, vermutet er.

Beim Blick in die unübersichtliche Tiefe merkt Heiri, dass er tief ins Reich der Spekulationen und der Fantasien abgedriftet ist. Nirgends entdeckt er etwas Auffälliges. Und die Möglichkeit, dass das Fass bis ins Wasser runtergerollt wäre, scheint ihm angesichts der dichten Bewaldung verschwindend klein. Der Fassabdruck könnte also ebenso gut von einer großen afrikanischen Trommel stammen…

Trotz dieser Erkenntnis sucht er einen Augenblick später die zu einer Seite offene Waldhütte und den Waldboden weiter nach verdächtigen und auf ein Verbrechen deutende Spuren ab. Dabei vergewissert er sich auch, ob irgendwo eine Stelle mit aufgeworfener Erde zu sichten ist. Sein Vorgehen ist ihm etwas peinlich. Zum guten Glück sieht mich niemand, sinniert er und muss ein wenig über sich selber lachen.

Ziemlich unprofessionell, was ich hier tue. In der Eigenschaft eines Einmann-Teams übernehme ich nun sogar noch die Funktion eines Leichensuchhundes! Er stellt sich vor, wen er in seiner früheren Rolle als Kriminalhauptkommissar hier ins Fahndungsteam aufgeboten hätte. Die Abdrücke von Reifen und Fußspuren würden genommen, vielleicht käme neben Suchhunden sogar ein Heli zum Einsatz, um die stark abfallende, schwer zugängliche Böschung aus der Luft absuchen zu können. Taucher würden eingesetzt, um im Aarberger Stausee nach der Regentonne respektive der Leiche zu suchen und so weiter.

Doch eine solche Riesenkiste träte erst bei Verdachtsstufe eins ein. Diese ist realisterweise hier noch nicht gegeben, weiß er, denn bislang gibt es hier weder eine Leiche noch eine Vermisstmeldung. Unweigerlich denkt er hier an Fernsehkrimis mit viel Action, bei denen Scharfschützen und Helikopter als Showelemente eingesetzt werden. Lächerlich, was ich hier mache, sinniert er missmutig.

Ein paar Minuten später stellt Heiri seine Suche ein. Er setzt sich auf die Holzbank auf der Südseite der Blockhütte.

Gut möglich, dass die Diplomatenfamilie hier draußen einem aus ihrer Heimat überlieferten Brauch nachgekommen ist. Sie wollten ungestört bleiben und haben deswegen die Abgeschiedenheit gesucht, kombiniert er. Vielleicht baten sie Gott darum, ihnen Traore zurückzubringen, der von seinem Vater, dem nigerianischen Botschafter, gesucht wird.

Falls dieser Treff Boselli und Laura bei der Vorbeifahrt verdächtig vorgekommen wäre, hätten sie bestimmt nachgesehen. Sie kannten Pauls Vision bereits und hätten bestimmt einen möglichen Zusammenhang der außergewöhnlichen Vorfälle vermutet. Bleibt einzig die Frage, weshalb sie ausgerechnet diesen unüblichen Weg eingeschlagen haben. Nach kurzem Überlegen findet Heiri wenigstens darauf eine plausible Antwort: Wahrscheinlich haben sie Lauras Großeltern einen kleinen Kaffeebesuch abgestattet und den absolut kürzesten Weg nach Niederried gewählt. Laura kennt die Umgebung wie ihre Hosentasche. Boselli hat bestimmt nur eingewilligt, weil die beiden im Dienstwagen unterwegs waren. Seinem stets auf Hochglanz polierten Ferrari würde er niemals eine Fahrt über ein Natursträßschen zumuten.

Gedankenversunken erhebt sich Heiri und geht in Richtung seines Fahrrades. Überrascht nimmt er ein spiegelndes Etwas wahr, das in sein Gesichtsfeld fällt. Er geht auf den im Sauerklee liegenden kleinen Gegenstand zu. Wie konnte ich dies beim Herkommen übersehen?, fragt er sich.

Rasch findet er jedoch die Erklärung, denn das silberglänzende Armband mit der Aufschrift *Sarah* lag bestimmt vorhin noch ganz im Schatten verborgen. Ist dies nun ein Corpus Delicti? Hat Jens dies getragen? Kam es hier zum Kampf? Hat er also noch gelebt? Wilde Blitzgedanken jagen Heiri durch den Kopf. Hat mir nicht Paul von einem Techtelmechtel zwischen seiner Enkelin Sarah und Jens berichtet? Aber das liegt doch Jahre zurück. Seis drum! Kurzentschlossen zückt Heiri sein iPhone, um den Gegenstand bildlich zu erfassen. Wegen seines Glanzes und fehlender Oxidation scheint die Kette noch nicht lange hier zu liegen. Immer wieder treffen sich hier Jugendliche zum Chillen, weiß er. Sie könnte irgendwem runtergefallen sein! Mein Fahndungserfolg kommt also höchstens einem billigen Trostpreis gleich, denkt Heiri selbstironisch und legt die Kette mit der Plakette auf den Holztisch neben der Waldhütte und macht sich radelnd auf den Rückweg.

Vielleicht war Sarah auch mit ihrem afrikanischen Freund hier, diesem Mbaye. Paul hat mir doch kürzlich Andeutungen gemacht, dass sich die beiden gefunden hätten und seiner Ansicht nach prima zueinander passen. Ja, auf Mbaye scheint Paul mächtig stolz zu sein. Soll er sich doch endlich von Jens, seinem andern Ziehsohn, abnabeln. Solche Gedanken wälzend fährt Heiri Bargen zu.

Kurz bevor es abwärts geht, entschließt er sich, noch rechts zur Bargenschanze abzubiegen, um auch dort nach Spuren eines Verbrechens zu suchen.

Schon aus einer Distanz von mehreren hundert Metern hört er Kindergeschrei. Eine oder mehrere Schulklassen haben den beliebten Ausflugsplatz in Beschlag genommen. Zu spät, um hier noch nach Spuren zu suchen. Mit einer Räumung der Bargenschanze würde ich der fröhlichen Kinderschar höchstens ihre Schulreise vermiesen. Und dies einzig, um festzustellen, ob hier eine «unschuldige» Puppe oder dergleichen hing... Hinzukommt, dass die herumtollenden und kletternden Kinder ohnehin alle möglichen Spuren längst verwischt haben.

Solche Überlegungen bringen Heiri dazu, links abzubiegen, um sich anschließend kurz in Zesigers Haus umzuschauen. Der Gedanke an Mbaye hat sich jedoch in seinem Kopf festgesetzt. Mit seinen Vorträgen gegen die korrupte Regierung in seinem Heimatland Nigeria mit dem Vorwurf der selbstverschuldeten Hungersnot hat sich der junge Weltverbesserer viele Feinde gemacht. Was, wenn der angezettelte Streit mit der Botschafterfamilie eskalierte und er anstelle von Jens oder Traore zum Opfer wurde? Mbaye hat sich auch nie vor Konfrontationen mit Wirtschaftsmächtigen gescheut. Sie luden ihn ihrerseits auch oft zu Vorträgen ein, um der Welt zu beweisen, wie offen sie mit Kritik umzugehen verstehen. Mbaye geht es in erster Linie darum, aufzuzeigen, wie der Handel mit Rohstoffen zu Hungersnöten führt. War er nicht vorgestern in Genf, um einen solchen Vortrag zu halten? Unter Umständen hat er dabei Jens und Traore, die in diesem Geschäft zu Reichtum gekommen sind, persönlich angegriffen!

«Will ich mich nun wirklich selbst in etwas hineinreiten?», fragt sich Heiri besorgt. Werde ich alt? Bin ich nicht mehr in der Lage, Spekulatives von Faktischem zu trennen? Es gelingt ihm jedoch auch beim Absteigen vom Rad nicht, die Gedanken an und um Mbaye zu stoppen. Mit einem tiefen Seufzer lässt er sich auf die Holzbank neben Zesigers

Haus sinken, um sich über Mbaye und dessen wirkliches Gefahren-
potenzial für die nigerianische Regierung, die Botschafterfamilie und
ihre europäischen Verbündeten Gedanken zu machen. Bei all seinen
Besuchen hat Paul von Mbaye und seinem riesigen Potenzial in Bezug
auf ein Umdenken geschwärmt. Oft hat er auch von ihrer ersten Begegnung erzählt.

3

Eine fröhliche, in bunten Schuluniformen steckende Schar afrikanischer Mädchen und Jungen stand aufgereiht da, als vor knapp fünf Jahren der Regierungshelikopter mit Paul als Ehrengast an Bord auf dem Schulgelände landete. Der damals neunzehnjährige Mbaye Souare sei als Fahnenträger immer nervöser geworden, berichtete er später. Als Vorzeigeschüler unter den diesjährigen Schulabgängern war er vom Oberlehrer damals zum Sprecher auserwählt worden. Ihm war es vergönnt, den Ehrengast aus der Schweiz, einen gewissen Paul Krebs aus Aarberg, durch den Tag mit den vielen Feierlichkeiten zu begleiten. Vordergründig ging es um die Einweihung des neuen Kinderdorfes direkt neben dem bisherigen Campus.

Für Paul, einstiger Pionier und Gründer der ersten Hilfswerksschule 1982 in diesem afrikanischen Land, sollte der Festakt jedoch auch ein würdiger Abschied von seinem Lebenswerk sein. Die Schlüsselübergabe an die neue Geschäftsleitung war eine der bedeutendsten Aktionen der dreitägigen Festivitäten, zu welchen auch hochrangige Regierungsvertreter geladen waren.

Mbaye hatte Père Paul, wie ihn dessen Lehrer ehrfürchtig nannten, trotz seiner zehnjährigen Schulzeit noch nie real zu Gesicht bekommen. Es fiel ihm schwer, im alten Mann, der aus dem Helikopter stieg, den Mann auf dem eingerahmten Foto im Entrée des Schulhauses wiederzuerkennen. Mbaye war sich der Bedeutung dieses Fremden für sein Leben und das seiner Mitschülerinnen und Mitschüler sehr wohl bewusst. Neben Dankbarkeit und Ehrfurcht diesem Manne gegenüber kamen in ihm auch negativ behaftete Gedanken hoch. So hat Mbaye auch heute noch das Gefühl, seine hungernden Eltern, Brüder und Schwestern wegen ihm im Stich gelassen zu haben, weiß Heiri. Oft träume Mbaye davon, als leibhaftiger Teufel seine an Unterernährung verstorbene Schwester eigenhändig geholt und ins Fegfeuer geworfen zu haben. Immer wieder fragte und frage er sich, warum man aus seinem Dorf ausgerechnet ihn ausgewählt und in die Schule gebracht habe. Womit habe ich dieses Privileg verdient? Was wird aus mir? Wie und wann kann ich meiner Familie helfen, die vor dem Hungertod in den Südwesten der Hauptstadt in einen Slum fliehen musste?

Als vielseitig begabter und interessierter junger Mann gingen seine Überlegungen deshalb weit über sein spezielles Familienleben oder eine Berufswahl hinaus. Jeden Abend verbrachte er Stunden im Internet und eignete sich zusätzliches Wissen über das Weltgeschehen an. Mbaye nutzte auch die Gelegenheit, sich im Netz mit Gleichaltrigen aus verschiedensten Ländern und Kontinenten auszutauschen. So war er zum Beispiel seit Jahren in Verbindung mit Jens Zesiger aus der Schweiz. Zusammen mit seiner Mutter Giulietta hatte dieser nämlich jährlich das Schulgeld für ihn bezahlt. Durch Jens hatte er erfahren, dass in einem der reichsten Länder der Erde, der Schweiz, nicht nur freundliche und anständige Menschen wohnen. Schon als Dreizehnjähriger hat Jens, der Ziehsohn von Paul Krebs, in seinen E-Mails nämlich erstmals erwähnt, wie ungern er einen Teil seines Taschengeldes an einen «Nigger» wie ihn abtrete und dass er sich das Geld dereinst tausendfach zurückholen werde.

Jens ist nur zwei Jahre älter als Mbaye und hat ihm später unmissverständlich klar gemacht, dass er als Börsianer im Handel mit «Hungeraktien», wie er die Rohstoffpapiere für Reis und Weizen gnadenlos bezeichnet, schnell zum mehrfachen Millionär aufsteigen würde. Oft hatte Jens dann seinen E-Mails noch beleidigende Sätze beigefügt wie:

> «Wir spielen in ganz verschiedenen Ligen, mein Lieber! – Was schert es uns, dass bei euch Leute verhungern?! – Ihr habt nichts Besseres verdient! – Pauls Fraternité-Projekt ist doch nur ein Tropfen auf einen heißen Stein.»

Eine dieser Meldungen hat Paul aus Mbayes Datensammlung erhalten und aus Ohnmacht gleich auch an Heiri weitergegeben. Darauf stand sinngemäß:

> «Ich würde mich schämen, auf solche *Almosen* angewiesen zu sein! Ihr Afrikaner seid doch nur zu faul und zu dumm, um eigenständig zu überleben. Zudem wird es euch Schwarzen niemals gelingen, sich

aus unseren westlichen Fängen zu befreien. Ihr zappelt an unserer Angel, bis ihr draufgeht! Eure Regierung besteht doch nur aus Vasallen der Wirtschaftsmächtigen dieser Welt. Statt euch zu Fressen zu geben, bereichern sie sich auf eure Kosten. Sie dienen uns Weißen zu, um am Gewinn zu partizipieren. So heizen sie das Preistreiben bei den Grundnahrungsmitteln zusätzlich an. Arme Schlucker wie du können dann nicht einmal mehr eine Schale Reis kaufen.

Eure Regierungen schaufeln also kräftig mit am Grab eures Kontinentes. Einige afrikanische Länder werden nun gar schon von den Chinesen ausgenommen. Wahnsinn, nicht wahr! Die ganz Schlauen unter euch, wie du einer sein möchtest, sind so vermessen und wagen sich nach Europa oder in die USA und machen uns noch unsere Studien- oder Arbeitsplätze streitig. Verdammte Schmarotzer! Die meisten Afrikaner landen dann früher oder später in unserem Sozialnetz und müssen von uns durchgefüttert werden. Man müsste sie alle ausschaffen oder, noch besser, sie im Mittelmeer ersaufen lassen. Sollen sie doch bleiben, wo sie herkommen.

Die Wenigen, die es schaffen und hier ein Studium abschließen, übernehmen später wichtige Posten in eurer Regierung, verkaufen euch für dumm und nehmen euer Volk noch mehr aus.»

Derart gemeine, hasserfüllte Mitteilungen müssen den angehenden Maturanden Mbaye verletzt haben. Seine anfängliche Fassungslosigkeit wich rasch einem stets wachsenden Trotz. Er spürte, dass diesen vernichtenden Statements ein Hauch von bitterer Wahrheit anhängt und war damals froh, Jens' Unterstellungen mit seinem Klassenlehrer diskutieren zu können. Sein junger, aufgeschlossener Lieblingslehrer BaModou beschaffte ihm Bücher zur Thematik Hunger und Handel mit Grundnahrungsmitteln. Was er in den Büchern eines Jean Ziegler aus der Schweiz las, bestätigte seine schlimmsten Befürchtungen und gab Jens' Ausführungen bis zu einem bedenklich hohen Grad Recht.
Es wurde Mbaye jedenfalls bewusst, wie ungerecht, rücksichtslos und menschenverachtend auf unserer Welt zum Teil gewirtschaftet wird.
Rasch wuchs im jungen Afrikaner der Drang, den Ursachen dieser Ungerechtigkeiten auf den Grund zu gehen. So mag es im Nachhinein nicht verwundern, dass Mbaye mit seiner umfassenden Matura-Arbeit den Stipendienwettbewerb gewann und bald nach den Feierlichkeiten mit

Paul in die Schweiz reiste, um in Bern ein Wirtschaftsstudium zu beginnen. Seine angesehene Arbeit durfte er dann in Form von Vorträgen in der Schweiz zum Besten geben, was ihm ein kleines Taschengeld eintrug, ihn aber auch ermutigte, weiterhin an seinen Zukunftsplänen festzuhalten. Die Voten des jungen Afrikaners hat Heiri bis heute in Erinnerung, denn Paul hat ihm eine Übersetzung des Inhalts zukommen lassen.

«Die Hungersnot in unserm Land ist zum Teil sicher selbstgemacht. Die fruchtbaren Landflächen würden problemlos eine Selbstversorgung ermöglichen, doch unsere Regierung gibt vor, immer noch mit Nachwehen aus der Kolonialzeit zu kämpfen. Wegen Verträgen mit Weltkonzernen und Schuldpapieren bei westlichen Regierungen ist eine wohl nie endende Abhängigkeit entstanden. Neuerdings bedecken profitbringende Erdnussplantagen große Teile unseres fruchtbaren Ackerlandes. Dadurch werden zu wenig Grundnahrungsmittel produziert. Dies führt dann zu den bekannten Nahrungsengpässen, welche unsere Regierung zwingt, sehr teuren Reis aus Asien zu kaufen. Unsere mehrheitlich arme Bevölkerung kann sich den Reis nicht mehr leisten. Ein Teufelskreis entsteht. Während sich einige schwarze Schafe maßlos bereichern, entsteht immer mehr Armut, verbunden mit Hungersnot. Dieser Zyklus spielt sich leider in immer mehr Ländern dieser Erde ab. Da zum Beispiel dieselben Leute am teuren Reis und den Erdnussplantagen mitverdienen, kommt es im Fall von Dürren zu katastrophalen Hungersnöten. Unsere Regierung ist dann auf internationale Hilfe angewiesen. Das macht uns auf Gedeih und Verderb abhängig vom Westen.

Zudem sehen sich viele Bauern, wie auch mein Vater, gezwungen, in die slumartigen Vorstädte zu ziehen, um dort einer Gelegenheitsarbeit nachzugehen. So verschärft sich die Hungerthematik noch stärker, denn viele dieser Hunderttausende, ja Millionen, waren früher Selbsternährer. Die Hilfswerke der Weißen ermöglichen vielen Afrikanern nur das nackte Überleben! Dieser Zyklus wiederholt sich alle paar Jahre, weil das Grundübel nicht an der Wurzel angepackt wird. Auch die verschiedensten Ethnien in unserm riesigen Heimatland ziehen in unterschiedlichste Richtungen. Familienclans, christliche Nachkommen von früheren europäischen Sklavenhändlern und Kolonialisten, stehen einer immer militanteren Gruppe von fundamentalistischen Islamisten gegenüber. Die korrupte Regierung: ein Filz von Günstlingen der Weltkonzerne...»

Sehr mutige und kämpferische Worte. Kein Wunder, machte und macht sich Mbaye mit seinen Vorträgen auch Feinde. Nicht zuletzt für die Regierung seines Heimatlandes sind seine Angriffe bestimmt mehr als peinlich. Hinzu kommt, dass er nun nach den Studienjahren in Bern die leidigen Zusammenhänge von Korruption und Schwarzhandel bestens durchschaut und in seinen neusten Reden insbesondere bestimmte Börsianer aufs Korn genommen hat. Dass Jens zu einem seiner meistkritisierten Feindbilder gehört, mag wenig erstaunen.

Sein zentrales Thema, mit welchem er in uns Westlern zu Recht immer von neuem ein schlechtes Gewissen auslöst, ist der Hunger in Afrika. Paradox, angesichts der Tatsache, dass auf der Erde ein Lebensmittelüberschuss produziert wird. In diesem Zusammenhang erwähnt er, dass fast ein Viertel der weltweiten Weizenproduktion in Amerika an Rinder verfüttert wird!

Mbaye hat sich ganz dem Kampf für mehr Gerechtigkeit verschrieben und wurde von Journalisten auch schon als afrikanischer Robin Hood bezeichnet. Viele bewundern und unterstützen ihn in seiner Tätigkeit als Aufklärer. Insbesondere auch, weil er sich nicht scheut, seine Reden genau da zu halten, wo es weh tut. Zum Beispiel vor Wirtschaftsmächtigen, Rohstoffhändlern und Bankern, welche ihn anfänglich zwar belächelten, nun aber respektieren, ja schon beinahe fürchten. Mbaye kritisiert nämlich auch ihr profitgieriges Streben, all die natürlichen Ressourcen der Erde an der Börse handeln zu wollen.

Paul ist sehr stolz auf seinen Zögling und immer des Lobes voll, was Heiri sehr gut verstehen kann, vor allem, wenn er an Pauls andern Ziehsohn denkt, den rücksichtslosen Jens. Heiri erinnert sich an Pauls Verzweiflung, als dieser ihm unter der Haustür die Schulgeldrückgabe schilderte: Mbaye hatte sein Schulgeld, das Jens von seiner Mutter vom Taschengeld abgezogen worden war, bis auf den letzten Rappen zurückzahlen wollen. Anstelle eines Dankes erntete er nichts als Spott und Hohn. Jens schmiss Mbaye den Barbetrag mit den vernichtenden Worten an den Kopf, er solle sich damit besser einen Strick kaufen und sich am nächsten Baum aufknüpfen.

«Meinst du, ich sei auf Almosen eines Niggers angewiesen? Geh mir aus den Augen, du Loser!», soll er geschrien haben und völlig ausgerastet sein.

«Knüpf dich auf», murmelt Heiri immer noch in Gedanken versunken vor sich hin. Der Zufall will es, dass sein Blick gleich auch noch auf eine nigelnagelneue Regentonne in Zesigers Garten fällt. Heiri reibt sich die Augen, geht auf das glänzende blaue Fass zu, taucht den rechten Zeigfinger hinein und riecht dann daran. Kein Zweifel, dieses Wasser wurde erst kürzlich eingefüllt, stellt er nicht eben überrascht fest. Wenn ich nun auch im Haus noch verdächtige Spuren finde, bin ich jemandem auf der Spur oder bös auf den Leim gekrochen, vermutet er. Eine solch konstruierte Indizienkette ist mir während meiner gesamten Berufstätigkeit als Fahnder nie vorgelegt worden. Oder dann höchstens als Versuch, mich auf eine falsche Spur zu bringen. Grinsend zieht er seinen Schlüssel hervor, in der Absicht, seinen Nachbarsdienst zu erledigen, um dann endlich auf seine geliebte alltägliche Stedtlitour nach Aarberg gehen zu können.

4

Es ist ihm etwas peinlich in diesem fremden Haus. Er muss sich eingestehen, meistens einen Bogen um diese Giulietta da Costa gemacht zu
haben. Nach dem Tod ihres Ehemannes Herbert Zesiger vor fünfzehn
Jahren zogen ihn seine Handballkollegen nämlich immer ein wenig damit auf, neben der jungen, hübschen Witwe zu leben. «Hilfst du ihr
manchmal dabei, sich über den frühen Tod ihres Ehemannes zu trösten?»
und ähnliche Sprüche fielen öfter beim Gang unter die Dusche oder
noch häufiger beim sogenannten Feierabendbier in ihrer Stammkneipe.
Um sich zu verteidigen, hatte er dann immer behauptet, diese Rolle
hätten schon andere übernommen, ohne in diesem Zusammenhang seinen Freund Paul zu nennen, der sich zu der Zeit Giuliettas und Jens'
angenommen hatte und sich damals tatsächlich für etwa fünf Jahre von
seiner Liliane getrennt hatte.
Schon leicht verzweifelt sucht Heiri das Fischfutter. «Wie kann man so
blöd sein und dieses nicht neben dem Aquarium platzieren!», flucht er
und gelangt auf seiner Suche in die Küche. Dabei entdeckt er im Spül-
becken ein Glas, das Giulietta vor ihrer Abreise wohl dort vergessen hat.
Instinktiv greift er danach. Es riecht nach Cognac. Heiri weiß jedoch
von Rita, dass Giulietta niemals Alkohol zu sich nimmt. Hier haben wir
also das nächste Indiz, vermutet Heiri. Im Papierkorb unweit des Aqua-
riums fällt ihm ein leeres Zigarettenpäckchen der Marke Parisienne auf,
und richtig, irgendwie riecht es auch nach Zigarettenrauch. «Ja, habe
verstanden, Jens war hier. Seit seiner Schulzeit raucht er Parisienne…»
Endlich findet Heiri das Fischfutter direkt neben dem Aquarium. «Ich
alter Narr bin definitiv kein Augenmensch», brummelt er. «Eine blinde
Sau hat eine Eichel gefunden, hm!» Als er die Dose wieder zurückstellen
will, hört er ein Auto vorfahren. Heiri versteckt sich hinter Vorhängen
und äugt gespannt aus dem Fenster. Zwei bullige Schwarze sind ausge-
stiegen und verschwinden in der angebauten Doppelgarage. Kurz darauf
tauchen sie wieder auf und schleppen die alte, nun plötzlich verschlos-

sene Regentonne zu ihrem geparkten Geländewagen, um sie dort zu verladen und gleich darauf wegzufahren.

Steckt in dieser Tonne eine Leiche? Haben sie den Auftrag, diese verschwinden zu lassen?, überlegt Heiri, und nullkommaplötzlich wird ihm bewusst, dass ihn diese Beobachtungen in die Rolle eines Zeugen oder Ermittlers drängen.

Meiner früheren Arbeit ging immer ein Verbrechen voraus. Die Spuren waren meist schon verwischt worden. Aber hier scheint man mir alles auf einem Silbertablett servieren zu wollen, denkt er. Sein Misstrauen wächst. Will mich jemand in eine Falle locken? Hat jemand noch eine Rechnung mit mir offen? Das bringt mein früheres Metier leider so mit sich. Auf der Bargenschanze habe ich mich lächerlich gemacht, aber hier werde ich, wie es scheint, in etwas hineingeritten! Weiß Rita, dass ich diesen Spuk eins zu eins mitbekomme? Wie soll ich mich ihr gegenüber verhalten? Sie darauf ansprechen? Oder besser den Mund halten, um es nicht auch noch mit ihr zu verderben? Obwohl ich eigentlich keine Lust auf solche Spielchen habe, scheinen sie wenigstens einen unbestreitbaren Unterhaltungseffekt zu haben. Manch einer möchte vielleicht einen solchen «Krimi» einmal erleben…

«Und, hat es geklappt – hast du an den Wintergarten gedacht?», fragt Rita, als er zurückkehrt. Heiri, mit der Absicht, nur rasch Zesigers Schlüssel in die Glasschale zurückzulegen, um dann nach Aarberg zu radeln, fürchtet, erneut in eine Diskussion mit seiner Frau verwickelt zu werden. Er geht deshalb nur indirekt auf ihre Frage ein. «Ja, alles in Ordnung! Ich gehe jetzt auf meine obligate Stedtlitour, wenns recht ist. Soll ich vom Steffen ein Brot heimbringen?»

«Denk an unsere Abmachung! Es wird mit offenen Karten gespielt! Hast du im Wald und in Zesigers Haus nichts Verdächtiges entdeckt?», fragt Rita. «Welche Spur verfolgst du? Ist vorhin nicht ein Wagen bei Zesigers vorgefahren? Ist Jens vielleicht nach Hause zurückgekehrt, aber er fährt doch bestimmt keinen Geländewagen, oder?!»

«Lass mir etwas Zeit! Beim Mittagessen werde ich rapportieren, versprochen! Versteh doch, ich will meine wartenden Kollegen nicht noch länger auf mich warten lassen. Bestimmt haben sie mir die Zeitungsberichte schon alle weggelesen!», antwortet Heiri mit gespieltem Humor.

«Im Pensionsalter geht das Pflegen von Freundschaften vor. Die Toten werden eh nie mehr lebendig!», gibt er noch einen drauf und verschwindet aus der Wohnung.

«Vergiss nicht unsere Bootsfahrt heute Abend mit Wendy und Marc!», ruft ihm Rita etwas genervt nach.

Zehn Minuten später sitzt er im Tearoom Steffen bei seinem traditionellen «Pressekaffee». «Das Übliche?», fragt Therese, und Heiri nickt. Seit seiner Frühpensionierung kommt er fast täglich hierher, um sich über das Tagesgeschehen zu informieren. Zu Kaffee und einem Stücklein aus der Confiserie-Vitrine liest er dann mehrere Zeitungen, darunter auch das Boulevardblatt *Blick*, des aktuellsten Sportteils wegen.

Heute fällt es ihm jedoch schwer, sich aufs Lesen zu konzentrieren. Seine Gedanken sind nach wie vor bei Paul. Vielleicht ist er in etwas hineingeraten und bräuchte meine Hilfe. Die andern Exponenten in dieser schon fast soap-artigen Ouvertüre sind ihm punkto Verwegenheit bestimmt überlegen. Ich könnte wenigstens mal nachfragen, ob er nach all dem Schrecken gut zu Hause angekommen ist. Gesagt, getan! Und dies, obwohl ihn der böse Blick seines Tischnachbarn, der es hasst, wenn er beim Lesen der *Weltwoche* durch ständige Telefoniererei anderer Gäste gestört wird, beinahe durchbohrt hätte.

Fast hätte Heiri sein Smartphone fallenlassen, als sich eine Englisch sprechende Stimme meldet: «Is everything okay?» Heiri überprüft reflexartig die Nummernwahl, und dies, obschon er Pauls Stimme zu hundert Prozent erkannt hat.

«Warum meldest du dich in englischer Sprache?», fragt Heiri und bringt dabei sein Gegenüber in Verlegenheit.

Paul scheint nach Worten zu ringen. «Was, du, Heiri?! Ich bin heute wohl definitiv durch den Wind. Du weißt – der Schreck. Eigentlich habe ich mich davon schon ein wenig erholt. Trotzdem war ich vorhin beim Hausarzt. Er behauptet, meine Verwirrtheit sei eine Reaktion auf die neuen, starken Medikamente, an die sich der Körper ein paar Tage gewöhnen müsse!»

«Ah, so!», antwortet Heiri. «Ich wollte dich eigentlich nur fragen, wie es dir geht! Und ob ich dir irgendwie helfen kann. Es scheint doch ziemlich viel über dich einzubrechen in den letzten Stunden.»

«Das ist lieb! Wenn doch nur Traore und Jens ein Lebenszeichen von sich gäben! Und Mbaye heil aus Genf zurückkäme!», jammert er in weinerlichem Tonfall. «Auch wenn ich mir vielleicht zu große Sorgen mache, wäre ich froh, wenn du mir bei deren Suche behilflich sein könntest. Boselli würde mich bei erneuter Anfrage um Hilfe ohnehin nur auslachen, oder soll ich die Ortspolizei bitten, eine Vermisstmeldung aufzugeben?»

«Das halte ich für verfrüht!», antwortet Heiri, «aber gib mir doch die Nummern von unseren Vermissten durch. Ich werde dann versuchen, sie zu erreichen. So, und nun will ich nicht länger stören, mein Tischnachbar reißt mir nächstens das iPhone aus der Hand. Melde dich bei Bedarf. Gute Erholung. Tschüss.»

Noch bevor Heiri sein Telefon in der Hosentasche verstaut hat, quatscht ihn der Tischnachbar an. «Diesen Artikel müssten Sie lesen, mein Lieber», und beginnt dann unvermittelt aus dem Kulturteil der vor ihm auf dem Tischchen liegenden Zeitung zu zitieren: «Der Neoliberalismus bemächtigt sich immer mehr unserer Psyche. Das Smartphone ist nicht nur ein effektiver Überwachungsapparat, sondern auch ein mobiler Beichtstuhl. Das Handy wird als moderner Rosenkranz benutzt – Dinge kann man nicht unendlich konsumieren, Emotionen hingegen schon –, damit der Markt weiß, was das Subjekt begehrt, und deshalb muss es reden, reden und nochmals reden. Zwischen Konsum und Kommunikation hat sich eine intensive, ertragreiche Liaison entwickelt – der Mensch ist vom außen- zum innengelenkten Menschen geworden und hat das Bedürfnis, auch sein letztes Geheimnis preiszugeben – im Irrglauben, dass er es sei, der diesen Veräußerungsprozess kontrolliere und steure...»

«Interessant! Bitte entschuldigen Sie, wenn ich Sie mit meinem Handygespräch gestört habe», unterbricht Heiri den Leser. «Ein Handyverbot wäre hier drin vonnöten, nicht wahr? Aber mein Anruf war sehr wichtig, verstehen Sie?»

«Das behaupten alle!», entgegnet der unbekannte Mann mit einem Seufzer. «Wissen Sie, meine Frau...» Nun ist es auch für mich aus mit der Ruhe zum Zeitunglesen, fürchtet Heiri. Er ruft nach der Serviertochter und beginnt gleichzeitig, Kleingeld aus seinem Portemonnaie hervorzuholen. Innert Kürze hat er das Geld für den Kaffee auf den Tisch gezählt und verabschiedet sich mit: «Na, dann will ich Sie nicht länger vom Lesen abhalten. Guten Tag!»

Er verlässt eiligst das Lokal. Bewusst hat er den Brotkauf vorne im Tearoom ausgelassen. Pauls Worte «Is everything okay?!» beschäftigen ihn auf der Heimfahrt. Laufen bei ihm eventuell doch gewisse Fäden zusammen? Hat er via Botschafter die Schwarzen eingespannt, um die Regentonne mit der Leiche bei Zesigers abzuholen? Aber dann doch sicher nicht vor meinen Augen! Rätselhaft.

Wieder zu Hause angelangt, erzählt ihm Rita, dass Jens angerufen und gefragt habe, ob sie oder Heiri eventuell Traore gesehen hätten. Er sei nämlich nicht zu einer Verabredung in Genf gekommen, nachdem er am Vortag nach Aarberg fahren und den Revolutionär habe treffen wollen. Doch auch in der Psychiatrischen Klinik im Stedtli sei Traore nicht aufgetaucht, ebenso sei Jürg Blaser alias der Revolutionär nicht erreichbar.

«Was wird hier gespielt? Ich mache mir echt Sorgen!», jammert Rita. «Ist Traore etwas zugestoßen? Hat er vielleicht heute Morgen am Baum gehangen, oder gar der Revolutionär? Giulietta hat mir nämlich auf der Fahrt zum Flughafen erzählt, Paul habe ihn gebeten, Traore und Jens etwas auf die Finger zu schauen. Was, wenn der Revolutionär mit seiner Connection aus seinem früheren Berufsleben als Rohstoffhändler etwas Wichtiges entdeckt und nun gegen sie ins Feld geführt hat? Bist du nicht auch beunruhigt? Was haben die Schwarzen im Haus gesucht? Ich sah sie nämlich vorhin aus dem Wagen steigen. Komm, rück doch endlich mit der Sprache raus! Du vermiest mir sonst den heutigen Abend mit der Jungfernfahrt und dem Fischessen.»

Heiri fühlt sich in die Enge getrieben. Eine Situation, die ihm zuwider ist. Auf Ritas Fragen zu seinen Ermittlungen im Wald, bei der Waldhütte, bei Zesigers und so weiter bemerkt er einzig: «Jens scheint also nichts zugestoßen zu sein. Dies deutet schwer darauf hin, dass Paul halluziniert hat. Hinter der Trommler- und Regenfassaktion vermute ich nichts Schlimmes, das hat wohl einen harmlosen Hintergrund. Du weißt, Giulietta hatte ebenfalls Verbindungen zur Botschafterfamilie. Vielleicht hat sie diese beauftragt, die Regentonne – die viele in unseren Gärten auch als Gärfass benutzen, um nachher aus ihren Birnen, Äpfeln oder aktuell Kirschen Schnaps brennen zu lassen –, als Freundschaftsdienst abzuholen und in eine Brennerei zu fahren. Ein mit Obst gefülltes Fass wiegt schnell mal hundert Kilo, wie du dir denken kannst. Ich schlage vor, dass wir die Sache, wenn nichts Ernsthaftes mehr geschieht, auf sich beruhen lassen und, wenn nötig, morgen wieder angehen. Vielleicht lösen sich die Rätsel wie von allein, und die vermissten Personen, übrigens auch Pauls größte Sorge, tauchen wieder auf. Ich habe Paul versprochen, ihm zur Seite zu stehen, falls neue Probleme auftauchen, ihm aber vorläufig auch abgeraten, die Ortspolizei einzuschalten.»

«Könntest du nicht eventuell Laura anrufen, um sie mit einzuspannen?», fragt Rita, immer noch beunruhigt.

Anstelle einer Antwort spielt Heiri nun den Tröster, schließt Rita in die Arme und flüstert ihr ins Ohr: «Ich liebe dich. Komm, jetzt essen wir etwas, und nachher gehts ab auf unser Boot! Wir brauchen bestimmt zwei, drei Stunden, um unser Schiff auf Vordermann zu bringen. Hoffentlich hat der vorgestrige Gewittersturm nicht zu stark gewütet!»

Das zwei Monate vorher gekaufte Segelboot ist Webers größter Stolz. Tage- und nächtelang hat Heiri unter Anleitung eines Fachmanns begonnen, das alte, aber schmucke Holzschiff zu restaurieren. Die Affinität zum Segeln hat sich in den gemeinsamen Segel-Törns mit den Protagonisten seines letzten Kripofalles ergeben. Den Bootskauf und die Segelschulstunden auf dem Bielersee haben sie dem befreundeten Ehepaar verheimlicht, um die beiden heute, an deren drittem Hochzeitstag, mit der geplanten Jungfernfahrt zu überraschen.

Während des leichten Mittagessens gelingt es Rita, ein wenig Abstand zu den Vorfällen am Morgen zu gewinnen. Dies hauptsächlich, weil auch für sie noch einige Vorbereitungsarbeiten für den Abend anstehen. Unter anderem hat sie vor, zum Taufakt des neuen Bootes einen Apéroschmaus aufzutischen. Auch eine Bestätigung der Tischreservation im *Trois Amis* will sie noch einholen.

5

Im kleinen Bootshafen angekommen, begeben sich Webers unverzüglich zu ihrem gemieteten Bootsplatz. «Gut, haben wir noch etwas Zeit, bis Wendy und Marc kommen. Schau, das Gewitter von vorgestern hat hier offenbar besonders stark gewütet», stellt Heiri etwas konsterniert fest und beginnt, das ganze Deck von dürren Zweigen und Blättern zu säubern.

«Das ist der Nachteil unseres Anlegeplatzes unmittelbar unter den hohen Bäumen», stellt Rita etwas ernüchtert fest.

«Stimmt, aber dafür liegt das Boot nun im Schatten, und wir müssen unsere Vorbereitungen nicht an der prallen Sonne ausführen.»

Ein paar Minuten vor fünf ist alles bereit. Da Webers immer auf Sichtweite zum kleinen, gut überschaubaren Hafen sind, gehen sie ohne Bedenken, ihr kleines, startklares Boot für einen Moment allein zu lassen, zum vereinbarten Parkplatz und setzen sich zum Warten auf die Holzbank neben dem Hafenkiosk.

Rita übertreibt meiner Meinung nach momentan etwas allzu sehr mit Überraschungen, sinniert Heiri. Den heutigen Event und mein Geburtstags- und AHV-Renten-Fest hätte man nach meinem Gusto gut zusammenlegen können, üb erlegt er. Bestimmt hat Rita Wendy und Marc als unsere derzeit engsten Freunde zu meinem Fest geladen. Die Geheimnistuerei um meinen Geburtstag nervt mich von Tag zu Tag mehr. Hoffentlich wird sich der Sturm von heute Morgen spätestens bis dann gelegt haben.

Zum Glück fahren Wendy und Marc pünktlich vor und beenden damit Heiris Grübeleien. Herzlich begrüßt man sich gegenseitig. Seit den Frankreichvorfällen und den vielen gemeinsamen Stunden, die man in den letzten Jahren verbracht hat, sind sich die beiden altersmäßig doch sehr unterschiedlichen Paare gegenseitig sehr lieb geworden. Angesichts der Tatsache, dass Marc und Wendy keine intakten Familien mehr haben, kommt Heiri und Rita eine Art Elternrolle zu. In ihrem Dabeisein fühlen sie sich wohl. Umgekehrt bilden sie für Webers eine willkommene, natürlich gewachsene Verbindung zur jüngeren Generation.

Mit vielen Bekannten und Freunden ihrer Rentnergeneration sind kaum mehr interessante, lebensbejahende Gespräche möglich. Immer häufiger geht es um Themen wie Krebserkrankungen, Spitalaufenthalte, Alzheimer, Demenzerkrankungen, den richtigen Zeitpunkt, um ins Altersheim zu wechseln, bis hin zur Exit-Anmeldung und zu verschiedenen Bestattungarten.

«Wir haben uns riesig auf den heutigen Abend gefreut!», verkündet Wendy auf ihre typisch herzliche Art. «Marc, wollte schon oben auf den Gratisparkplatz des Fischrestaurants einbiegen, doch ich habe insistiert. Ihr führt etwas ganz anderes im Schild, nicht wahr? Ich sehe es euch doch an!»

«Richtig, folgt uns bitte einfach!» Rita geht voraus, nachdem Marc das Parkticket, das ihm Heiri zugesteckt hatte, in seinen Wagen gelegt hat. Die Überraschung mit dem Segelboot und der bevorstehenden Jungfernfahrt gelingt perfekt. Wendy kommt kaum aus dem Staunen heraus. «Genial, megaschön.»

«Bevor wir jedoch auslaufen, wollen wir unser Boot noch taufen», verkündet Heiri feierlich. «Und ihr dürft Taufpaten sein! Ihr seid unsere besten Freunde und habt uns zudem zum Segeln gebracht.»

Heiri bittet nun Marc, den Namen des Schiffes aufzudecken. Jetzt ist die Überraschung perfekt. «Hurra, noch eine Venus!», jubelt Wendy und fällt allen der Reihe nach um den Hals.

«Ja, wir haben unser Boot aus Freundschaft zu euch und in bester Erinnerung an unsere Segel-Törns auf eurer Venus im Mittelmeer ganz einfach Venus II getauft. Gerne stelle ich euch unser Boot auch für eigene Törns zur Verfügung. Im Gegensatz zu Südfrankreich könnt ihr hier eine halbe Stunde nach Arbeitsschluss ablegen!» Zugleich drückt Heiri Marc einen Schlüssel fürs Vorhängeschloss zur Kajüte in die Hand.

Freude und Rührung überkommen sie alle, bis sich Heiri als Kapitän besinnt, den Champagnerkorken knallen lässt und die Gäste bittet, auf die Venus II anzustoßen. Nun fährt auch noch Rita mit ihrem Apéro riche auf, und die Party kann beginnen. «Damit ihr mir auf der Überfahrt nicht verhungert, es wir erst um etwa zwanzig Uhr etwas Rechtes geben», verkündet sie. «Kennt ihr das *Trois Amis* in Schernelz schon?», fragt sie und ist nicht überrascht, als die beiden freudig nicken.

«Perfekt! Danke! Die Überraschung ist euch mehr als gelungen!», jubelt Wendy, und Marc zeigt sich nicht weniger erfreut. «Mir fehlen schlicht die Worte!», verkündet er strahlend. Dann wird mir zusätzlich noch die Ehre erwiesen, die Jungfernfahrt in gewohnter Manier als Steuermann an der Pinne zu genießen!»

«In diesem Punkt muss ich dich leider enttäuschen!», unterbricht Heiri und hält Marc seinen Seglerausweis unter die Nase. «Falls du nichts dagegen hast, würde ich dich für die Fahrt aber gerne als «Vorschötteler» anheuern.»

«Aye, aye, Captain!» salutiert Marc. «Schau, der Joran, der bekannte Sommer-Schönwetterwind, macht sich schon bemerkbar. Ich schätze, dass wir nur rund eine halbe Stunde für die Überfahrt brauchen.» Die Vorfreude auf den Segel-Törn ist riesig, so dass man bereits um achtzehn Uhr zur Überfahrt ablegt. Die Landschaftskulisse ist einzigartig. Beim Aufkreuzen gegen den kräftig wehenden Bergwind sieht man abwechselnd auf die nahe idyllische Sankt Petersinsel und seeabwärts in Richtung Biel.

«Herrlich!», freut sich Marc, der es sich mangels Arbeit auf dem Bug der Venus bequem gemacht hat. Heiri ist derweil bemüht, das Schiff nicht in allzu starke Schräglage zu manövrieren. «Nicht, dass mir noch jemand von Bord fällt!», witzelt er übermütig und voller Tatendrang.

Innert Kürze ist der Bielersee voller Segelboote und Windsurfer. Niemand will sich nach den Wetterturbulenzen der letzten Wochen die exzellenten abendlichen Windverhältnisse entgehen lassen. Und was gibt es Schöneres, als nach einem hektischen Arbeitstag mit den Kräften der Natur zu spielen und dabei die Sorgen zu vergessen? Die Seele baumeln zu lassen, wie man heute zu sagen pflegt. Beim Näherkommen werden die Konturen der Rebberge, ja gar der einzelnen Rebstöcke, immer schärfer. Die Ligerzer Kirche, die sich so wunderbar in die malerische Landschaft einfügt, rückt immer mehr ins Zentrum des wunderbaren Ausblicks in Richtung Jurasüdfuß. Schade, dass der stärker werdende Autolärm und das Rattern der in engem Takt am Seeufer entlangfahrenden Züge diese Idylle etwas beeinträchtigen. Mit Marcs Hilfe zirkelt Heiri sein Boot, ohne den kleinen Außenbordmotor in Gebrauch nehmen zu müssen, sicher zum Landesteg der Besucherplätze. Das Boot wird in Ligerz sorgfältig vertäut.

«Wir brauchen dich noch», flüstert Heiri seinem ihm schon jetzt liebgewordenen Boot heimlich zu. Marc schwärmt derweil von Heiris soeben gezeigten Segelkünsten und dessen neuerstandenem, perfekt im Wasser liegenden Segelboot. «Genial, optimal!», lobt er begeistert.

«Schon gut!», erwidert Heiri etwas verlegen. «Die Investition in das alte und teuer restaurierte Bijou hat sich offensichtlich gelohnt», bemerkt er stolz mit einem Seitenblick zu Rita. «Ja, da haben wir einen guten Fang gemacht», bestätigt sie und drückt ihm einen fetten Kuss auf die Wange.

«Wer ist denn hier das geladene Liebespaar?», fragt Marc, bevor sie die Seestraße überqueren und auf einem schmalen, mit vielen Treppen versehenen Fußweg bergwärts steigen.

«Wisst ihr, dass hier oben an der Kirche vorbei ein alter Pilgerweg verläuft?», fragt die kulturbeflissene Rita.

«Nein!», gibt Wendy zur Antwort, «aber in dieser wunderschönen Landschaft hier wird, glaube ich, jeder ein wenig andächtig und demütig. Schaut, da vorn taucht auch schon Schernelz auf, das kleine Winzerdorf!»

«Gott sei Dank!», schnauft Heiri. «Aus mir wird wohl auch im Alter kein Berggänger mehr! Das Alter und mein volles Facebook», wobei er seinen Altherrenbauch betätschelt, «sind bestimmt auch schuld daran.»

Wendy schmunzelt, während Marc ob des ruppigen Aufstiegs selber nach Atem ringt. Immer öfter bleiben sie stehen, drehen sich um und schauen auf den dunkelblauen See hinunter. «Wie an der Côte d'Azur!», frohlockt Wendy.

«Seht doch, welche Höhe wir in dieser kurzen Zeit schon gewonnen haben!», muntert Rita ihre Begleiter zum Weitergehen auf. Dank ihres täglichen Walkingtrainings hat sie absolut keine Probleme mit dem Aufstieg.

Bald haben sie den kleinen Weiler erreicht.

«Eigentlich schade, dass das kleine Dorf nicht autofrei ist!», bemerkt Marc, als ihnen auf dem schmalen Sträßchen ein Auto entgegenkommt und sie gleich darauf passiert. Alle stimmen ihm zu, außer Heiri. Der starrt ungläubig dem grünen Volvo nach. Paul?! Das darf doch nicht wahr sein! Doch die BE 77777 auf dem Nummernschild lassen keine Zweifel mehr offen. Und schon wieder hat ihn die Bargen-Geschichte fest im Griff. Er hält auf dem kleinen Parkplatz am Eingang von Schernelz unauffällig Ausschau nach einem Diplomatenauto und Jens' Sportwagen und ist kaum mehr ansprechbar. Wieder ist er ins Grübeln gekommen.

«He, hallo, zerstreuter Professor, wir sind da!», ruft ihm Rita zu, die sich sogleich für einen kurzen Toilettengang verabschieden will. «Würdest du bitte unsere Jubilare an den reservierten Tisch begleiten?»

Es dauert eine Weile, bis sich Heiri von den Gedanken an Paul lösen kann. Zu viele Fragen drängen sich ihm auf: Was wollte er hier? Hat ihm der Arzt nicht Bettruhe verschrieben? Warum begegne ich ihm heute andauernd? Dies kann definitiv kein Zufall sein. Die reine Opferrolle werde ich ihm auf jeden Fall nicht mehr abnehmen!

«Ist es nicht herrlich hier?», bemerkt Rita bei ihrer Rückkehr. «Paul hat uns damals zu seinem sechzigsten Geburtstag hierhin eingeladen, seither kommen wir für besondere Anlässe ab und an mal hierher zum Feiern. Schön, dass es heute auch geklappt hat!»

Paul, immer wieder Paul, denkt Heiri, während er bemüht ist, sich an der Unterhaltung zu beteiligen.

«Schaut, wie die Berner Alpen in der Abendsonne glühen! Wie auf einem Tourismusprospekt», schwärmt Wendy.

«Ja, das Bernerland! Unsere Heimat zeigt wieder einmal ihr Sonntagsgesicht», ergänzt Marc, und Heiri setzt noch einen drauf: «Nirgends auf der Welt kann es schöner sein!»

«Einziger kleiner Wermutstropfen auf dieser formidablen Aussichtsplattform hier ist der frühe Sonnenuntergang», bemerkt Rita und weist auf die letzten Sonnenstrahlen, die noch durch die Bäume auf der Jurakrete scheinen.

«Ja, stimmt, es ist erst zwanzig Uhr, und in Aarberg scheint die Sonne bestimmt noch bis neun!», pflichtet ihr Marc bei. «Trotzdem werden wir die malerische Aussicht auf den See und die bewaldete Sankt Petersinsel noch während des ganzen Nachtessens genießen können», fügt er tröstend an.

Das Nachtessen schmeckt köstlich. «Die Egli stammen bestimmt aus dem Bielersee», witzelt Heiri. «Ein Freund von mir arbeitet in Twann in einem Fischrestaurant und hat mir erzählt, dass es vorkommt, dass an Wochenenden allein in Twann bis zu viertausend Eglifilets auf den Tisch kommen.»

Das Gespräch wird auch angesichts der bereits dritten angebrochenen Flasche Ligerzer immer lockerer. Wohlgelaunt und bereits ziemlich alkoholisiert gibt Marc den Lieblingsspruch seines Großvaters zum Besten: «Fische, hat mein Daddy gesagt, sollten immer dreimal schwimmen. Zuerst im frischen Wasser, dann in geschmolzener Butter und zu guter Letzt im Weißwein.»

«Recht hatte er! Bisher war ich der Meinung, Heiri habe diesen Spruch erfunden!», schmunzelt Rita. «Diese Binsenwahrheit geht wohl wie so Vieles auf die alten Römer zurück, meint ihr nicht auch?»

«Oder auf den ersten Bielerseewinzer, der so versuchte, seinen Fusel besser an die Herrschaften zu bringen!», spottet Marc. Auch der Spruch des mit Aarberger Zucker veredelten Weißweins aus den Siebzigerjahren darf nicht fehlen. Nach einem ausgiebigen und wiederum in Alkohol getränkten Eis-Sorbet mahnt Heiri zum Abstieg und stöhnt: «Sonst werdet ihr mich noch runterrollen müssen! Ich habe viel zu viel gegessen! Nur mit Trinken habe ich mich bewusst etwas zurückgehalten, denn ich will euch und unser neues Boot noch sicher über den See bringen.»

Beim Abstieg stimmen dann alle in den Gassenhauer ein: «What shall we do with the drunken Sailor…» Seit dem Motorbootunfall mit Todesfolge vor ein paar Jahren macht die Seepolizei dauernd Alkoholkontrollen auf dem See, und ich möchte mein Boot nicht gleich wieder abgeben müssen!», bemerkt Heiri.

«Unglaublich, dass man dem mutmaßlichen Täter den Unfall mit Todesfolge nie definitiv nachweisen konnte. Warum bringt dieser alte Sack den Mut nicht auf, sich zu stellen? Mir ist total unverständlich, wie man mit der Schuld, eine junge Schwimmerin getötet zu haben, einfach normal weiterleben kann. Er hielt stur an seiner Aussage fest, er habe weder etwas gesehen noch eine Erschütterung gespürt! Wie verladen, bitte sehr, muss ein solcher Arsch denn gewesen sein!», enerviert sich Wendy lauthals.

Der weitere Abstieg nach Ligerz geht dann stumm, aber problemlos vonstatten. Alle sind mit sich selber beschäftigt. Die schmale Treppe lässt auch kein Nebeneinandergehen zu.

«So, nun setzt euch einfach ins Heck und lässt mich machen», schlägt Heiri vor, als sie sich auf dem Boot eingefunden haben.

«Ich könnte dir doch noch helfen, den Spinnaker zu hissen», meint Marc. «Mit dem leichten Rückenwind würde uns das Boot praktisch von alleine nach Lüscherz rüber bringen.»

«Der fehlt mit leider noch», erwidert Heiri, «aber ich werde euch mit einem sauber gesteuerten Schmetterling ruhig über den See gleiten lassen.»

«Auch gut! Komm, Wendy, dann machen wir es uns doch gemütlich und genießen die Überfahrt wie zwei frisch Verliebte. Der Vollmond wird Heiri den Weg weisen.»

Marc sollte recht behalten, denn schon nach wenigen Minuten verwandelt der Mond die Wasseroberfläche in ein glitzerndes und glänzendes Lichtermeer. Scherenschnittartig ragen die Umrisse der Sankt Petersinsel in den Himmel. «Märchenhaft, unbeschreiblich schön!», flüstert Wendy, die als Einzige nebst Heiri noch die Augen offen hält. Heiri ist glücklich und stolz, diese kostbare Crew sicher über den See steuern zu dürfen. Wendy ist einfach ein Goldschatz!, denkt er. Wie sehr muss sie damals unter ihrem sturen Mann, diesem sektiererischen, bigotten Hemund gelitten haben. Gerade für einen Menschen wie Wendy, die die Fähigkeit hat, die Welt mit dem Herzen zu sehen, muss dieses ihr von ihrem früheren Partner aufgezwungene, religiöse Schubladendenken der reinste Horror gewesen sein. An Marcs Seite ist sie richtig aufgeblüht. Offensichtlich schätzt sie es auch, in ihm einen Seelenverwandten gefunden zu haben. Stumm und tief berührt genießen sie die friedlich-harmonische Stimmung, bis Wendys Augen auch zufallen.

Beinahe wäre nun auch Heiri eingenickt. Doch ein Motorengeräusch lässt ihn aufschrecken. Von Ferne nähert sich ihnen ein schnell dahin brausendes Motorboot. Die Seepolizei!, denkt Heiri erschrocken, im Wissen, dass auch er sein Fischmenu im Weißwein hat schwimmen lassen und bestimmt den Alkoholtest nicht bestehen würde. Doch was nun?! Die Pinne Marc zu überlassen, ist auch keine Lösung, weiß er und kommt sich vor wie eine Maus vor einer hungrigen Schlange. Cool bleiben, vielleicht ist es gar nicht die Seepolizei. Die werden doch kurz vor Mitternacht auf dem praktisch bootfreien See nicht Kontrollen machen! Immer deutlicher zeichnen sich die Konturen einer Motorjacht ab. Das ist eine Privatjacht, stellt er vorerst beruhigt fest. Hat er mich überhaupt gesehen, oder fährt er uns in der nächsten Sekunde über den Haufen? Die Motorjacht ändert ihren Kurs keinen Zentimeter und fährt geradewegs auf ihn zu. Was ist denn das für ein Idiot? Heiri erinnert sich in diesem Moment an den schweren Skiunfall seines Bruders vor fünf Jahren. Er wurde von einem Carver richtiggehend abgeschossen.

Doch kurz vor einem möglichen Zusammenprall ist eine Kursänderung der Motorjacht auszumachen, und das dahinbrausende Boot schwenkt rund fünfzig Meter vor ihnen in Richtung Insel ab. Dabei quert die Motorjacht seine Fahrtrichtung. Im Lichtkegel des Mondscheins ist die Silhouette des Bootes deutlich zu sehen. Ungläubig und schockiert starrt Heiri dem Raser nach. Alles zieht sich in ihm zusammen. Geht der heutige Albtraum wirklich nie zu Ende?, flucht er leise vor sich hin, denn er scheint soeben von Pauls Motorjacht passiert worden zu sein.

Weder Rita, Wendy noch Marc sind vom gedämpften Motorenlärm aufgewacht. Der Alkohol tut seine Wirkung, denkt Heiri und lässt dabei das Geisterboot nicht aus den Augen. An Bord kann er zwei große dunkle Gestalten erkennen. Wie auf Kommando verstummt der Motor, das Boot gleitet noch ein paar Meter und bleibt dann ruhig im Wasser liegend stehen. Was hat das zu bedeuten? Heiri kann beobachten, wie die zwei Gestalten auf dem keine hundert Meter entfernten Boot sich bücken und etwas anscheinend Schweres übers Deck ziehen. Sie fluchen und stöhnen vor Anstrengung. Eine dritte Person, wahrscheinlich der Steuermann, taucht auf und gibt Anweisungen. Heiri kann vor Spannung kaum mehr hingucken. Nicht nur, dass der dritte Mann, oder das, was man von ihm zu Gesicht bekommt, Pauls Umrissen sehr ähnlich sieht, nein, die beiden Hünen stemmen nun auch noch etwas Längliches über die Reling und lassen den schweren fassähnlichen Gegenstand ins Wasser plumpsen. Innert Sekunden startet nun jemand den Motor und der Spuk ist vorbei.

Fassungslos sieht Heiri das Boot in Richtung Mörigen davonfahren. Er beginnt, sich die schlimmsten Horrorgeschichten zusammenzureimen. Es sieht alles so aus, als ob sie die Leiche in Zesigers Fass ein für allemal im See entsorgt hätten!, wird er sich bewusst. Fragt sich nur, warum mir diese Szene, genau wie die morgendliche, geradezu unter die Nase gerieben wird? Will Paul aus irgendeinem unerfindlichen Grund, dass ich seinen dunklen Machenschaften auf die Schliche komme? Spielt er ein übles Spiel mit mir? Besonders bei krankhaften Serientätern kommt so was vor, weiß Heiri. Sie bringen die Polizei absichtlich auf ihre Spur und sind dann wie erlöst, wenn man ihnen ihr triebhaftes Handwerk endlich legt… Aber doch nicht Paul!

Im Mondlicht sieht Heiri ein Lächeln über Ritas schlafendes Gesicht huschen. Offenbar träumt sie etwas Schönes, denkt Heiri und ist nicht unglücklich darüber, dass sie diesen degoutanten Spuk nicht miterlebt. Genau im Schnittpunkt vom Gasthof auf der Sankt Petersinsel und der Ligerzer Kirche haben sie ihn versenkt, denkt er. Mit dieser Koordinate sollte es Profitauchern möglich sein, das verdächtige Fass zu orten und zu bergen. Der See wird hier in Inselnähe schätzungsweise höchstens zwanzig bis dreißig Meter tief sein.

Verärgert realisiert er, dass er im Begriff ist, schon wieder in fremde Machenschaften hineingezogen zu werden, denn er hat soeben die Absicht erwogen, Laura in die Ermittlungen einzubeziehen. Wie würde Boselli lachen, wenn er Wind davon bekäme, dass wir nun auf illegalem Weg Polizeitaucher im Bielersee nach einem Regenfass tauchen lassen! Er würde es genießen, mich zum Affen zu machen und mich für paranoid erklären.

Die ganze schöne Stimmung von vorhin ist wie weggeblasen. Er kann das Erreichen des Anlegeplatzes kaum mehr erwarten. In seinem Kopf herrscht ein großes Chaos. Eigentlich müsste ich schnellstmöglich nach Mörigen fahren, um Pauls Schiff nach Spuren abzusuchen, oder durch einen Anruf feststellen, ob er tatsächlich noch unterwegs ist. Doch bei diesen Gedanken kommt er nun doch wieder zur Besinnung. Unmöglich, ich habe mich doch heute schon genügend blamiert. Rita würde wohl ernsthaft an meinem Verstand zweifeln. Wenigstens hat sie heute Abend den Mund gehalten und Wendy und Marc nichts vom Erhängten auf der Bargenschanze erzählt. Mithilfe des nur noch sanft wehenden Abendwindes gelingt es Heiri, seine Venus II problemlos auf ihren angestammten Bootsplatz zu manövrieren.

Er muss seine schlafenden Passagiere wecken. Rita kommt kaum zu sich. Sie scheint wirklich viel zu viel getrunken zu haben. Wendy und Marc bedanken sich gähnend für den gelungenen Abend, und Heiri geleitet seine schlaftrunkene Frau zum eigenen Auto. «Danke, schlaf gut, ich falle gleich ins Bett», schafft Rita noch zu sagen, als sie zu Hause angelangt sind.

Heiri, der sich nochmals kurz zur Toilette begibt, hört plötzlich ein Rattern und Pfeifen aus seinem Büroraum im Keller. Er braucht einen Moment, bis er die ungewohnten Geräusche seinem seit Monaten verwaisten Faxgerät zuordnen kann. Wer zum Teufel sendet mir um diese Uhrzeit einen Fax?, fragt er sich, verwundert auch darüber, dass die Nummer dieser ausgedienten Polizeibüro-Maschine überhaupt noch in Betrieb ist. Ist es Laura? Hat sie etwas über die Bielersee-Aktion herausgefunden?! Rasch eilt Heiri die Kellertreppe hinab in seinen alten Arbeitsraum.

6

Am welschen Briefkopf mit dem Polizeisiegel der Stadt Genf erkennt Heiri sofort die Herkunft des Schreibens, auch sticht ihm die Unterschrift seines früheren Weggefährten Jean-François Lambert ins Auge. Er ist gut fünf Jahre jünger als ich und könnte also immer noch in leitender Funktion bei der Genfer Polizei sein, kombiniert er während des Überfliegens des Schreibens.

Jean-François bittet ihn um Hilfe. Er selber habe in die Abteilung für Wirtschaftskriminalität gewechselt und verfolge eine heiße Spur, welche ins Berner Seeland weise. Seit geraumer Zeit habe er Jens Zesiger und Traore Mvogo, den Sohn eines afrikanischen Botschafters in Bern, auf seinem Radar. Die beiden seien offensichtlich in Geschäfte mit illegalem Waffenhandel verwickelt. Ihre riesigen Gewinne versuchten sie mit Einnahmen aus dem Rohstoffhandel und gefälschten Dokumenten zu kaschieren. Aus diesem Grunde würden die Internetaktivitäten der beiden überwacht. Aus einem E-Mail von Traore an Jens gehe hervor, dass er ihn beschuldigt, mehr als eine Million, die eigentlich ihm zustünde, verzockt zu haben. Interessanterweise scheine es in diesem Zusammenhang eine Verbindung zwischen Jens Zesiger und diesem ‹Revolutionär› alias Jürg Blaser in Aarberg zu geben. Jens habe Traore nämlich per E-Mail mitgeteilt, der Revolutionär sei bestimmt bereit, mindestens eine halbe Kiste einzuschießen. Leider hätten die zwei Börsianer ab da nur noch per Handy miteinander kommuniziert. Für deren Überwachung hätten sie leider noch keine Befugnis erhalten.

«Excuse-moi, Henry, ich weiß, dass du nicht mehr im Dienst bist und bestimmt keine Lust verspürst, mir zu helfen, doch der offizielle Dienstweg über Weibel, deinen früheren Chef, und deinen Nachfolger Boselli blieb leider erfolglos. Beide waren sie nicht bereit, auf meine Anfrage einzutreten und verwiesen mich darauf, die Botschafterfamilie hätte diplomatischen Schutz und könne deswegen ohnehin nicht von der kantonalen Polizei belangt werden. Auch als ich ihnen den mysteriösen Autofund in Kallnach inklusive meiner bisherigen Ergebnisse schilderte, sind sie nicht auf meine Zusammenarbeitsanfrage eingetreten. Höchstwahrscheinlich hat Jens oder sein Kumpel Traore den Mercedes unter falschem Namen gemietet. Der beim Autovermieter eingetragene Jacques Favre existiert nach unseren Recherchen bezüglich Wohnadresse und Telefonnummer nämlich überhaupt nicht. Und zu guter Letzt geht es mir auch um den Verbleib von Mbaye, welcher nach seinem Vortrag am Sitz der UNO in Genf spurlos verschwunden ist und der in den letzten Wochen in einen großen Streit mit Jens verwickelt war. Du siehst, das Ganze ist sehr komplex.

Es ist unheimlich schwer, zwischen Gut und Böse zu unterscheiden. Meine Hände sind mir außerhalb Genfs gebunden. Trotzdem kann ich nicht tatenlos zusehen, wie die Wirtschaftskriminalität immer neue Blüten treibt. Du bist also in gewissem Sinn im Fall Jens Zesiger und Co. meine einzige Hoffnung in deiner Region. Der Diplomatenschutz kann doch nicht dazu missbraucht werden, kriminelle Machenschaften unter den Tisch zu kehren. Ich vermute, dass Kripochef Weibel mit der Botschafterfamilie unter einer Decke steckt. Es riecht für mich nach Vetternwirtschaft und Korruption. Aus diesem Grund wäre ich doppelt froh, wenn du in die Bresche springen würdest und auf der Basis dieser Informationen in Aarberg ein wenig ermitteln könntest. Bitte sei vorsichtig und erachte dieses Schreiben als *top secret*!»

Unglaublich! Das Ganze nimmt eine immer größere Dimension an. Anscheinend geht es wohl um zwei Geschichten, die sich auf seltsame Weise überschneiden. Oder, auch möglich, um einen Zusammenhang zwischen dem Regenfasskrimi und den verschwundenen Afrikanern Traore und Mbaye.
Angesichts der vorgerückten Stunde entschließt sich Heiri, seine Antwort an seinen alten Weggefährten in Genf auf morgen zu verschieben. Für weitere Schritte will er ebenfalls zuerst den nächsten Morgen abwarten. Wie hat doch mein Opa immer gesagt: «Vor wichtigen Entscheidungen erst mal in Ruhe darüber schlafen, mein Junge!»
Eigentlich sollte ich mich besser kennen, denkt er mürrisch, als er feststellt, dass ihn die Schläge der nahen Kirchenuhr foltern. Vergeblich

sucht er seit Stunden den Schlaf des Gerechten. Er wälzt sich im Bett hin und her. Weder das autogene Training noch die Baldriantropfen bringen Erlösung. Viertel nach zwei, halb drei, viertel vor drei und drei Uhr schlägt es, und er empfindet jeden Glockenschlag als Niederlage. Längst hat er es sich aus Rücksicht auf den tiefen Schlaf seiner Frau im Gästezimmer bequem gemacht. Wie in früheren Zeiten hat er vor Verzweiflung auch schon zwei-, dreimal Licht angemacht, um Planungsschritte auf einem Schreibblock zu notieren.

Hauptverdächtiger: Jens, steht da zum Beispiel, und, Laura ins Boot holen. Aber auch Fragen wie: Ist Weibel gekauft? Was führt der Revolutionär wirklich im Schilde und zu guter Letzt: Warum versenkt Paul mit Hilfe von zwei Schwarzen vor meiner Nase um Mitternacht eine Regentonne im Bielersee? All diese kleinen Tricks helfen ihm wenig, mit sich ins Reine zu kommen. Längst hat er auch keinen klaren Kopf mehr und steigert sich aus Erschöpfung und mit aufkommenden Kopfschmerzen beinahe ins Delirium.

Bis zum Morgen wechseln sich Halbschlaf-, Wach- und Schlafphasen ständig ab. Bereits nach dem Sieben-Uhr-Geläut entschließt er sich, diese Tortur abzubrechen und schleppt sich auf die Toilette. Aus unerfindlichen Gründen steht er beim Vorübergehen auf die Personenwaage. «Fünfundachtzig Kilogramm Lebendgewicht», stöhnt Heiri, und erinnert sich an Ritas abgedroschenen und aus der Fernsehwerbung adoptierten Satz, mit dem sie ihn auf seinen Winterspeck anspricht: «Nun wäre es auch für dich langsam aber sicher Zeit zum Pneuwechsel!»

«Soll ich etwa auch mit Skistöcken durch die Gegend hasten? Du weißt, meine Hobbys sind Klavier spielen, Essen, Schach spielen und Segeln!», gab er ihr damals ärgerlich und sichtlich gekränkt zur Antwort.

Er hasst diese Thematik, wie es wohl jeder Übergewichtige tut. Warum stehe ich Hornochse überhaupt noch auf diese verfluchte Waage? Ich sollte sie zum Fenster rausschmeißen. Wahrscheinlich ist sie längst defekt, denkt er und ärgert sich gleichzeitig über seinen schon wieder aufkommenden Verdrängungsmechanismus. Nicht einmal im Alter darf man sich etwas gehen lassen, flucht er vor sich hin. Auch der sexistische Spruch betreffend Intimleben im Alter: «Der kleine Arbeitslose soll doch nicht auch noch obdachlos werden!», schießt ihm durch den Kopf. Beim Gang unter die Dusche schlägt jedoch der Hammer in Form seines Seitenprofils noch brutaler zu. Ungläubig starrt er auf sein Spiegelbild. «Das sind nun also die nackten Tatsachen», seufzt er beschämt. Während er mit der rechten Hand ungläubig über seinen Hängebauch fährt, kommen ihm Begriffe wie abstoßend und dekadent in den Sinn. Und nun? Soll ich mich für das eigene große AHV-Fest von morgen ausladen?

Im letzten Sommer hatte er sein Übergewicht noch mit den üblichen Sprüchen abgetan: «Für mein momentanes Idealgewicht bin ich nur etwas zu klein geraten!» Oder mit dem vulgären Spruch: «Das sind alles Samenstränge!» Im Kollegenkreis der alten Handballer mit Galgenhumor hatte er sich damit darüber hinweggesetzt. Doch dieser unerfreuliche Anblick im Spiegelbild geht ihm echt an die Nieren. Vielleicht muss ich meine Essgewohnheiten und meine Lebenskultur wirklich ändern, denkt er bekümmert.

Zu allem Übel ruft das Thema Bauch nun auch noch Szenen aus seinem eben erst erlittenen Albtraum hervor. Nicht einmal das kalte Duschwasser kann sein Gehirn davon abhalten, diese Traumfetzen rekonstruieren zu wollen. Aus dem Schwall von wirren Gedanken erinnert er sich plötzlich an erstaunliche Details, zum Beispiel daran, wie er seine Pistole ziehen wollte, aber keine an seinem Gürtel hing – und wie er dann total realitätsnah konstatierte, dass er als pensionierter Polizist keine Waffe mehr trägt. Diese Vermischung von Jetztzeit, früher Erlebtem und Surrealem macht es ihm beileibe nicht leicht, sich seinen Traum vollständig in Erinnerung zu rufen oder diesen auf irgendeine Weise zu deuten. Wie meistens in solchen Angstträumen hat er sich sowohl als Außenstehender als auch in der von Ohnmachtsgefühlen geplagten Hauptrolle wiedergesehen.

Der Traum hatte ganz harmlos begonnen und sich dann als Horrorfilm entwickelt. Zuerst war er nach einer langen Radtour durchs Seeland schwungvoll und ohne hinzufallen vom noch auslaufenden Fahrrad gestiegen. Nicht schlecht für einen alten Mann!, meinte er zu sich selber. Nun habe ich endlich etwas für mein ganz persönliches *Feißbook* getan.

Doch plötzlich, ohne genau zu wissen, warum, stand er im finsteren Gang, der zum alten Gewölbe des Ringmuur-Theaters in Aarberg führt. Verzweifelt und vergeblich suchte er an der feuchten Wand tastend nach einem Lichtschalter. Ein Schwall von abgestandener modriger Luft kam ihm vom Innern dieses schon im Mittelalter angelegten Kellers entgegen. Hat man mich hier eingesperrt?! Warte ich in diesem Loch auf meine Hinrichtung? Angesichts der totalen Unsicherheit ließ er sich auf die Knie fallen und kroch weiter. Auf einmal nahm er aus dem Innern des Berges ein Wimmern wahr... «Wer ist da? Ist da jemand?», wollte er rufen, aber seine Stimme versagte. Sein Fluchtinstinkt trieb ihn dazu, den Ausgang dieses Lochs zu suchen. Doch längst hatte er in der Finsternis die Orientierung verloren.

Ein scheußlicher Traum, geht es Heiri durch den Kopf, immer noch unter der Dusche stehend. Was war da noch? Ach ja, da war noch eine Frauenstimme, die ihn anzog. Also tastete er sich durch diesen endlos scheinenden Gang ins Innere der Höhle. Und tatsächlich wurde die Stimme lauter, und durch irgendeine Ritze drang Licht. Gerate ich in eine Falle? Wer ist diese Frau? Er wollte vorsichtshalber seine Dienstwaffe zücken, doch da war keine an seinem Gürtel. Natürlich, ich bin doch pensioniert, konstatierte er völlig realistisch.

Heiri erinnert sich, wie er dann im Traum in einen lichtdurchfluteten Raum trat. Die sind wohl doch am Proben, dachte er, als er die im zerrissenen Nachthemd auf dem Boden liegende wimmernde Frau entdeckte. «Verdammt echt! Gut gespielt!», wollte er schon loben, als er den Mann im Stuhl der untersten Sitzreihe der Tribüne wahrnahm. Dieser starrte mit einem leeren, entrückten Blick vor sich hin. «Bist du tot?», fragte Heiri entsetzt.

Noch jetzt, während er sich erinnert, ist Heiri überzeugt, im vermeintlichen Regisseur seinen Schachpartner und alten Freund Paul Krebs in Gestalt eines entstellten Toten erkannt zu haben. Seine gespensterhafte Erscheinung ließ ihn erschauern. Doch gleich träumte er weiter. «Befrei mich doch! Hilfe!», drang es aus der heiseren Kehle der Frau. «Er will mich umbringen!» Und nun begann die vermeintliche Schauspielerin, die angekettet war, in einer fremden Sprache zu jammern. Heiri verstand kein Wort.

Nicht nur Pauls stummes Dasein, nein, auch der Anblick dieser bis aufs Gerippe abgemagerten und der Verzweiflung nahen Frau ließen ihn Schlimmes ahnen. Er fühlte sich der Situation schlichtweg nicht gewachsen. Er war handlungsunfähig und stand dem surrealen Geschehen im Keller hilflos gegenüber. Eine unglaubliche Spannung machte sich breit. «Aber ich bin doch pensioniert!», hörte er sich sagen. «Willst du sie umbringen, Paul? Aber du liebst sie doch, deine Giulietta!»

Heiri war erst in diesem Moment bewusst geworden, dass es sich bei der Gefangenen um seine Nachbarin handeln musste. Hastig versuchte er, ihre Fußfesseln in Form einer mittelalterlichen Kette mit einer riesigen Bleikugel irgendwie vom blutigen rechten Fußgelenk zu befreien, was endlos lange nicht gelingen wollte.

Unglaublich, dieser Traum, denkt Heiri mit einem schiefen Lächeln, froh darüber, dass sich diese Traumfetzen wieder verflüchtigt haben. Waren da nicht noch drei blaue Regenfässer auf der Bühne? Ja, richtig, aus einem hörte ich die ferne Stimme des Revolutionärs schreien. Dieser Gedanke lässt ihn nochmals erschauern. Der Schluss des Traums ist nicht mehr ganz zu rekonstruieren.

Frierend stellt er die Dusche ab. Das Warmwasser ist längst aufgebraucht! Als er sich abtrocknet, schüttelt Heiri den Kopf: Kunststück, dass ich mich schlapp fühle. Bei all den durchlebten Turbulenzen im Traum bin ich bestimmt um Jahre gealtert. Ich fühle mich wie achtzig oder gar hundert, verdammt. Selbstverständlich lässt sich das Geträumte unschwer in Zusammenhang mit den durchlebten Ereignissen der letzten achtundvierzig Stunden bringen. Ist Giulietta vielleicht nicht in Portugal? Sind Jens, Paul und der Revolutionär nun Opfer oder Täter?, fragt er sich erneut. Am meisten beunruhigt ihn jedoch seine Rolle im Traum. Er schwört sich deshalb, sich in nichts hineinziehen zu lassen. Die Vorstellung, seinen Freund Paul denunzieren zu müssen, ist schlicht unerträglich.

Schließlich gelingt es ihm, doch etwas Abstand zum Ganzen zu gewinnen. Vieles im Traum ist unrealistisch. Paul und Giulietta sind immer noch gut befreundet. Sie hätten sich im Keller allerhöchstens ein Liebesnest eingerichtet und bestimmt keine Folterkammer. Ein Stumpfsinn sondergleichen. Solche Gedanken bringen ihn beinahe zum Schmunzeln.

«He, hallo, wie lange willst du noch duschen?! Das Frühstück steht längst auf dem Tisch!», drängt Rita. Auf dem Weg in die Küche kommt sie ihm entgegen, schließt ihn in ihre Arme und haucht ihm ein herzhaftes: «Danke für den wundervollen gestrigen Abend, Herr Kapitän» ins Ohr.

7

Heiris Freude über die liebevolle Reaktion seiner Frau ist jedoch nicht von langer Dauer, denn beim Frühstück gerät er in ein nicht enden wollendes Kreuzfeuer von Fragen. «Und, wie geht es nun weiter? Welche Schritte planst du?» Rita nervt mit ihren Fragen, und Heiri reagiert nach seiner schlechten Nacht gereizt. «Hör bitte auf mit diesem Scheiß!», brüllt er. «Ich bin Jens und seiner Mutter zu keinerlei Hilfestellungen verpflichtet! Wenn Jens Selbstmord begehen will, bin ich der Letzte, der diesen verhindern kann. Ich habe auch keine Lust, Paul nachzuspionieren und vor meiner Haustür zu kriminalisieren, verstehst du?! Einen großen Teil meines Lebens habe ich mit Herumwühlen in kaputten Seelen verbracht. Ich brauche das nächtelange Grübeln nicht mehr! Ich will nicht zulassen, dass unser momentan so schönes Leben beeinträchtigt wird und Kriminelle wieder meinen Tagesablauf bestimmen. Auf privater Basis bin ich nicht befugt, zu ermitteln. Ich mache mich noch strafbar und habe keine Lust, mich wie gestern selber zu verarschen. Nicht mal Boselli und Laura fanden es nötig, einzugreifen. Verständlich, denn es gibt keine Fakten und keine Beweise, dass in diesen seltsamen Ereignissen der letzten Tage, die dich so erstaunlich faszinieren, ein Verbrechen zugrundeliegt.»

Rita schaut Heiri erschrocken an, und dieser redet sich nun richtig in Rage: «Den Gipfel des Schmierentheaters hast du gestern auf unserer mitternächtlichen Fahrt buchstäblich verschlafen! Plötzlich ist Pauls Motorjacht im Mondschein auf mich zugerast. Keine fünfzig Meter auf Backbordseite, also direkt vor meinen Augen, wurde eine Regentonne im See versenkt. Jemand will mich mit allen Mitteln dazu bringen, in diesem Fass eine Leiche zu vermuten. Sag, hast du davon wirklich nichts mitbekommen? Der langen Rede kurzer Sinn: Ich quittiere den Dienst, Frau Staatsanwältin. Punkt, Schluss!»

«Wie, was?!», fragt Rita mit blassem Gesicht und lässt sich neben Heiri stöhnend auf den Stuhl fallen. «Ich habs geahnt! Bis übermorgen hätte ich das Ganze eh nicht mehr durchgestanden!», jammert sie und ist völlig geknickt. Sie vergräbt ihren Kopf in den auf dem Tisch aufgestützten Armen und beginnt herzzerreißend zu schluchzen. «Ich will und kann dich nicht länger zum Narren halten.» Fest entschlossen steht sie plötzlich ruckartig auf, zieht zwischen den Büchern des Regals eine Broschüre hervor und knallt sie Heiri vor die Nase.

Drehbuch zum Geburtstagskrimi steht auf der Titelseite. Eigentlich hätte es keine erklärenden Worte gebraucht, denn Heiri zeigt sich wenig überrascht. Doch er wartet ab, bevor er das Drehbuch aufschlägt, und schaut Rita fragend an, der es offensichtlich nicht wohl ist in ihrer Haut.

«Und ich dumme Kuh hatte auch noch selbst die Idee zu deinem Geburtstagskrimi, auf welche deine Klinikfreunde, Paul, Jens und auch der Botschafter sich einließen. Selbstverständlich haben auch Laura und Boselli sich bereit erklärt ‹dir zuliebe› mitzuspielen.»

«Weißt du, es ist nicht einfach, dir ein Geschenk zu machen», fährt Rita fort. «Zudem hasst du Geburtstagsfeste mit vielen Gästen. Immer wieder hast du mich und deine Freunde auf dein kommendes AHV-Fest vertröstet. Keinen einzigen runden Geburtstag hast du im größeren Rahmen feiern wollen. Mit diesem geplanten Geburtstagskrimi wollten wir dich und deine erfolgreiche Laufbahn als Ermittler etwas auf die Schippe nehmen und dir als endgültigen Abschluss deiner Fahndertätigkeit einen unlösbaren Fall auftischen. Alle fanden die Grundidee witzig und haben sich spontan bereit erklärt, mitzuspielen. Das Ganze sollte ein Jux werden. Boselli hätte das Drehbuch von Sokrates auf eine gewisse Glaubwürdigkeit überprüfen sollen. Er hat es dann zu einem neuen Stück umgeschrieben. Niemand hat es gewagt, ihm Einhalt zu gebieten. Insbesondere Laura hat sich daran gestoßen, dich damit zum Affen machen zu wollen. Selbst der Revolutionär als Regisseur hat nicht eingegriffen. Sokrates' Geschichte hätte psychologisch viel mehr Tiefgang gehabt. Seine Idee vom Licht und Schatten, die jeder Mensch mit sich trägt, fand ich genial, wenn auch etwas zynisch: Er rückte zum Beispiel den Gutmenschen Paul in ein ganz anderes Licht, indem er die These aufstellte: Jeder Mensch kann in seinem Leben andern Mitmenschen Gutes tun und so den eigenen Schatten abbauen. Dieser ist durch unlautere Handlungen gewachsen. Wer also so viel Gutes tut, hat besonders viel Dreck am Stecken! Interessant nicht wahr? Item. Hörst du mir überhaupt zu, oder interessiert dich das Drehbuch nicht?»

«Doch, bitte, gib mir einen Moment!», antwortet Heiri und beginnt im Drehbuch zu blättern. Doch Rita reißt ihm die Broschüre aus der Hand. «Zuerst musst du mir versprechen, bis zu deinem Geburtstagsfest mitzuspielen! Bitte, bitte, erfülle mir diesen Wunsch, sonst gibt es ein Fiasko! Wenn jemand erfährt, dass ich dir von dem Drehbuch erzählt habe, bin ich bis auf die Knochen blamiert.» Sie hält die Broschüre hinter dem Rücken und starrt ihn herausfordernd an.

«Also gut!», antwortet Heiri nach einigem Nachdenken. «Abgemacht. Aber lass mich zuerst noch ganz kurz nach einer bestimmten Stelle in diesem Drehbuch suchen, dann besprechen wir, wie wir vorgehen.» Zögerlich übergibt ihm Rita die Broschüre.

Beim schnellen Überfliegen des Inhalts stellt er fest, dass Jean-François und die ganze Genfer Geschichte mit dem Mietwagen darin überhaupt nicht vorkommen. Sein Verdacht, jemand könnte die Folkloregeschichte tatsächlich dazu benutzt haben, um eine kriminelle Tat zu vertuschen, festigt sich.

«Also gut!», wiederholt Heiri. «Unter der Bedingung, dass du mir das Drehbuch überlässt und mir erlaubst, meine Rolle selber zu gestalten, mache ich mit. Ab sofort werde ich dir meine Ermittlungsschritte und Ergebnisse nicht mehr mitteilen. Das wird dir auch dabei helfen, nicht als Verräterin des Drehbuchs in Verdacht zu geraten, verstehst du?»

«Das nenne ich glatte Erpressung!» Aber sie lacht dazu und ist offensichtlich erleichtert über die neue Situation.

Heiri ist bereits in die Lektüre des Geburtstagskrimis vertieft.

Folgende Personen sollen zum Mitmachen ermuntert oder als Mitwisser informiert werden:

Rita, Paul, Jens, Boselli und sein Team, Traore und sein Vater (nigerianischer Botschafter), Giulietta, Sokrates' Freunde in der Psychoklinik (Sylvia, der Revolutionär, Wendy und Marc).

Alle werden zu gegebener Zeit mit einer persönlichen Anleitung zu ihrer Rolle beliefert und vom Revolutionär angeleitet.

Drehbuch für den Ablauf des Geburtstagskrimis:

Vorbereitung (dauert etwa zehn Tage). Der Revolutionär holt eine lebensgroße Puppe aus der Requisitenkammer in der Aarberger Ringmur.

Zusammen mit Giulietta präpariert er die Puppe so, dass man sie auf den ersten Blick für echt hält: ein Mann (die Gesichtsmaske muss wirklich überzeugen!) mit elegantem Anzug (kann Jens besorgen).

Nach spätestens zehn Tagen beginnt die Show. Ab jetzt müssen sich alle strikt an folgenden Ablauf halten:

Giulietta verreist wie angekündigt nach Portugal in die Ferien. Sie bittet Rita und Heiri, sie mit dem Auto nach Bern zu bringen, von wo aus Giulietta mit dem Zug zum Flughafen Genf fährt. Ihr Haus steht leer.

Paul und Marc transportieren das verschlossene Fass, das die schwarze Puppe enthält, mit dem Pick-up vor Zesigers Haus.

Erster Tag

Am Morgen früh begibt sich Rita auf eine Walkingrunde.

Heiri ist allein zu Hause und bekommt überraschend Besuch von Paul, der ganz außer sich ist. Er habe, als er mit seinem Hund einen Morgenspaziergang machte, auf der Bargenschanze eine Leiche an einem Baum hängen sehen. Heiri soll bitte sofort die Polizei alarmieren.

Paul muss Panik vortäuschen und behaupten, dass er selber die Kripo anrufen würde, falls Heiri ihm nicht glauben sollte. Heiri ruft also seine Ex-Kollegen der Kripo Bern an und bittet sie, auf die Bargenschanze zu kommen.

Der Botschafter macht mit, weil sein Sohn mit Jens befreundet ist und er Paul und Heiri Weber gut kennt. Das könnte für ihn ja ganz amüsant werden. Er soll ein paar seiner Angestellten und Bodyguards auf die Bargenschanze schicken, um dort nachts ein Ritual aufzuführen, eine Art Totentanz um ein Regenfass (das sie zuvor bei Webers Nachbarin geholt haben).

Boselli und sein Team kommen an den angeblichen Tatort und finden keine Leiche vor. Boselli tut verärgert, und Heiri wird die Sache mehr als peinlich sein.

Die Leute von der Kripo schauen sich nicht lange um und verschwinden wieder.

Wieder zu Hause versichert Paul Heiri, sich nicht getäuscht zu haben. Es sei zwar sehr dunkel gewesen, und weil er Angst bekommen habe, habe er nicht so genau hingeschaut und sei rasch abgehauen, um Heiri zu alarmieren. Er meint aber eindeutig erkannt zu haben, dass es sich um einen Mann in elegantem Anzug handelte. Falls das nur eine täuschend echte Puppe gewesen sei, habe ihm jemand einen üblen Scherz gespielt. Heiri wird fluchen, warum Paul ihm das nicht gleich gesagt habe…

Rita, die sich zu der Zeit, als die Polizei auf der Bargenschanze eintraf, in der Nähe des vermeintlichen Tatorts befand und nun nach Hause kommt, soll behaupten, ein Todesritual mit Trommelgeklang und Gesängen von Schwarzen beobachtet zu haben. Die hätten um ein Regenfass herumgetanzt und unablässig mit Stöcken darauf geschlagen.

Wenn zufällig noch andere Leute aus der Gegend die Schwarzen gesehen oder gehört haben, ist das umso besser, falls Heiri Nachforschungen anstellt. Heiri muss ins Grübeln kommen, nachdem Rita ihn beschwört, der Sache nachzugehen, denn da stimme doch etwas nicht. Er wird sich am Tatort genauer umsehen. Dort in der Nähe wird er tatsächlich Abdrücke eines Regenfasses im Gras finden, das Gras darum herum niedergetrampelt.

Am Mittag muss Rita Heiri beauftragen, bei ihren Nachbarn Blumen zu gießen. Sie habe Giulietta versprochen, sich während ihrer Ferien um die Pflanzen und Fische ihrer Nachbarin zu kümmern.

Die Bodyguards des Botschafters warten ab, bis Heiri in Giuliettas Haus ist und fahren dann mit einem Offroader vor, um das verdächtige Fass abzuholen. Sollte Heiri sie zur Rede stellen, erklären sie, dass Jens sie damit beauftragt habe. Wahrscheinlich wird Heiri aber erschrecken und die Schwarzen aus einem Versteck heraus beobachten ohne einzuschreiten.

Bei seiner Rückkehr wird Rita Heiri erzählen, dass Jens angerufen habe, um zu fragen, ob Traore etwa in Aarberg gesehen worden sei. Er wäre nicht zu einer Verabredung in Genf gekommen, und es sei möglich, dass er noch in Aarberg weile, wo er am Vortag mit dem Revolutionär etwas habe besprechen wollen. Merkwürdigerweise könne er weder Traore noch den Revolutionär telefonisch erreichen.

Heiri wird vermutlich recherchieren und herumtelefonieren. Der Revolutionär darf nicht erreichbar sein, niemand weiß wo er ist, falls Heiri nach ihm fragt.

Am Abend, zwei Tage vor Heiris Geburtstag, feiern die Webers mit ihren Freunden Wendy und Marc im «Trois Amis» (muss Rita organisieren, das Programm gilt auch bei schlechtem Wetter). Heiri wird den See mit seinem neuen Segelboot überqueren.

Auf dem Rückweg (etwa um 23 Uhr) fährt Paul mit seiner Jacht und zwei Bodyguards des Botschafters möglichst nahe an Heiris Boot vorbei. In Sichtweite, nahe am Ufer zur Sankt Petersinsel, versenken die drei ein Fass im See. Rita, Wendy und Marc stellen sich schlafend.

Zweiter Tag

Boselli ruft morgens Heiri an und fragt, ob er eine Ahnung habe, wo Traore sein könnte. Der Botschafter habe eine Vermisstenanzeige aufgegeben, nachdem sein Sohn spurlos verschwunden sei. Es gebe Hinweise, dass er vor zwei Tagen nach Aarberg gefahren sei, doch dort habe ihn niemand gesehen.

Von jetzt an gibt es keine Anweisungen mehr. Heiri könnte sagen, dass ihn das alles nichts angeht, er habe sich schon genug blamiert.

Boselli wird sich noch einmal melden und behaupten, dass auch der Revolutionär verschwunden sei und dass man diese Geschichte von der Bargenschanze noch einmal genauer untersuchen müsse. Da gebe es viele Ungereimtheiten und er glaube, dass Heiri mehr wisse, als er sage.

Als ehemaliger Kommissar wird Heiri alles in Bewegung setzen, um herauszufinden, was da gespielt wird. Vor allem Paul wird ihm zu denken geben. Heiri muss unbedingt so weit gebracht werden, nach dem Fass tauchen zu lassen.

Boselli und Laura sollen Hand bieten für eine «offizielle» Zusammenarbeit mit der Bieler Seepolizei.

Im Fass wird man die Puppe und den wasserdichten Umschlag mit der Aufschrift «Fall gelöst, wir gratulieren» finden, und Heiri wird die Puppe an seinem Geburtstag präsentieren können.

Damit wäre der Geburtstagskrimi abgeschlossen, alle Beteiligten inklusive Traore, Jens und Revolutionär und auch die Unbeteiligten dürfen Heiri gratulieren, der das Ganze am Schluss vielleicht als etwas makabren, aber irgendwie doch gelungenen Scherz empfinden und gute Miene zum neckischen Spiel machen wird.

Boselli wird den Fall dank Heiris Spürnase als erfolgreich abgeschlossen erklären, und das Fest kann beginnen.

PS: Heiri wird mehr und mehr in Betracht ziehen, dass die Sache auf der Bargenschanze mehr als ein übler Scherz war. Spätestens wenn er von mehreren Seiten nach dem Verbleib Traores und des Revolutionärs gefragt wird, wird er alles versuchen, die beiden ausfindig zu machen. Diese müssen sich unbedingt während ein paar Tagen «unsichtbar» machen, damit für Heiri die Spannung in diesem Pseudokrimi erhalten bleibt.

Nun bleiben noch zwei Wochen, bis wir mit der Vorbereitungen beginnen, zehn Tage später beginnt der Count-down. Bereitet euch bis dahin gut auf eure Rolle vor. Heiri darf dieses Drehbuch unter keinen Umständen sehen!

Viel Spaß wünschen die Co-Autoren Nick Thoma alias Sokrates und Hauptkommissar Giuseppe Boselli.

Rita zeigt sich nicht erstaunt, als Heiri auf das soeben Gelesene ungehalten reagiert: «Schmarren!», schimpft er. «Ich werde Boselli nächstens fragen müssen, woher er den Hass auf mich hat! Ich mache ihm die Arbeit um keine Haaresbreite streitig! Und meinen guten Ruf wird er mit seinem Verhalten kaum zerstören können. Hat er den Aarberger

Kriminalfall, dessen Lösung ich ihm damals auf dem Silbertablett servierte, immer noch nicht verdaut? Es muss seinen Stolz zutiefst verletzt haben. Bestimmt spürt er auch Lauras Mühe, an seiner Seite arbeiten zu müssen. Ach, was solls! Ich kann dem blöden Boselli nicht einmal böse sein! Der glaubt vielleicht tatsächlich, dass mich seine üblen Scherze amüsieren würden.»

«Ja, so lustig fand ich das neue Drehbuch auch nicht», pflichtet ihm Rita bei.

«Trotzdem, die Einsicht in das Drehbuch hat mich in keinster Art und Weise beruhigt, im Gegenteil.»

Nach diesem unerwarteten Satz fährt Rita zusammen. Ihre Stirn zieht sich sorgenvoll in Falten.

«Ach lassen wirs! Besser gesagt, lass das meine Sorge sein!», fährt Heiri fort. «Ich spiele für dich und die Gäste wie abgemacht den Hampelmann, und du lässt mich meine Überlegungen anstellen. Danke jedenfalls für die Einsicht ins Drehbuch, sie bringt mich weiter, und ich werde selbstverständlich nach dem Fass im See tauchen lassen. Laut Drehbuch habe ich das Gröbste ja bereits überstanden, deshalb schlage ich vor, dich heute Abend mit einem Kinobesuch zu beglücken. In Aarberg läuft der *ABBA*-Kultfilm: Mamma mia! Weißt du, wie früher, mit Popcorn und so. Auf das Gel im Haar werde ich für einmal verzichten!»

Heiri überspielt geschickt die Sorgen, die er sich nach dem Fax von Jean-François ernsthaft macht.

8

Noch bevor Heiri sich eine Strategie für den Tag zurechtlegen kann, klingelt das Telefon. Okay, genau nach Drehbuch, denkt Heiri, als er Boselli am Draht hat, spielt aber den völlig Überraschten. «Was gibt mir die Ehre?», fragt er mit einem doch relativ kalten Unterton. Boselli bleibt diesmal sachlich und liest ihm seine Message beinahe wörtlich aus dem Drehbuch vor: Der afrikanische Botschafter habe eine Vermisstmeldung aufgegeben. Sein Sohn Traore sei wie vom Erdboden verschwunden und melde sich nicht, weder auf seinem Handy noch in seiner Genfer Wohnung. Auch Jens Zesiger frage sich, wo er sein könnte, denn Traore wäre gestern nicht zu einer Verabredung erschienen. Möglicherweise sei er in Aarberg, habe Jens gesagt, denn er habe mit dem Revolutionär etwas besprechen wollen. In der Psychoklinik sei er jedoch nicht angekommen. «Könntest du dich nicht in Aarberg etwas umsehen?», bittet er. «Ich und Laura haben mit einem Mordfall im Oberland zu tun und…»
Zu Bosellis Erstaunen zeigt sich Heiri dazu bereit, worauf der wie immer gestresste Giuseppe mit einem kurzen «Danke, machs gut» das Gespräch beendet.
«Ich und Laura!», klingt es in Heiris Ohr nach. «Ich, ich, ich», ärgert er sich auch noch, als er bereits auf dem Fahrrad sitzend in Richtung Aarberger Klinik radelt. Wenn mir jetzt einer weiterhelfen kann, ist es Sokrates, weiß er. Beinahe hätte ihn sein Fahrrad nach dem Passieren der gedeckten schmucken Holzbrücke aus Gewohnheit an der Klinik vorbei geradeaus zum Tearoom Steffen geführt. Buchstäblich in letzter Sekunde biegt er rechts ab und fährt Wendy, die sich auf dem Weg zur Arbeit befindet, beinahe in die Beine.
«Hoppla, unser Kapitän scheint es heute aber eilig zu haben!», witzelt sie. Heiri erschrickt hauptsächlich, weil es ihn schmerzt, dass Wendy und Marc ebenfalls als Ausführende des Drehbuches aufgelistet sind. Ihr herzhafter Dankeskuss für den wunderschönen gestrigen Abend ist ein wenig Balsam auf seine verletzte Seele. «Kann ich dir einen Kaffee an-

bieten?», fragt Wendy freundlich. «Ich muss mir vor Arbeitsbeginn in zehn Minuten unbedingt auch noch einen reinziehen. Wer den Alkohol nicht verträgt, sollte ihn meiden, hhm!»

Gerne lässt sich Heiri zum Kaffee überreden, und so betreten sie gemeinsam das Foyer der Klinik. Das Glück scheint mir heute hold, denkt Heiri, als er ebenda den Zeitung lesenden und Kaffee schlürfenden Sokrates erblickt.

«Es muss!», erwidert dieser auf Heiris Begrüßungsfloskel trocken und ohne dabei hinter der Zeitung hervorzublicken.

Höflichkeitshalber lässt sich Heiri zuerst auf einen Smalltalk mit Wendy ein, in der Absicht, nachher bei Sokrates wegen dessen schlechter Laune nachzubohren. Hypersensibel ist er, mein Freund, denkt er. Das ist jammerschade, denn ein solch intelligenter Philosoph täte unserer Gesellschaft gut. Doch mit dem Stempel Patient einer Psychiatrischen Klinik ist er gebrandmarkt. Er wird nicht für voll genommen. Seine Schriften dienen dann höchstens als Vorlage für ein beschissenes Kriminalstück, das niemand ernst nimmt, denkt Heiri voller dunkler Ironie. Wie schon oft, hadert er mit dem Gedanken, dass eine Gesellschaft, die einen solch sensiblen, zart besaiteten Menschen in die Psychiatrie abschiebt, sich geradezu selbst diskreditiert. Wendy durchschaut Heiris Grübeleien. «Dein Besuch gilt bestimmt deinem Freund, und ich müsste mich noch für den Arbeitsbeginn bereit machen. Nach zwei Freitagen bin ich überhaupt nicht à jour», entschuldigt sie sich.

«Hei, was ist los?», fragt Heiri seinen Freund Sokrates. «Was ist dir über die Leber gekrochen? Willst du nicht mehr mit mir sprechen? Soll ich gehen? – Mir kannst du nichts vormachen! Wo drückt der Schuh?» Beinahe wäre er mit seiner Bargen-Kriminalgeschichte herausgeplatzt, um damit Sokrates aus dem Busch zu locken. Dieser bleibt jedoch stumm. Zwischen uns liegt dieses verdammte Drehbuch, vermutet Heiri. «Soll ich wieder gehen?», bohrt Heiri nach. «Will der Herr allein gelassen werden? Ich sehe dir doch an, dass etwas nicht stimmt! Hast du Redeverbot?»

«Nein!», erwidert der Angesprochene energisch und legt die Zeitung weg. «Die Decke fällt mir auf den Kopf! Ich vereinsame in dieser Hütte, finde niemanden mehr, mit dem ich mich austauschen und vernünftig reden kann. Die rote Zora, unsere Chefin, lässt sich kaum mehr blicken. Wendy und Marc turteln herum, sind also neben der Arbeit mit sich selbst beschäftigt. Paganini, unser gescheiterter Stargeiger, mit dem mich offensichtlich eine Hassliebe verbindet, weilt, wie du sicher weißt, in Deutschland und tastet sich mit Auftritten in Hotels und so wieder an größere Bühnen heran. Habe nicht geahnt, dass mir sein ‹Gefiedel› mal derart fehlen würde! Am meisten beschäftigt mich jedoch die Heimlichtuerei unseres Revolutionärs. Er schottet sich förmlich vor mir ab. Den Vorwand, zu tun zu haben, nehme ich ihm nicht ab. Er verschanzt sich stundenlang in seinem Zimmer. Entweder hat er eine totale Depression eingefangen, oder er führt etwas Außergewöhnliches im Schilde! Schlimm wurde es in den letzten zwei, drei Tagen oder, andersrum gesagt, seit Jens plötzlich hier aufgekreuzt ist. Nun schottet er sich auch vor ‹unserem› Paul ab, der ihn in den letzten Wochen mehrmals in der Klinik besucht hat. Beide scheinen mich nicht mehr zu kennen, grüßen nicht und schleichen, wenn sie auftauchen, mit verängstigtem, schuldbewusstem Blick durch unsere Gänge, als hätten sie etwas ausgefressen.»

Heiri ist etwas ratlos, was er antworten soll, doch Sokrates spricht weiter: «Bestimmt hängt diese Misere mit dem gestörten, aggressiven Verhalten von Jens zusammen, dem selbst der Revolutionär nicht die Stange halten kann, wie es den Anschein macht. Unerklärbar ist mir auch der allabendliche, höchst seltsame Aktivismus, den der Revolutionär seit rund zwei Wochen an den Tag legt. Mit der Begründung, jemand müsse sich doch um die vielen herrenlosen Katzen im und ums Stedtli Aarberg kümmern, holt er jeden Abend nach dem Eindunkeln Küchenabfälle und verlässt das Haus klammheimlich durch den Hintereingang. Die Bekleidung, die er dazu trägt, gleicht der eines Polarforschers. Man könnte meinen, wir hätten tiefsten Winter! Ist das nicht seltsam? Seit gestern Abend scheint er nun wie vom Erdboden verschluckt zu sein. Er ist einfach verschwunden. Hat also auch nicht hier übernachtet! Und, was mich sehr beunruhigt: Er hat sein Ausbüchsen weder Silvia noch Wendy oder Marc gemeldet. Manchmal befürchte ich, meine eigene Wahrnehmung sei tatsächlich gestört. Haben wir nicht August 2016?! Und befinden wir uns nicht in der Second-Chance-Klinik, die über die Kantonsgrenze hinaus als bestens funktionierende Rehabilitationsklinik für psychisch kranke Menschen bekannt geworden ist? Hier ist meine Heimat, mein Daheim. Das Haus scheint mir zum Endlager für Egozentriker verkommen zu sein! Du weißt, wie viel mir die Leute aus meiner früheren Gymnasiumklasse bedeuten! Egal ob sie hier als Patienten, in der Klinikleitung oder Angestellte sind. Scheiße, momentan ist echt Sand im Getriebe, verstehst du?»

«Ja, ich verstehe! Die Lage kann ich als Außenstehender jedoch nicht beurteilen! Vielleicht bessert sie sich von allein wieder. Es scheint mir, als hätten deine, dir am nächsten stehenden Mitmenschen, momentan große, eigene Probleme. Pauls fortschreitende Demenzerkrankung gibt mir auch Rätsel auf. Nicht zuletzt wegen seiner Doppelrolle, die er in den letzten Tagen spielt.»

Diese Bemerkung hätte Heiri, kaum ausgesprochen, gerne wieder zurückgenommen. Vielleicht spielt Sokrates auch nur seine Rolle im eigens für mich verfassten Kriminaltheater, schießt es ihm durch den Kopf. Dann habe ich mich mit meiner Aussage definitiv in die Nesseln gesetzt. Liebend gerne hätte er von Sokrates mehr über das seltsame Verhalten und den Verbleib des Revolutionärs erfahren. Bei der Katzenfuttergeschichte machte er selbstverständlich sofort den Link zu seinem Ringmuurkeller-Albtraum.

«Soll ich mal mit dem Revolutionär ein ernstes Wörtchen reden gehen?», fragt Heiri, um herauszubekommen, ob er, wie von Boselli behauptet, auch in Not geraten sei.

«Wie muss ich deine Bemerkung, Paul spiele eine Doppelrolle, verstehen?», fragt Sokrates plötzlich, und Heiri kommt dadurch augenblicklich in Erklärungsnotstand.

«Komm! ich glaube, es ist besser, wenn wir uns draußen bei einem Spaziergang unterhalten», antwortet Heiri ausweichend.

«Wände haben bekanntlich Ohren, und deine Beobachtungen, ergänzt mit meinen Erlebnissen der letzten vierundzwanzig Stunden, ergeben eine höchst brisante Verflechtung. Ich fürchte, unser beider Leben steuert in eine zwar spannende, aber recht turbulente, wenn nicht gar gefährliche Richtung.»

Sokrates holt sein Jackett, und kurze Zeit später befinden sie sich zum Gedankenaustausch auf einer Sitzbank an der alten Aare. Heiri hat sich umentschieden. Er verrät Sokrates nicht, dass er das Drehbuch kennt, spricht jedoch offen über seine Beobachtungen der letzten vierundzwanzig Stunden und auch über seine Befürchtungen. Das Erwähnen des Zeitungsartikels mit dem verlassenen Mercedes mit Genfernummer und Heiris Vermutung, dass der mysteriöse Fund etwas mit dem Bargenschanze-Spuk zu tun haben könnte, beunruhigen Sokrates sichtlich. Rasch zeigt er sich bereit, als Helfer für die geheime Ermittlung in Bezug auf das seltsame Verhalten Jürg Blasers, alias Revolutionär, und wegen des Mercedes mitzuwirken. Er ist auch der Ansicht, Boselli und Weibel diesbezüglich besser außen vor zu lassen. «Die würden bei einer Anfrage nebst mir auch dich so langsam aber sicher zu den Duchgeknallten zählen!», fügt er mit einem Grimassen schneidenden und vieldeutigen Grinsen an.

«Einzig Laura könnten wir bei Bedarf noch in unser Boot holen», spinnt Heiri den Faden weiter.

«Meinst du nicht, das Arbeiten hinter dem Rücken ihrer Chefs könnte sie im schlimmsten Fall die Stelle bei der Kripo in Bern kosten?», fragt Sokrates besorgt. Diesen Einwand versteht Heiri nur allzu gut. Mit der Bemerkung: «Um ganz sicherzugehen, dass im Bielerseefass keine Leiche ist, müsste man dieses ans Licht holen, und außerdienstlich habe ich keine Befugnis dafür!», lehnt sich Heiri nun recht weit zum Fenster hinaus.

Sokrates ändert seine Meinung augenblicklich, und Heiri muss innerlich ein wenig schmunzeln, als dieser findet, Laura und Boselli könne man bestimmt einspannen, um die Seepolizei respektive Polizeitaucher aufzubieten. Rasch fokussiert sich ihr Gespräch anschließend wieder aufs Thema Revolutionär. «Besuch eines Schwarzen hatte er nicht? Vielleicht von Traore, dem Sohn des nigerianischen Botschafters?», erkundigt sich Heiri neugierig.

«Nein, wieso? Ist dieser Traore nicht auch der Geschäftspartner von Jens?»

«Doch.» Heiri weicht dadurch der Wieso-Frage aus. Auf dem Rückweg bleibt Sokrates plötzlich stehen. «Du hast mir schon mehrmals erklärt, dass dir oft beim Ermitteln die kleinsten Mosaiksteinchen weitergeholfen haben. Vielleicht ist das Folgende eines:

«Bei Jens' Besuch hat mich sehr erstaunt, dass er nicht wie sonst üblich mit seinem Sportwagen direkt vor die Klinik gefahren ist, sondern von außerhalb des Stedtlis zu Fuß die Krone-Passage hochstieg. Genau hier auf der Treppe haben wir uns gekreuzt. Das kam mir spanisch vor. Vielleicht habe ich mich bei dir mit dem Fahnder-Virus angesteckt. Unten auf dem Parkplatz stand kein Sportwagen. Auch kein Auto mit Genfernummer, du weißt, Jens ist ja nun ein Welscher. Plötzlich sprach mich eine raue Stimme an: ‹Was schnüffelst du hier rum, Alter?! Findest du den Weg ins Irrenhaus nicht mehr?› Ich erschrak sehr, insbesondere auch, weil der Hüne von Mann einen riesigen Schatten auf mich warf. Sein Zweimillimeter-Haarschnitt, der stechende Blick und sein dümmliches Grinsen ließen in mir die Alarmglocken läuten. Ich ging nicht auf seine Worte ein und stellte mich absichtlich blöd. So ging ich von Auto zu Auto und rezitierte halblaut die jeweiligen Zahlen der Polizeikennzeichen. Er hielt mich wirklich für meschugge und ließ sich ablenken, zündete sich eine Zigarette an und ging zu seinem Lieferwagen zurück, um dort nervös herumzustehen. Immer wieder schaute er auf seine Uhr. Sein Blick schweifte dann an die Südfassade unserer Klinik. Hinten auf der offenen Ladefläche seines rostig-weissen Lieferwagens war ein zerbeultes, altes Ölfass festgezurrt, das er aus seinen Augenwinkeln förmlich zu bewachen schien. Ich setzte mich zur weiteren Beobachtung auf die nahe Sitzbank da unten. Und tatsächlich. Kaum eine Viertelstunde später erschien Jens auf dem Parkplatz, schaute sich furchtsam um, stieg in den Lieferwagen und weg waren sie.»

Heiri, der bei dieser Geschichte hellhörig wurde, stellt um auf Professionell. «Interessant! Du hast nicht zufällig die Nummer dieses Lieferwagens auswendig gelernt? Es würde mir auch helfen, wenn du mir den Fahrer etwas besser beschreiben könntest!»

«Kein Problem!» Zu Heiris Verblüffung gibt er äußerst präzis Auskunft.

«Ausgezeichnet! Du solltest bei der Polizei anheuern!», bemerkt Heiri, um dann nochmal das Signalement des Hünen zusammenzufassen: «An die zwei Meter groß, kräftige Statur, ungefähr vierzig Jahre alt, rotblondes Haar, Bürstenschnitt, Bartträger, alte Militärschuhe, Schuhgröße: Geigenkästen, trug T-Shirt mit der Aufschrift Eidgenosse. Er gehört deshalb mit ziemlicher Sicherheit zur Spezies der Neonazis, die ihr eigenes unteres Mittelmass durch das Label Swissness aufzupolieren versuchen und stark dazu neigen, ins ausländerfeindliche Lager abzurutschen», spinnt Heiri den Faden weiter, während Sokrates kopfnickend signalisiert, dass er so ziemlich gleicher Meinung ist.

«Der Wagen trug die tiefe Nummer BE 58 732. Es war vermutlich ein uralter VW-Bus, wie gesagt mit offener Ladefläche. Leider war die Aufschrift an der Beifahrertür kaum mehr zu lesen. Aus den noch lesbaren Buchstaben ergab sich etwas von Meta... Lyss, der Geschäftsname war übermalt.»

Heiri hat es nun plötzlich eilig. Er verabschiedet sich von seinem Freund und bittet ihn, sich zu melden, falls der Revolutionär wieder auftauchen sollte. Auf die Schlussfrage «Wirst du jetzt nach dem Fass im Bielersee tauchen lassen?!», kriegt Sokrates ein: «Ja, ja...» zur Antwort.

Zu Hause angelangt, nimmt Heiri sofort seine Arbeit auf, zückt seinen Notizzettel, auf welchem er sich bereits die Autonummer des Lieferwagens notiert hat. Ein, zwei Anrufe genügen, um herauszufinden, dass die Autonummer zuletzt auf einen gewissen Armin Beyeler, Metallbauschlosser in Lyss, ausgestellt war, der allerdings vor über zehn Jahren in Konkurs gegangen sei und nun seit einem Jahr als Pensionär im Altersheim Lyss lebe. Beyeler habe die Wechselnummer, die nebst seinem alten VW-Bus auch auf einen alten Ford Taunus zugelassen sei, mit der Begründung, sie sei ihm geklaut worden, nie zurückgegeben. Die Autonummer gelte, wie so einige, als verschollen. Oft würden solche Nummern erst wieder auftauchen, nachdem die einstigen Besitzer verstorben seien, zum Beispiel bei der Räumung eines alten Schuppens oder dergleichen, erklärte das nette Fräulein des Straßenverkehrsamtes.

Das Ergebnis beglückt Heiri nicht sehr. Wenigstens ist der Wagen jetzt identifiziert und trägt seine auf ihn zugelassene Nummer. Damit ist jedoch überhaupt noch nicht klar, wer dieser Mann ist und wie er an diesen Wagen gekommen ist, den er illegal benutzt hat. Kaum anzunehmen, dass er diesen in seinem sonstigen Alltag noch braucht. Solche Patrioten fahren in der Regel einen schicken «Offroader» oder «Stadtcruiser». Die meist asiatische Marke ist für sie erstaunlicherweise Nebensache. Das mächtige Aussehen ihres Gefährts ist wichtig und der rücksichtslose Anspruch an Sicherheit, Kraft und Ladevolumen, weiß Heiri aus Erfahrung.

Er ist unschlüssig, welche Spur nun zu verfolgen ist. Vielleicht hat Sokrates gemerkt, dass ich ihnen mit dem Geburtstagskrimi auf die Schliche gekommen bin und hat nur versucht, mir die Aufgabe doch noch etwas schwieriger zu machen. Besser würde ich mich wohl bei der VW-Bus-Geschichte noch nicht zu weit hinauslehnen.

Heiri verdrängt deshalb die Idee, sofort diesen Beyeler im Altersheim zu besuchen oder Nachforschungen im Lysser Industrieviertel einzuleiten und beschließt, sich vorerst ans Drehbuch zu halten und diesen Bielersee-Tauchgang einzufädeln. Er holt sich ein Glas Saft aus dem Kühlschrank mit der Absicht, danach sogleich Laura anzurufen, als Rita ins Haus platzt.

«Das musst du dir anschauen! Dieser Jens ist tatsächlich ein gestörter Kerl. Er war schon als Kind nahe dran, sich das Leben zu nehmen. Schau – lies!», sagt sie aufgeregt und streckt dem überraschten Heiri Jens' aufgeschlagenes Tagebuch unter die Nase.

Heiris fragenden, leicht vorwurfsvollen Blick erwidert sie mit einer kleinen Gegenattacke: «Du hast tatsächlich nicht alle Pflanzen gegossen. Ich habe dir doch gesagt, einige hitzeempfindliche hätte sie in Jens' früheres Kinderzimmer im Soussol gestellt, und dort bin ich dann zufällig auf...»

«Ja, ja, ja!», antwortet Heiri etwas genervt. Aber längst hat er das Tagebuch aufgeschlagen begonnen, die in kindlicher Schnüerlischrift geschriebenen Berichte zu lesen. Das muss Jens als vielleicht Zwölf- oder Dreizehnjähriger geschrieben haben, vermutet er. Wie kommt Rita dazu, das jetzt für so wichtig zu halten? Doch was er in der Folge liest, beginnt ihn zunehmend zu interessieren:

«Ich will nicht mehr Leben. Alle behaupten, ich sei schwul, obwohl das gar nicht stimmt. Mädchen finde ich einfach doof, vor allem diejenigen in unserer Klasse. Ihr primitives Köpfe-Zusammenstecken und Kichern geht mir auf den Wecker. Niemand hat mich gern. Nach dem Tod von Daddy ist alles noch schlimmer geworden, obwohl auch er nie als richtiger Vater für mich da war. Oft hat er zu Mama gesagt: Du hast dir das Kind gewünscht, nicht ich! Er gab mir zwar Geld oder kaufte mir coole Sachen, wenn ich gute Schulnoten heimbrachte, aber nie war er ernsthaft für mich da!

Mama behandelte er wie ein Dienstmädchen, und sie ließ sich das auch noch gefallen. Peinlich! Ich schäme mich für sie. Ihren Frust ließ sie dann an mir aus.

Auch heute noch schwirrt sie um mich rum und lässt mir keine Ruhe. Immer hat sie etwas zu nörgeln. Ich bin doch kein Baby mehr! Sie bringt mich jeden Morgen zur Schule und holt mich da auch wieder ab. Ich hasse es, so bemuttert zu werden! Ich meine es doch nur gut, sagt sie, wenn ich böse werde. Überall erzählt sie, dass ich der beste Schüler sei und sicher einmal etwas ganz Besonderes werde.

Jeden zweiten Tag kommt sie ins Schulhaus und fragt nach, wie es mit meinen Leistungen stünde. Wenn ich schlechte Noten heimbringe, geht sie auf die Lehrer los und macht sie auf Portugiesisch, ihrer Muttersprache, zur Schnecke.

Immer nimmt sie mich in Schutz. Ich könnte in die Schule gehen und den Meier, dieses Arschloch, erschießen, und sie würde mich irgendwie rausboxen. Ich hasse sie! Sie soll mich in Ruhe lassen. Ich bin doch keine Memme oder Tunte, wie mir viele nachsagen. Seit Neustem nennen sie mich QUICKY und grinsen immer so dämlich dabei. Sie sollen mich doch in Ruhe lassen! Ich drehe sonst noch durch.

Die Schule ist langweilig. Am liebsten wäre ich den ganzen Tag im Netz an einer Wan Party, oder ganz allein am Gamblen. Doch Mam findet, ich dürfe pro Tag höchstens eine Stunde an den PC. Auch ein eigenes Handy hat sie mir verboten.

Ich kann nicht mehr! Ich bin doch kein dressierter Affe! Morgen verschwinde ich aus diesem Haus und diesem Drecksaff und suche mir ein neues Leben, oder ich erhänge mich am nächstbesten Baum! Mein Leben macht keinen Sinn! Warum haben sie mich überhaupt auf die verdammte Welt gestellt? – Wenn jemand dies liest, bin ich bereits tot.»

«Was, wenn Jens nun das ganze Potenzial an Unverarbeitetem zum Krachen bringt und es zur großen Katastrophe führt?» Rita hatte schon immer ein Flair für Seelenkunde und liebt es, über Abgründe der menschlichen Psyche zu philosophieren.

«Auch ein Selbstmord ist nicht auszuschließen, oder?», fährt sie fort mit ihren analytischen Überlegungen. «Übrigens: Paul hat mich vorhin angerufen. Er könne Jens nicht mehr erreichen. Er ist überzeugt, dass Jens etwas mit dem Verschwinden des Revolutionärs zu tun hat. Da seien Händel im Gange. Der Revolutionär habe Jens kürzlich gar in Genf besucht!»

«So, so!», antwortet Heiri. «Trotzdem glaube ich nicht, dass man das Innenleben eines pubertierenden Knaben auf das Leben eines erfolgreichen jungen Erwachsenen übertragen kann. Ich glaube, dass in vielen Tagebüchern von Jugendlichen Selbstmordgedanken vorkommen. Ich vermute, dass die gespielte Selbstsicherheit von Jens auf mangelnde Nestwärme in der Kindheit zurückzuführen ist.»

«Ja», findet Rita, «ich dachte, dass Dich das Tagebuch interessieren muss. Natürlich werde ich es gleich wieder zurückbringen.»

Heiri überlegt laut: «Erstaunlich finde ich vor allem, dass Sokrates als Drehbuchautor Jens eine solch übereinstimmende Identität angedichtet hat, denn laut Drehbuch sollte sich Jens auf der Bargenschanze erhängt haben! Zumindest sollte mein Verdacht in diese Richtung gehen.»

«Deine Frage ist sicher berechtigt, trotzdem glaube ich, dass Menschen wie Jens Gefahr laufen, sich im späteren Leben wirklich etwas anzutun!»

«Könnte sein», bestätigt Heiri, der dieses Thema am liebsten vorerst beenden möchte, «aber ich gehe davon aus, dass Jens in erster Linie seiner Rolle im Drehbuch Genüge tut und deswegen mit dem Regisseur, alias Revolutionär, in Kontakt bleibt. Er, Traore und der Revolutionär sollen sich laut Drehbuch bis zu meinem AHV-Fest ja möglichst unsichtbar machen. Auf irgendeine Weise sind die drei in eine Geschichte verstrickt, die mir überhaupt nicht gefällt.» Heiri ist sich bewusst, dass

Rita nicht ahnen kann, wie viel Informationen er bereits erhalten hat, die ihn längst nicht mehr an einen harmlosen Krimispaß glauben lassen. Früher oder später würde er Rita erklären müssen, was Sache ist.

«Ich wollte dir nur helfen, mein Lieber. Ich werde das Tagebuch jetzt artig wieder zurücklegen und lasse dich, wie abgemacht, alleine weiter ermitteln. Mir kannst du jedoch nichts vormachen. Ich weiß, dass du über den Streit zwischen Jens, Traore und den Revolutionär bestens im Bilde bist. Dazu kommt auch noch Mbayes Verschwinden. Zu viele Abweichungen zum Drehbuch!», findest du nicht auch? Ich beneide dich nicht, Herr Kommissar!», meint sie und drückt ihm einen Kuss in den Nacken. «Okay, wie immer werde ich mein Bestes geben! Der Abend wird jedoch wie abgemacht uns allein gehören. Ich freue mich auf unsern Kinotrip!»

9

Die Gedankenübertragung wirkt, denn Laura kommt Heiri mit dem Telefonanruf geschätzte fünf Sekunden zuvor. Sie ist sehr aufgeregt. «Ich will keine Verräterin sein, aber ich brauche deine Hilfe! Weibel und Boselli scheinen auf beiden Augen blind zu sein. Obwohl sich die Anzeichen auf einen Zusammenhang mit dem Autofund in Kallnach und Pauls Bargenschanzgeschichte häufen und sowohl Mbaye als auch Traore wie vom Erdboden verschluckt sind, weigern sie sich, auf die Geschehnisse im Seeland überhaupt einzugehen.

Höchst bedenklich ist auch, dass Jens und der Revolutionär plötzlich nicht mehr erreichbar sind. Findest du nicht auch? Es ist zwar laut Drehbuch vorgesehen, dass du vergeblich nach ihnen suchst, aber ich hatte mit dem Revolutionär vereinbart, dass er für mich erreichbar bleibt für den Fall, dass etwas mit deinem Geburtstagskrimi aus dem Ruder laufen sollte.»

«Ja», unterbricht Heiri, «genau deshalb wollte ich dich auch schon längst anrufen. Es stimmt einiges nicht mit dem Drehbuch überein, und ich muss das unbedingt mit dir besprechen. Der Geburtstagskrimi war ja vielleicht irgendwie nett gemeint, und wenn es andere lustig finden, lasse ich mich auch mal ein wenig veräppeln. Aber Boselli treibt es damit wirklich auf die Spitze, und er hat vermutlich noch nicht realisiert, dass jemand das Drehbuch für einen ganz anderen Zweck benutzt.»

«Genau zu diesem Schluss bin ich auch gekommen. Auch wenn ich mich damit strafbar mache, muss ich dir eine Insiderinfo weitergeben. Jean-François, dein guter Kumpel aus Genf, hat uns offiziell um Mithilfe im Fall Jens/Traore gebeten und die Befürchtung auf ein Delikt in diesem Zusammenhang geäußert. Weibel hat unsere Mithilfe mit der Ausrede abgelehnt, wir seien nicht für Wirtschaftskriminalität zuständig und dass Botschafterfamilien ohnehin einen besonderen Status im Rechtswesen hätten. Das scheint mir mehr als eine faule Ausrede zu sein, weil er sich sonst, wie du weißt, gerne ins Scheinwerferlicht stellt und keine Skrupel kennt, Kompetenzbereiche zu überschreiten.»

«Herrgott nochmal, bin ich ein Trottel!», stöhnt Heiri. «Jean-François wollte ich heute auch antworten und habe es glatt vergessen! Er hat mir gestern einen Fax geschickt und mich um Unterstützung gebeten, weil die Berner Kripo auf stur geschaltet hat. Wir müssen uns unbedingt treffen und die Lage besprechen!»

Laura ist sofort einverstanden, und sie verabreden sich zum Mittagessen beim Griechen in Lyss. Nach diesem Anruf beginnt Heiri ernsthaft an sich zu zweifeln. Es ist aber auch zu viel auf einmal passiert: Pauls seltsames Verhalten, dann der Fax aus Genf, Ritas Enthüllungen des Drehbuchs, die Beobachtungen des Revolutionärs, das alte Tagebuch von Jens…

Trotz allem, ich muss Jean-François so rasch wie möglich eine kurze Antwort schicken, damit er weiß, dass ich verstanden habe, was er von mir will und dass ich ihn auf dem Laufenden halten werde.

Die Mobile-Nummer von Jean-François hat er zum Glück auf seinem Handy gespeichert, so dass er ihm eine Kurzmitteilung schicken kann: «Habe verstanden. Treffe mich heute Mittag mit Laura. Mache vorher noch ein paar Abklärungen. Du hörst wieder von mir, beste Grüße…»

Jetzt gilt es aber definitiv, keine Zeit mehr zu vertändeln!, denkt Heiri, nachdem er sein Handy in der Hosentasche verstaut hat. Ziel muss es sein, in den verbleibenden eineinhalb Stunden mehr über den Zusammenhang des verlassenen Autos und des Erhängten auf der Bargenschanze herauszubekommen. Sein Instinkt sagt ihm, die Ermittlungen am Fundort des Genfer Autos zu beginnen.

Beim Bauern, der den verlassenen Wagen der Polizei meldete, müsste es sich um Johnny handeln, der früher unser Handballtorhüter gewesen ist, vermutet Heiri aufgrund des genau beschriebenen Fundortes. Rasch steigt er in sein Büro runter, wo er, wie vermutet, an der Pinnwand eine Adressliste seiner früheren Sportkollegen findet, und wählt die Festnetznummer von Hans Marti alias Johnny. Für einmal hat Heiri Glück, und der Gesuchte meldet sich persönlich. «Der Wagen ist schon vorgestern Abend abgeholt worden, und überhaupt habe ich alles schon der Aarberger Polizei erzählt. Du kannst dir den Weg nach Kallnach sparen, außer du kommst auf einen Kaffee bei mir und Barbara vorbei!»

Dieses Angebot nimmt Heiri gerne an, in der Hoffnung, Hans dann schon zu einer Besichtigung der Fundstelle bewegen zu können. Nach einer kurzen Absprache mit Rita, die soeben von Zesigers Haus zurückkommt, fährt er fünf Minuten später bei Martis vor. Hans kommt ihm auch schon entgegen, und sie begrüßen sich kumpelhaft mit ihrem traditionellen Handballergruss, indem sie sich gegenseitig abklatschen. Beide können sich ein Grinsen über ihre Albernheiten, denen sie längst entwachsen sind, nicht verkneifen.

Heiri nutzt die Gelegenheit und deutet in Richtung Obstgarten. «Nach meiner Einschätzung müsste der Wagen da vorn gestanden haben. Könnten wir nicht doch rasch…»

«Also gut! Einmal Schnüffler, immer Schnüffler!», spottet Hans, gibt seiner Frau kurz Bescheid und schreitet dann durch den Obstgarten voran. Schon von Weitem stechen Heiri die drei blauen Obstfässer ins Auge, die unter dem hintersten Pflaumenbaum stehen.

«Hier am Waldrand hat der Unbekannte seinen Wagen geparkt. Schau, da siehst du noch die Abdrücke des Abschleppfahrzeuges, das den Mercedes abgeholt hat. Hörst du mir überhaupt zu?»

«Ja klar! Sag, gibst du die Pflaumen zum Brennen? Seit wann stehen die Fässer dort? Sind sie schon gefüllt?»

Hans zeigt sich erstaunt über Heiris Abschweifen vom Thema. «Mein achtzigjähriger Vater kümmert sich darum. Ich bringe es nicht übers Herz, seine überalterten und ertragsarmen Hochstämme endlich abzuholzen, weißt du. Aber komm, wir können nachsehen, wie voll die Fässer schon sind. Gerne offeriere ich dir dann zum Kaffee einen hauseigenen Pflümli. Wir lassen den Schnaps in Lobsigen bei Gehris brennen. Schau, ich musste die Fässer anschreiben, denn bei der Mosterei lagern Hunderte solcher Fässer von Privaten, die dann verwechselt würden. Vermutlich sind sie schon fast gefüllt und werden in den nächsten Tagen abgeholt!»

«Okay, bitte schau dir die Fässer gut an!», bittet Heiri. «Ist es nicht verdächtig, dass eine Autoradspur vom Feldweg bis hierherführt, als hätte jemand die Fässer schon abgeholt?! Oder fährt dein Vater zum Obst auflesen mit dem Auto hierher?»

«Nein, niemals! Und schon gar nicht durchs hohe Gras!», antwortet Johnny überrascht. «Seltsam, wird einem nun schon das Fallobst vom Feld geklaut?!», schimpft er dann.

«Du kannst dir nicht vorstellen, wie viel Gemüse und Salate aus unserem Anbau im Moos einfach so verschwinden! Aber dann würde doch eigentlich ein Fass fehlen, meinst du nicht?» Rasch öffnet Johnny nun den Verschlussring der Fässer und öffnet die Deckel.

«Alles i.O.», meldet er umgehend, und ein Geruch von vergärenden Früchten breitet sich aus. Heiri lässt nicht locker: «Und die Fässer? Schau, hier scheint dein Vater einen halben Eimer Obst daneben geleert zu haben. Viele Pflaumen sind zertreten worden, als hätte jemand…»

«Das glaub' ich jetzt nicht!», unterbricht ihn Hans. «Das mittlere Fass muss ausgewechselt worden sein! Ich persönlich habe diese drei Fässer im letzten Jahr frisch gekauft und mit unserem Familiennamen versehen. Niemals hätte ich Marti jedoch mit einem solchen a geschrieben. Was hat das nun zu bedeuten?!»

Heiri lässt sich sein inneres Feuer nicht gleich anmerken. Vorerst wirft er nochmals einen Blick in das ausgewechselte Fass und stochert mit einem abgebrochenen Ast des alten Baumes im Fruchtbrei herum. «Interessant!», murmelt er. «Momentan lassen sich daraus noch keine direkten Schlüsse ziehen!»

«Du hast doch nicht etwa nach einer versenkten Leiche gestochert?», bohrt Hans nach, dem die Sache langsam aber sicher an die Nieren zu gehen scheint. Doch Heiri gelingt es mit der Aufforderung, die Fässer doch bitte wieder zu verschließen, Hans etwas aus seiner Starre zu lösen. Auf dem Weg zurück zum Bauernhof prasseln dann aber viele Fragen auf Heiri ein, ohne dass sich dieser jedoch die Würmer aus der Nase ziehen lässt.

«Du kannst dir überhaupt nicht vorstellen, wie groß die Reaktion auf den Polizeiaufruf war. Viele haben rasch am Waldrand oben parkiert und sich wie kleine Detektive aufgeführt. Vorgestern hat sich einer davon erfrecht, mir bis in den Stall zu folgen und hielt mir dann zwei, drei Fotos unter die Nase. «Ein Bild zeigte den Sohn deiner hübschen Nachbarin. Weißt du noch, wir haben doch stets Sprüche geklopft, ob sie bei dessen Zeugung vielleicht mit dir ins Bett gehüpft sei!»

Da Heiri, wie auch früher nie, nicht auf die plumpe Unterstellung eingeht, berichtet Johnny, dass der Besucher habe wissen wollen, ob er Jens oder einen der zwei schwarzen Männer auf dem Foto nicht zufällig beim Wagen gesehen hätte. «Der Fragende kam mir irgendwie meschugge vor, denn er trug Winterkleider und warnte mich davor, mit den Typen zusammenzuarbeiten. Ich fühlte mich angegriffen. Als ob ich der Polizei wichtige Details vorenthalten würde. So schnell wie er aufgetaucht war, war er auch wieder verschwunden. Glaube mir, die Sache ist mir richtig lästig geworden!»

Längst haben Hans und Heiri die Küche des Bauernhofs erreicht, und Heiri kann höflichkeitshalber den Kaffee, den offerierten Pflaumenschnaps und die herrlichen selbstgebackenen Brätzeli nicht ausschlagen. Das arbeitende Hirn lässt ihn jedoch nicht zur Ruhe kommen, und nach einer knappen Viertelstunde sitzt er bereits wieder am Steuer seines alten R4. Sein Weg führt ihn jedoch nicht nach Lyss, sondern vorerst nach Lobsigen. Genauer: zur Mosterei Gehri.

Von früheren Familienspaziergängen und Ausflügen zu den Höhlen kennt er die Lokalität bestens. Sofort sieht er Johnnys Aussage mit den vielen beschrifteten blauen Fässern bestätigt. Alles ist überstellt. Ein bellender Hund nähert sich ihm und seinem R4, den er mangels Parkplätzen direkt auf dem Sträßschen zwischen den Gebäuden abgestellt hat. Der Hund lässt sich schnell beruhigen, und Heiri beginnt, nach dem gesuchten Obstfass Ausschau zu halten. Die Schreibart von Hans mit dem *a* anstelle des fremden a hat er sich zur Genüge eingeprägt. Nirgends scheint jedoch das gesuchte Fass zu stehen.

«Kann ich Ihnen helfen?», fragt plötzlich eine tiefe Stimme. Heiri erschrickt, denn bei seiner Ankunft hat sich auch nach dem Hundegebell kein Mensch sehen lassen. «Sind Sie nicht der Kommissar Weber aus Bargen? Gehri ist mein Name!»

Gehri versichert, momentan kein Fass von Marti Kallnach hier zu haben. Im Wissen, dass er die Übersicht manchmal etwas verliert, zeigt er sich dennoch bereit, mit Heiri das Gelände und die Abstellräume danach abzusuchen.

Heiris Blick auf die Uhr setzt der vergeblichen Suche dann ein Ende. Lauras Zug wird in fünfzehn Minuten in Lyss eintreffen, stellt er fest. Zudem ist das Fass auch bei genauer Durchsicht nicht aufgetaucht. Ob dies positiv oder negativ zu werten ist, bleibt unklar. Heiri bedankt sich bei Gehri, indem er ihm eine Flasche Williams und eine Flasche Zwetschgenwasser abkauft.

Auf der Fahrt über Wiler bei Seedorf nach Lyss kreisen seine Gedanken immer noch um das verdächtige Fass. Wäre schon etwas kühn gewesen, Hans Marti oder der Gehri-Familie eine Leiche unterzujubeln. Auch die Erkundigungen über einen hochgewachsenen Mitarbeiter und über den verrosteten VW-Bus führten zu nichts. Und das Indiz, dass Gehri bei so vielen aufgehängten Berner und Schweizer Flaggen bestimmt auch ein echter Schweizer Patriot ist, beweist überhaupt nicht, dass er mit Jens und diesem Hünen unter einer Decke steckt. Auch nicht in Anbetracht, dass Aarberg und die umliegenden Dörfer zu den SVP-Hochburgen gezählt werden können, dass also die Einwohner in dieser Region mehrheitlich (r)echte Patrioten sind.

Die Suche nach einem alten VW-Bus und dem verschwundenen Genfer Auto muss nun oberste Priorität haben, beschließt er, als er knappe vier Minuten zu früh beim Bahnhof Lyss parkt. Um ja keine Zeit zu verlieren, wählt er die Nummer der Aarberger Polizei. Das Glück scheint ihm jetzt hold zu sein, denn Raphael, sein Patensohn, nimmt den Anruf entgegen.

«Nein, vom falschen Abschleppdienst haben wir keine Spur!», bestätigt Raphael. «Fakt ist ganz einfach, dass der Wagen vorgestern, kurz vor unserer gemeinsamen Ankunft mit der Mietwagenfirma aus Genf, vom Fundort verschwunden sein muss.»

Ein Klopfen an der Beifahrertür signalisiert Heiri, dass er Lauras Ankunft nun doch beinahe verpasst hat. Rasch verabschiedet er sich von Raphael, der ihn darum bittet, das Herumschnüffeln besser sein zu lassen, um nicht die Arbeit der Polizei zu stören.

«Ich hätte den Weg zu unserem Griechen schon selbst gefunden!», stichelt Laura ein wenig, «doch du scheinst es eilig zu haben!» Wie immer finden die beiden rasch in ein lockeres, aber doch sehr informatives Gespräch, indem Laura zuerst verkündet, ihre Stelle in Bern spätestens auf Ende Jahr aufgeben zu wollen.

«Ich fühle mich einfach nicht verstanden, weder von Boselli, der mich noch und noch ins Leere laufen lässt, noch von Weibel. Beide scheinen sie nur mit mir zu spielen. Zufällig habe ich mitbekommen, wie Weibel unzählige Telefonate geführt hat, um Bosellis Ferienabwesenheit kompetent, wie er betont, zu besetzen. Nach all den Jahren guter Arbeit hätte er mir doch die Stellvertretung anbieten können, nicht wahr? Die kommenden zwei Wochen hätte ich bestimmt reibungslos über die Runden gebracht. Ach, wenigstens bin ich diesen Arsch von Boselli für ein paar Tage los. Stell dir vor, heute Morgen, kurz nach unserem Telefongespräch, kam dann Weibel fast auf den Knien, um mich doch noch zu fragen, ob ich Bosellis Job während zwei Wochen übernehmen könne. Offenbar hat er niemanden gefunden, der dafür fähig bereit gewesen wäre. Ich habe mir bis morgen früh Bedenkzeit ausbedungen. Eigentlich ist es unter meiner Ehre, nun zuzusagen, doch vielleicht käme es uns ganz gelegen, wenn mir die Kompetenz zur Lösung unseres neusten Falls übertragen würde. Ich freue mich so, dich nach diesen drei Jahren der Hölle an meiner Seite zu wissen. So habe ich wenigstens deinen Anruf interpretiert. Die Tauchaktion am Bielersee ist übrigens auf heute vier Uhr vorverschoben worden. Boselli hat mich mit dieser Aktion beauftragt. Wir können uns etwas Zeit lassen. Ich lade dich dann als meinen Gast nach Biel zur Seepolizei ein.»

«Super», bemerkt Heiri dazwischen. Laura und er bestellen ihr Souvlaki, und Laura spricht weiter.

«Ich glaube, wir können mit offenen Karten spielen. Du scheinst uns mit der von Boselli selbst so angelegten doofen Bargengeschichte längst durchschaut zu haben und vermutest, wie mir scheint, dass jemand die Regenfass-Story missbraucht haben könnte, um ein Verbrechen zu kaschieren. Ich halte das auch für möglich. Bestimmt bist du mir in den Recherchen schon einen großen Schritt voraus. Du hast wie immer mein uneingeschränktes Vertrauen. Ich habe, wie du merkst, auch im Geburtstagskrimi die Seite gewechselt und hoffe, weder Rita noch Paul oder irgendwem damit in den Rücken zu fallen. Unsere professionelle Einstellung verbietet es uns, diesem als Jux geplanten Geburtstagsspiel den Vorrang vor möglichen dringenden Ermittlungen zu geben, nicht wahr?»

Sie ist einfach ein Goldschatz, denkt Heiri. Es geht mir schon fast wie einem Zittergreis, der bei jeder guten Erinnerung, jedem guten Wort in sentimentale Tränen ausbricht. Er sammelt sich, um dann möglichst sachlich über seinen Ermittlungsstand zu berichten.

Laura hat rasch begriffen, warum Heiri Lyss als Treffpunkt gewählt hat. «Ist es recht, wenn ich dich zu einem Kaffee im Altersheim einlade?», fragt Laura schnippisch. «Nicht, dass du mir so gealtert vorkommst, hm...»

Bei der Rezeption erkundigen sie sich nach Herrn Beyeler. Erst als sie insistieren und Laura ihren Dienstausweis vorweist, gibt man ihnen die Bewilligung, während der sakrosankten Siesta den Gesuchten im Zimmer 207 zu besuchen.

Ein etwas untersetzter rundlicher Mann öffnet ihnen die Tür und bittet sie hinein. Ein gerahmtes Porträt von General Guisan hängt über der abgeschossenen Couch, auf welche er Laura und Heiri zu sitzen bittet. «Wäre meine Frau vor einem Jahr nicht plötzlich gestorben, wäre ich noch lange nicht im Altersheim!», bekundet er bitter. «Der Krebs hat sie binnen drei Monaten dahingerafft! Nun sitze ich verlassen da und warte auf mein Ende, das hoffentlich bald kommt, denn ich vereinsame in diesem Endlager. Die Kinder wohnen, abgesehen von unserem Jüngsten, der mich eh nicht besuchen kommt, in der Ostschweiz...»

Sowohl Laura wie auch Heiri werden die Nöte alter Menschen in unserer Leistungsgesellschaft wieder einmal bewusst. Sie lassen den alten Mann weiter erzählen. Bestimmt hat er seit Wochen mit niemandem seine Sorgen teilen können. Tagwacht um sieben, Mittagessen um elf, Abendessen um halbsechs, Nachtruhe ab 21 Uhr. Einschlafen mit Schlafmitteln. Ab drei oder vier Uhr wieder wach, warten auf den Morgen. Jede Menge Zeit, um sich seines Elends bewusst zu werden!

Immerhin gelingt es Heiri dann, das Gespräch auf das frühere Berufsleben des Herrn Beyeler zu lenken. Nicht ohne Stolz erzählt dieser darüber, als einer der Ersten im Industriering Ost eine kleine Metallbaubude eröffnet zu haben, von deren Erweiterung, seinem ersten Lehrling und so weiter. Nur mit Mühe gelingt es Heiri, die wichtigen Fragen zu stellen und die Details, die ihn interessieren, aus dem Redefluss des alten Mannes herauszufiltern. Immerhin bestätigt er, den VW-Bus mit der genannten Wechselnummer gefahren zu haben. Dieser stünde wohl nach wie vor in der verwaisten Handwerksbude oder fahre irgendwo in Osteuropa oder Afrika in den Pampas herum, meint er.

«Wie Sie wissen, machen viele Gebrauchtwagen aus unserer Gegend diesen Weg. Spätestens am Tag meiner Pensionierung und nachdem ich über Jahre hinweg in- und außerhalb meiner Familie vergeblich einen Nachfolger für den Metallbaubetrieb Beyeler gesucht habe, setzte ich keinen Fuß mehr in meine Bude. Der Frust sass zu tief, verstehen Sie? Aus dem zuerst so blühenden Handwerksbetrieb war im widrigen Gang der Zeit ein zukunftsloser Ramschladen geworden. Die Lohnforderung, die mein letzter Arbeitnehmer stellte, gab mir noch den Rest. Ich habe mich so in diesem Mann getäuscht. Er hat mein Vertrauen missbraucht und hinter meinem Rücken seine eigenen undurchsichtigen Geschäfte mit Gebrauchtwagen ...»

«Können Sie den Mann beschreiben und uns seinen Namen verraten?», insistiert Heiri, der nun weiß, dass er auf der richtigen Spur ist.

«Ja, groß, sehr groß, blonde Haare, immer kurzgeschoren, müsste etwas über vierzig sein. Der Name, warten Sie..., ah ja, Meier, Rolf Meier. Warum fragen Sie? Wird er etwa gesucht? Das würde mich nicht wundern.»

Heiri und Laura nicken sich zu, und Laura hat bereits ihren kleinen Notizblock gezückt.

«Ja, Rolf Meier hätte sich am ehesten noch diesen VW-Bus, und alles was da noch so herumstand, unter den Nagel reißen können, um daraus noch ein wenig Geld herauszuholen, Herr Kommissar. Er drohte mir mit dem Richter, falls ich ihm nicht noch drei Monatslöhne ausbezahlen würde. Mit dem besten Willen hätte ich das Geld jedoch zu diesem Zeitpunkt nicht auftreiben können. In meiner Verzweiflung und meinem Frust habe ich ihm dann den Werkstattschlüssel vor die Füsse geworfen und ihn bevollmächtigt, alles Brauchbare da rausholen zu dürfen! Nur so ließ er sich zufriedenstellen!», seufzt Armin Beyeler und sinkt dann förmlich in sich zusammen.

Als Laura sich freundlich bei dem alten Mann bedankt, wird dieser wieder etwas lebhafter. «Es wäre mir eine Genugtuung, wenn Sie diesem Meier auf die Finger klopfen würden. Aber passen Sie auf, er verkehrt mit Typen, die ihm ähnlich sind. Manche von denen waren öfter bei ihm auf dem Schrottplatz, und ich möchte denen im Dunkeln nicht allein begegnen.»

Diese letzten Worte nehmen sich Laura und Heiri zu Herzen. Sie sind auf eine heiße Spur gestoßen, wissen aber auch um die Gefahr, sich mit diesen Kleinkriminellen die Finger verbrennen zu können. «Vielleicht gelingt es uns, eine Verbindung zwischen diesem Rolf Meier und Jens Zesiger herzustellen. Hat sich Jens die Dienste des Riesen erkauft? Wenn ja, welche Art Dienstleistung wäre das?», resümiert Heiri auf der Fahrt in den Industriering.

«Ich glaube, ein Ansatzpunkt wäre bestimmt die gleiche Gesinnung der beiden. Jens ist nun mal seit Kindsbeinen an ein Ausländerhasser, wie dir Paul bestimmt schon oft geklagt hat, und wie du weißt, finden sich Gleichgesinnte der rechten Szene ziemlich rasch. Warte, ich orientiere mich schnell im Netz, ob ich ein Klubhaus, einen Treffpunkt der sogenannten Eidgenossen oder der Echten Schweizer ausfindig machen kann. Oder soll ich zuerst das GPS aktivieren, damit wir die Beyeler-Werkstatt trotz aller Umleitungen wegen der gesperrten Dorfstraße finden?»

Das Reizwort GPS, auf welches Heiri stets allergisch reagiert, löst in diesem Zusammenhang bei ihm nur ein Lächeln aus. «Ich glaube, in diesem Fall ist mein Orientierungssinn der Satellitentechnik hoch überlegen. Nirgends wirst du auf die Schnelle eine Adresse für die längst nicht mehr existierende Werkstatt finden!»

Laura muss Heiri recht geben und vertieft sich sofort in die Recherche nach einem Klub oder Verein von Gutschweizern in Lyss, wird aber nicht fündig. «Gleich sind wir da!», bemerkt Heiri. Bestimmt stand oder steht die Bude ganz am Anfang des Sträßschens, das durch den Industriering führt. Hier haben die Pioniere damals als Erstes gesiedelt, weil im Dorfkern kein Platz mehr für die Ausübung ihrer Handwerke vorhanden war!», doziert er. «Am besten parken wir gleich hier vorn und schlendern danach durch die Reihe der Betriebe.»

«Wie hättest du es am liebsten?», fragt Laura neckisch. Sind wir ein Liebespaar, das dort hinten im Auwald ein Schäferstündchen abzuhalten gedenkt, oder vielleicht eher ein langjähriges Ehepaar, das sich auf einen Verdauungsspaziergang begibt, also ohne Händchenhalten…?»

«Muss ich mir Sorgen machen um dein Privatleben?», fragt Heiri amüsiert zurück und kriegt darauf eine theatralische Kusshand von Laura.

Gespannt blicken sie sich in der ungastlichen und zum Teil vom Zerfall bedrohten Gegend um. Während die Gebäude am Anfang des Industriequartiers alt und relativ klein gebaut sind, erkennt man weiter hinten protzige, mit Firmenlogos versehene Lagerhallen.

«Goliath Occasionen», liest Laura schon nach wenigen Schritten halblaut, bleibt stehen und deutet auf ein Banner, das über ein nach rechts abbiegendes Natursträßschen gespannt ist. Heiri ist hellwach und blickt in den von links und rechts mit Gebrauchtwagen gesäumten Weg, der zu einer Werkstatt führt. Rasch schlagen seine Gedanken vom Wort Goliath eine Brücke zum gesuchten Hünen. Ist dies nicht eher ein Autofriedhof?, fragen sie sich beim Anblick der heruntergekommenen Fahrzeuge. Viele Rostflecken oder gar Rostlöcher sind nur laienhaft ausgebessert und dann mit einer manchmal sehr unpassenden Farbe überpinselt. Während Laura das Handy zückt, um die Firma Goliath zu googeln, schaut sich Heiri die Autos etwas genauer an.

Einige wenige sind noch mit einem Nummernschild versehen. Der bestimmt gepflegte Genfer Mercedes würde einem hier unter all dem Schrott förmlich ins Auge springen!, denkt er. Laura ist nicht fündig geworden. «Unser Verdächtiger hat wohl seine ganz private Klientel», mutmaßt sie. «Da, schau!», fährt sie plötzlich hoch und deutet auf den garageähnlichen Bau am Ende der rund vierzig Meter langen Zufahrt. In großen Lettern steht dort tatsächlich BEYELER METALLBAU. «Wir sind also richtig hier!», stellt sie fest.

«Es scheint so», antwortet Heiri und beginnt dann sofort zu scherzen: «Neben der Garage steht bestimmt der rostige VW-Bus mit dem gesuchten Marti-Obstfass, und dahinter, unter einem Tuch versteckt, vermute ich den Genfer Mercedes. Meier, der Hüne, wird sich mit Sicherheit gleich selber stellen. Wir packen ihn dann mit der gefundenen Leiche von Mbaye oder so in meinen R4, fahren nach Bern, übergeben ihn Weibel und Bo...»

«Psst!», unterbricht ihn Laura, hörst du dieses Zischen? Kommt es nicht aus der Werkstatt?»

Heiri zieht Laura rasch hinter einen ausgedienten Range-Rover zurück. «Wir müssen uns rasch absprechen!», erklärt er hastig.

«Du könntest doch die Blondinennummer spielen. Hier hast du den

Autoschlüssel meines R4. Bestimmt wird der Mechaniker, im besten Fall unser Goliath, einer so hübschen Frau gerne behilflich sein, den Wagen, der plötzlich keinen Wank mehr tut, in Gang zu bringen!»

Gesagt, getan. Während Heiri sich versteckt, trippelt Laura wild gestikulierend um Hilfe suchend in Richtung Werkstatt. Der Plan gelingt. Während der dumm grinsende Riese der aufgeregten hüftschwenkenden Laura nachtrottet, schlüpft Heiri in die verlassene Werkstatt. Im Zentrum ist ein alter Ford aufgebockt, den Meier soeben mit dunkelblauer Farbe besprüht haben muss. Daher das Zischen, das Laura vorhin hellhörig gemacht hat. Die frische Farbe ätzt ihn etwas in der Nase, und er muss niesen. Durch die leicht tränenden Augen nimmt er die mit weiblichen Nacktbildern tapezierten Wände der Garage war. Unterstes *Nivea* stellt er mit Ritas beliebter Redewendung fest.

Neugier in ihm weckt jedoch der über dem Ablagebrett hängende Bauernkalender. Unschwer zu sehen, dass dieser als Auftragsagenda herhält. Rasch holt Heiri ihn von der Wand, um die in schnoddriger Schrift hingekritzelten Kundennamen lesen zu können. Hinter den Familiennamen steht dann meist noch eine Automarke und bei einigen ein Dollarzeichen in Form des durchgestrichenen $. Nebst den im Seeland üblichen Namen wie Möri, Weibel, Schwab, Brunner, Bürgi und so weiter entdeckt er plötzlich im Feld für vorgestern das Wort Quicky.

«Bingo!», frohlockt er und ist sich sicher, dass damit Jens Zesiger und nicht eine schnelle Nummer mit einer Prostituierten gemeint ist. Dieser verhasste Übername scheint Jens auch im Erwachsenenalter anzuhaften. Eingehandelt hat er sich den, weil er schon als Kind nie zu Fuß daherkam, sondern immer mit dem Trottinett förmlich durchs Leben flitzte. Von innerer Unruhe getrieben, ging ihm immer alles viel zu langsam. Unter dem auf vorgestern datierten Namen Quicky zeigt ein Pfeil nach unten, es scheint, als hätte Goliath Jens oder Jens Goliath für eine ganze Woche gebucht! Für morgen ist zusätzlich noch Polen eingetragen. In Klammer sind dahinter sechs verschiedene Autotypen aufgeführt. Kein Wunder, dass Heiris Blick am Wort Mercedes hängen bleibt. «So läuft also der Hase!», murmelt Heiri. Zwei Fliegen auf einen Streich sozusagen. Ist dies Goliaths Lohn für seine Dienste an Jens?»

Für Spekulationen bleibt jedoch keine Zeit. Es gilt die zwei, drei Minuten bis zur Rückkehr des Hünen auszunutzen. Die Anzeichen, dass es sich tatsächlich um den Kallnach-Mercedes handelt, erhärten sich, denn bei der Durchsicht der Autonummern, die auf dem Ablagebrett aufgestapelt sind, gibt es tatsächlich ein Genfer Polizeikennzeichen. Nachdem Heiri am Nagelbrett unter mehreren Dutzend Schlüsseln keinen Mercedes-Schlüssel ausmachen kann, entschließt er sich, rasch noch die Schubladen der Werkbank zu öffnen. Was bei der untersten zum Vorschein kommt, lässt ihn beinahe erstarren.

Da ist nicht nur der Mercedes-Schlüssel, sondern daneben auch ein Handy-Etui mit dem berühmten Konterfei von Che Guevara! Diese Spezialanfertigung hat sich der Revolutionär für viel Geld aus den Staaten beschafft, weiß Heiri. Haben sie ihm nur das Handy abgenommen, oder ist er in ihrer Gewalt? Haben sie ihm etwas angetan? Unschwer zu sehen, dass die Hülle ölverschmiert ist! Hoffentlich deutet das nicht auf das Schlimmste hin…

Rasch legt Heiri das Handy wieder an seinen Platz zurück und ergreift stattdessen die Mercedes-Schlüssel und den mit einem Kartonschildchen versehenen kleinen Garagenschlüssel. Wie lange kann Laura den Riesen noch hinhalten, fragt er sich, und eilt aus der Autowerkstatt, um den Mercedes zu suchen. Goliath scheint sich seiner Sache ziemlich sicher zu sein, dass er dies alles nicht besser versteckt. Vielleicht blendet ihn sein baldiger großer Gewinn, den er zweifellos mit dem Verkauf des gestohlenen Mercedes erzielen kann. Keine zwanzig Schritte hinter dem Werkgebäude entdeckt er eine Garage mit Eternitwänden. Der Schlüssel passt tatsächlich ins Schloss des Drehhandgriffs, und da steht er vor ihm, der saubergewaschene, silberglänzende Mercedes. Ohne zu zögern setzt sich Heiri ans Steuer. Ein Blick auf den Beifahrersitz lässt Schreckliches vermuten. Etwas stümperhaft hat da jemand versucht, Blutflecken auszuwaschen.

Die aufkommenden Bilder eines Erschossenen verdrängt Heiri, startet den Wagen, fährt aus der Garage und folgt dem Schleichweg, der auf der Rückseite des ehemaligen Beyeler-Geländes ins Auenwäldchen führt. Niemals wird Goliath diesen Diebstahl des von ihm geklauten Autos der Polizei melden, ist seine Überlegung, als er im Rückspiegel eine abenteuerfilmreife Szene wahrnimmt. Wild gestikulierend und schreiend sieht er Goliath in seine Richtung schauen. Innert Sekunden dreht er sich um und will sich Laura greifen, die ihm aus unerklärlichen Gründen zur Garage zurückgefolgt ist. Heiri hält an, unschlüssig, ob er Laura nun zu Hilfe eilen müsse. Die Sache erledigt sich dann jedoch wie von allein, denn der Riese hat die Rechnung ohne den Wirt gemacht. Mit zwei, drei gezielten Fußtritten und Handschlägen setzt Laura den überraschten Angreifer nämlich kurz- bis mittelfristig außer Gefecht, wendet sich ab und rennt zum R4 zurück.

Nach der getrennten eiligen Wegfahrt verständigen sich die beiden rasch per Handy und verabreden sich beim Restaurant Worben-Bad. Dort angekommen, sind beide noch ganz aufgeregt, und fast euphorisch gratulieren sie sich gegenseitig zu ihren außerdienstlich vollbrachten Heldentaten.

Laura bestätigt seinen Verdacht, es könnte sich bei den Flecken auf dem Nebensitz um Blut handeln. Sie entdeckt an der Kopfstütze zudem einen schwarzen Fleck, der auf eine Schmauchspur hindeuten könnte.

Bei einer Tasse Kaffee planen sie in Sichtkontakt zu ihren Wagen das weitere Vorgehen. Heiri meint, dass für ihn die letzten drei Stunden die Spannendsten der letzten drei Jahre gewesen seien. Doch der Fund des Che-Guevara-Handys und die damit verbundene Angst, dem Revolutionär sei etwas Böses zugestoßen, trübt die Stimmung. Laura äußert gar die Befürchtung, Jens könnte den Revolutionär umgebracht haben, und anstelle der Puppe könnte im Bielerseefass dessen Leiche auftauchen. Dem widerspricht hingegen der Gedanke, dass Jens sich damit ins eigene Fleisch geschnitten hätte, da der Leichenfund aufgrund des Drehbuchs offenkundig würde.

Rasch erstellen die beiden eine Prioritätenliste. Während Heiri mit Jean-François telefoniert, holt Laura das Geburtstagskrimi-Drehbuch hervor. Wichtig scheint ihnen, dass Weibel und Boselli nichts von ihren Privatermittlungen und der Zusammenarbeit mit Genf erfahren. Laura hat Heiri nochmals versichert, sich gerne an seiner Seite in die dunkelgraue Zone zwischen legalem und illegalem Ermitteln vorzuwagen. Mit dem Risiko, die Stelle in Bern zu verlieren. Heiri meldet, die Genfer Kollegen kämen schnellstmöglich hierher, um den Mercedes abzuholen und ihn in Genf professionell auf Spuren einer Gewalttat abzusuchen. Laura ihrerseits macht Heiri darauf aufmerksam, dass er sich laut Drehbuch heute Nachmittag noch auf der Bargenschanze zu einem Rendez-vous hätte einfinden müssen.

«Davon ist mir nichts zugetragen worden!», begehrt Heiri leicht mürrisch auf. «Die Schwierigkeit könnte darin liegen, dass der Regisseur, der gute Revolutionär, mundtot zu sein scheint», erklärt Laura. Heiri findet diese Erklärung plausibel. «Es wäre allerdings ein deutliches Indiz, dass etwas total aus dem Ruder gelaufen ist!», fügt er an.

Laura bietet Heiri an, die Sache gleich telefonisch zu regeln, vielleicht am besten über Paul, den Regieassistenten. «Die Drehbuchangaben sind sehr vage formuliert. Je nach deinem Ermittlungsstand wären dir verwirrende Nebengeschichten angedreht worden in der Absicht, dir deine Aufgabe noch zu erschweren. Niemand hat damit gerechnet, dass du vor dem Öffnen des Bielerseefasses schon alles als Joke durchschaut hast!»

«Wir geraten heute Nachmittag noch richtig in Stress!», hält Heiri fest. «Richtig brutal, was ihr da einem Pensionierten zugemutet habt!» Um darauf nicht antworten zu müssen, wählt Laura bereits Pauls Telefonnummer.

Heiri beobachtet derweil zwei Typen, die neben dem Mercedes parkieren und dann die Straße überqueren, um direkt auf ihren Tisch im Gartenrestaurant zuzusteuern. Er ärgert sich ein wenig, als ihm Laura genau in diesem Moment ihr Handy in die Hand drückt. «Paul hätte dich gleich angerufen. Es gelinge ihm nicht, seine Enkeltochter Sarah, die Freundin von Mbaye, zu beruhigen. Vielleicht schaffst du es!», erklärt Laura und steht auf, um die beiden Herren zu begrüßen, die bereits an ihrem Tisch angelangt sind.

Heiri versucht den Spagat, sich auf Sarahs Anruf und zugleich auf die Szene vor sich mit den Fremden zu konzentrieren. Er beobachtet, wie die beiden ihre Ausweise zücken. Einer stellt sich als Jean-François' Sohn vor, der andere als Polizeibeamter. Sarah ist überzeugt, dass Jens ihren Freund Mbaye getötet haben muss. Seit über achtundvierzig Stunden habe sie kein Lebenszeichen ihres Freundes mehr erhalten. Zudem habe Jens sich als Nebenbuhler von Mbaye aufgeführt. Jens habe schon seit der Schulzeit immer ein Auge auf sie gehabt und ihr verschiedentlich den Hof gemacht. Sie aber hätte nie im Leben Sympathien für diesen arroganten, gestörten Typen empfunden, im Gegenteil. «Sie müssen mir helfen, Mbaye zu finden, Herr Weber, bitte!» fleht sie.

Heiri versichert ihr, sein Bestes zu geben und versucht, sie zu beruhigen: «Niemals hätte der schmächtige Jens es geschafft, Mbaye an diesem Baum aufzuhängen! Ein Typ wie Jens würde sich auch niemals auf diese Art die Hände selber schmutzig machen, glaub mir! Im Übrigen weilte Mbaye in den Tagen seines Verschwindens in Genf, wie ich erfahren habe. Also müsste ihm, wenn überhaupt, dort etwas widerfahren sein!», versucht Heiri Sarahs Befürchtungen zu zerschlagen, was nicht so recht gelingen will. «Ich verspreche dir, bei der Suche nach ihm zu helfen. Leider muss ich unser Gespräch nun aber beenden! Melde mir, wenn du etwas von ihm hören solltest. Tschüss und bis bald.»

Die zwei Ankömmlinge haben sich in der Zwischenzeit zu ihnen gesetzt. Heiri ist klar geworden, dass sie den Auftrag haben, den Mercedes möglichst rasch und möglichst noch vor Dienstschluss nach Genf zu bringen.

«Typisch Jean-François, im Improvisieren war er schon immer der Beste!», ergänzt Heiri seine Grussworte. «Sie wohnen also beide in Biel, habe ich auf einem Ohr mitbekommen…»

«Ja», antwortet Jean-François' Sohn. «Ich bin selbstständig Erwerbender und habe Philippe rasch, sozusagen in meiner Nachmittagspause, im Auftrag meines Vaters hierhin gefahren. Der momentan seine Ferienzeit auf dem Campingplatz verbringende Philippe wird den Mercedes nach Genf fahren, um dann mit dem ÖV heute Abend wieder zu seiner jungen Familie zu stoßen. Bestimmt wird mein Vater ihn für den Feriendienst dann fürstlich belohnen!»

«Comme d'habitude», nickt Philippe.

Dies ist bereits das Ende ihrer Konversation, denn alle scheinen sie wie auf Nadeln zu sitzen. Ein Blick auf die Uhr zeigt Heiri, dass sie in einer knappen Viertelstunde auf dem Posten der Seepolizei Biel erwartet werden, Jean-François' Sohn muss zurück an die Arbeit und Philippe möchte der Rush-hour, welche gleichbedeutend mit Stau dem Lac Léman entlang ist, unbedingt zuvorkommen.

«Wie ihr seht, hat der Mercedes keine Nummernschilder. Die konnte ich in der Eile nicht auch noch mitnehmen und montieren. Wie löst ihr dieses Problem?», will Heiri wissen.

«Ah, mon Dieu, da müssen wir noch rasch beim Straßenverkehrsamt in Orpund vorbei. Das ist aber eine kleine Sache, für solche Fälle gibt es Ersatznummern», erklärt Philippe.

Nach der Wegfahrt der Genfer Kollegen telefoniert Laura mit ihrer Dienststelle in Bern. Sie gibt die nötigen Anweisungen, um einen Haftbefehl für einen gewissen Rolf Meier in Lyss auszustellen. Weitere Details und den Zeitpunkt des Zugriffs würde sie ein wenig später bekannt geben. Sie weiß, dass sie sich damit weit aus dem Fenster hinauslehnt, doch wer sonst würde hier die Verantwortung übernehmen? Hat nicht ihr Chef sie darum gebeten, doch bitte die Stellvertretung von Boselli zu übernehmen?

10

Dank Heiris guter Ortskenntnis erreichen sie das Seebecken und damit die Polizeistation pünktlich. Beide ärgern sich ein wenig darüber, diese Alibiübung mitmachen zu müssen. Als sie dann aber gleich zwei blaue Fässer dastehen sehen, werden sie doch etwas unruhig. Ein junger Kollege hat den Auftrag, sie über den Fundort und die Bergung zu informieren. Er macht dies lehrbuchmäßig gut. Sein Vorgesetzter ergänzt dann nur noch: «Ihr könnt euch nicht vorstellen, was auf dem Seegrund für Unrat entsorgt wird! Ich glaube, die Menschheit wird es nie lernen! Diese beiden Fässer sind aber die einzig ganz neuen, die wir im Umkreis von etwa vierhundert Metern orten konnten. Ich hoffe, wir haben keinen Fehler gemacht, indem wir gleich beide hierher geschafft haben, obwohl der Auftrag zur Bergung nur ein Fass vorsah!»
Laura bedankt sich für die gute Arbeit und für die bereitgelegten Werkzeuge, um die Fässer zu öffnen. «Ich glaube, es wäre besser, wenn Sie draußen warten würden!», erklärt sie in einem Ton, der keinen Protest zulässt. Sobald die Seepolizisten den Barackenraum mit den vielen gestapelten Rettungswesten, Rettungsringen und Erste-Hilfe-Material verlassen haben, machen sich Heiri und Laura an die Arbeit. «Die Tonnen sind ziemlich schwer!», bemerkt Laura beunruhigt.
«Nur mit der Puppe als Inhalt wäre das Fass auch nicht auf den Seegrund gesunken!», meint Heiri etwas schulmeisterhaft und kann den aufkommenden schrecklichen Verdacht, dass Mbaye, Traore oder der Revolutionär in einem der beiden Fässer zum Vorschein kommen könnte, nicht verdrängen. Auch, dass keine der Tonnen mit Marti angeschrieben ist, will ihn irgendwie nicht beruhigen. Sein kühler Verstand sagt ihm jedoch, dass Jens sicher nicht so blöd ist, hier ein Opfer auf dem Silbertablett zu servieren. «Komm, lass mich einfach die Fässer öffnen!», sagt er, als er Lauras großes Zögern bemerkt.
Schon beinahe lachend zieht er dann aus dem einen Fass die erwartete Puppe hervor. Die untere Hälfte des Fasses ist mit Spritzbeton aufgefüllt.

«Wirklich gelungen, die Ausführung!», ist sein trockener Kommentar, während Laura bereits gespannt aufs zweite Fass starrt. Gemeinsam gelingt es ihnen, den Deckel aufzukriegen und den Inhalt mit einem Kippen in Bewegung zu setzen. «Gott sei Dank!», entfährt es Laura, die anscheinend tatsächlich einen Toten darin vermutet hatte. Außer herauskullernden Steinen ist vorerst nichts auszumachen. «Niemand ist so blöd, ein nur mit Steinen gefülltes Fass mitten im See zu versenken!», murmelt Heiri vor sich hin und beginnt, das Fass von innen abzutasten. Rasch wird er fündig und zieht ein angeklebtes, laminiertes Schreiben hervor. «Hab ich mir doch gedacht!», bemerkt er, als Laura sich anschickt, über seine Schulter mitzulesen.

Happy Birthday, Herr Weber!

Gratulation zum doppelten Taucherfolg! Spaß beiseite! Ich fordere Sie auf, mir ab sofort nicht mehr nachzuschnüffeln. Der harmlose Geburtstagskrimi könnte sonst schlimm ausgehen! Pfeifen Sie bitte die Irren aus der Klinik zurück. Allen voran den Blaser alias Revolutionär! Ich lasse mich von niemandem in den Dreck ziehen und würde mich nicht scheuen, Sie aufgrund Ihrer illegalen Ermittlungen anzuzeigen. Rufschädigung, Einbrechen in fremde Häuser, haltlose Unterstellungen und so weiter stünden am Anfang der Anklageliste, die Sie am besten selber ergänzen könnten. Also frohes Fest morgen und dann wieder ab in den Ruhestand!

Freundliche Grüße, Jens Zesiger

Rasch sind sich Heiri und Laura einig, dass sie dieses Schreiben geheimhalten wollen. Eine kleine Analyse ergibt im Grunde Folgendes: Jens muss diese Nachricht spätestens heute Morgen geschrieben haben. Bestimmt also vor unserer Mercedes-Aktion. Seine Drohung lässt Hoffnung aufkommen, dass Jens bisher noch kein Verbrechen begangen hat und also der Revolutionär noch lebt.
Gemeinsam stecken die beiden die erstaunlich menschenähnliche Puppe in das zweite, von den Steinen befreite Fass. Den Drohbrief nimmt Laura mit der Bemerkung: «Vielleicht brauchen wir den noch!», in ihre Handtasche. Beide schicken sich an, die Sache hier zu einem Ende zu führen.

«Die Aktion ist glücklicherweise harmlos ausgegangen», will Heiri rapportieren, als sie ins Freie treten, in der Absicht, die Seepolizisten noch einen Blick auf die Puppe werfen zu lassen. Doch diese kommen ihm zuvor, stimmen ein Geburtstagslied an und überreichen den beiden ein Glas Bielerseewein. Nach dem Anstoßen und einer kurzen Rede des Ortskommandanten nehmen sich alle noch ein wenig Zeit für einen Austausch und um etwas Seemannsgarn zu spinnen. Dabei kommt heraus, dass sie über den Geburtstagskrimi und den «Puppenfund» bestens informiert waren. Im mit Kies und Stein gefüllten Fass vermuten sie die Entsorgung von ausgelaufenem Öl oder giftigem Sprühmittelkonzentrat und versprechen, sich der sorgfältigen Entsorgung anzunehmen. Laura und Heiri bedanken sich herzlich für das Geburtstagsständchen und die gute Zusammenarbeit.

«Zum Glück haben sie uns nicht auch noch einen Orden in Form eines goldenen Schnorchels oder so verliehen!», witzelt Heiri auf der Fahrt zum Bahnhof. Laura hat sich entschlossen, den Zug nach Bern zu nehmen und verabschiedet sich dann: «Um nicht noch mehr Öl ins Feuer zu gießen, verbiete ich dir weitere Ermittlungen bis morgen Abend. Verstanden Herr Pensionär?! Genießt den Kino-Abend! Wir sehen uns an deinem Fest, zu dem mich Rita höchstpersönlich eingeladen hat. Bis dann werden wir bestimmt auch Kenntnis davon haben, was die Untersuchung des Mercedes ergab. Tschau Amigo! Und danke für den unterhaltsamen Nachmittag, hm!»

«So, Pflicht erfüllt, jetzt kommt die Kür!», verkündet Heiri euphorisch, als er zu Hause eintrifft. «Für morgen ist alles aufgegleist. Das Corpus Delicti in Form dieser Puppe als Beweis, dass die Geschichte friedlich ausgeht, ist hinten in unserem Chrutzli, wie er seinen R4 eigentlich nicht sehr charmant zu benennen pflegt. Ich werde die schwarze Puppe, die ihr übrigens wunderbar zusammengebastelt habt, vor aller Augen tanzen lassen! Aber nun lass ich mir den Kinoabend mit dir von niemandem mehr vermiesen!»

Ritas Reaktion lässt ein wenig auf sich warten. «So, so!», sind vorerst ihre einzigen Worte, bis es dann nach einiger Verzögerung aus ihr heraussprudelt. «Netter Versuch, mir etwas vorzumachen… Paul hat mich nämlich heute Nachmittag angerufen. Er fürchtet, das Ganze sei, nach dem Verschwinden des Revolutionärs und von Mbaye, nun total aus dem Ruder gelaufen! Er findet es auch äußerst befremdend, dass sich Weibel und Boselli der Sache nicht annehmen! Außer diesem Anruf ist mir von Claudia auch zu Ohren gekommen, dass du im Fall der mysteriösen Kallnacher Mercedes-Story ermittelst! Die Welt ist klein, mein Lieber! Ich hoffe, du hast die Sache im Griff!»

«Ist ja gut!», antwortet Heiri. Von früher her weißt du, dass ich mir während der Ermittlungsphasen immer wieder Auszeiten nahm. Meine Strategie ist es nun, den Geburtstagskrimi zu einem guten Ende zu bringen, um dann mit Laura zusammen die eigentlichen Probleme zu entschlüsseln. Weißt du, morgen tritt sie die Ferienvertretung für Boselli an. Ab da werden ihr die Hände nicht mehr gebunden sein. Sie hat dann Ressourcen wie zum Beispiel Suchhunde zur Verfügung, die uns vermutlich rasch weiterhelfen können. Lassen wir doch die Kriminalistik heute Abend außen vor. Viel zu viele Jahre hat sie unser Privatleben beherrscht.» Zögerlich, aber dann doch überzeugt, lässt Rita sich umarmen.

Trotz schlechter Vorzeichen wird es ein vergnüglicher Abend. Viel trägt auch die von ihnen geliebte und schon fast zum Kult gewordene Filmmusik der Gruppe ABBA dazu bei. Zu Hause hört Heiri, bevor er schlafen geht, noch den Anrufbeantworter ab, ohne jedoch auf eine Meldung zu stoßen. «Kommst du, Liebling?», ruft Rita, und Heiri freut sich kindisch über diesen Lockruf, den er schon Monate, wenn nicht Jahre nie mehr gehört hat. Nach dem entspannenden Film folgt nun eine völlig unerwartete Liebesnacht vom Schönsten.

Schon am Vorabend hat Rita angekündigt, dass sie den Geburtstag ganz gemütlich angehen lassen wollen. Um neun Uhr weckt Heiri ein herrlicher Kaffeeduft. Rita hat ein richtiges Champagnerfrühstück vorbereitet. «Herzliche Gratulation!», haucht sie ihm, gefolgt von einem leidenschaftlichen Kuss, ins Ohr. «Gute Gesundheit und einen herrlichen, stressfreien Geburtstag wünsche ich dir!»

Heiri bedankt sich und setzt sich noch im Pyjama an den wunderbar gedeckten Frühstückstisch. Die Sonne scheint bereits durchs Seitenfenster und kündet einen weiteren Spätsommertag an. Darf ich mich zur Feier des Tages etwas ans Klavier setzen?», fragt er, «oder haben wir schon Programm?»

«Nur zu, du hast noch eine Stunde Zeit. Ich übernehme den Abwasch und muss noch letzte Vorbereitungen treffen.»

Selbstverständlich lassen sich die Gedanken an die Geburtstags-Schattengeschichte nicht ganz ausschalten. Heiri freut sich aber über den erholsamen Schlaf, den er in den Armen seiner Frau problemlos gefunden hat. Gerne lasse ich mich von Rita in der Form des letzten Abends etwas vom Ermitteln abhalten, denkt er genießerisch. Er fühlt sich leicht und zufrieden. Seine Zuversicht, doch noch einen glücklichen Geburtstag feiern zu können, ist merklich gestiegen. Gegen elf verlassen sie das Haus mit ihren Fahrrädern. «Etwas Sport kann nicht schaden, nicht wahr. Damit du mir dann auch richtig essen magst! So leeren wir das von dir in letzter Zeit vielzitierte Feißbook.»

«Okay.» Er mag seiner Frau heute nicht böse sein, auch wenn ihn ihre pseudo-witzigen Bemerkungen manchmal ziemlich ärgern. Ich hoffe, dass sich mein Facebook im Kopf wirklich bald leeren wird, denkt er und ist gespannt auf das folgende Fitnessprogramm.

Rita wählt den Radweg dem Aarberger Stausee entlang in Richtung Radelfinger Fußballplatz. Trotz der schattenspendenden Bäume ist es schon herrlich warm. Auf diesen wenigen Kilometern kommen ihnen sage und schreibe vier «mittelalterliche» Frauen mit ihren Vierbeinern entgegen. «Auffällig, wie viele Frauen sich heutzutage einen Hund halten», stellt Rita fest.

«Ja, sie brauchen jemanden, den sie herumkommandieren können, wenn Kinder und Mann nicht mehr auf sie hören!», spottet Heiri.

«Da habe ich es mit dir schon gut!», entgegnet Rita und befiehlt ihm anzuhalten. «Sei froh, dass ich dir keinen Stecken ins Wasser werfe und du ihn mir apportieren musst! Nein, Spaß beiseite, wir werden nun die Badekleider montieren und uns ein nostalgisches Aarebad gönnen, einverstanden?» «Ja sicher! Wenigstens fragst du noch, ob es mir genehm sei!», lacht Heiri.

Sie lassen ihre Räder zurück und spazieren barfuß ungefähr einen Kilometer flussaufwärts. Der Einstieg ins doch recht kühle Wasser kostet beide einige Überwindung, aber es lohnt sich. Die Aare, die an dieser Stelle träge fließend in den Stausee mündet, trägt einen in Zeitlupentempo unter dem gebogenen Fußgängersteg hindurch. Die Ufer sind mit Schilf gesäumt. Man hat das Gefühl, im Amazonas zu schwimmen, so naturbelassen ist die Umgebung. «Herrlich, einfach herrlich, und das beinahe vor der eigenen Haustür.»

Übermütig beginnt Heiri, ein paar Delfinstil-Bewegungen auszuführen. Er fühlt sich um Jahre jünger und freut sich des Lebens. «Das war eine tolle Überraschung», sagt er zu Rita, «wenn das heute so weitergeht, möchte ich, dass dieser Tag nie zu Ende geht!» Rita freut sich mit, obwohl sie ihm seinen Übermut nicht ganz abnimmt. Sie ist erstaunt, wie gut Heiri das bevorstehende Krimi-Finale ausblenden kann.

Nach dem problemlosen Ausstieg aus der Aare in eine kleine Sandbucht setzen sie sich zum Trocknen auf eine wie dafür gebaute Holzbank. Der Ausblick auf das gegenüberliegende jäh abfallende Ufer holt den vom Bett- und Aare-Erlebnis euphorisierten Heiri jedoch nullkommaplötzlich in seine von fremder Hand geplante Rolle als scheiternder Fahnder zurück.

Genau dort oben, auf dem bewaldeten Rücken des Moränenhügels, steht nämlich die hintere Waldhütte, wo der vermeintliche Totentanz stattfand. Wenn die oder der Mörder ihr Opfer… hier müsste man dann keine fünfzig Meter entfernt nach dem Toten tauchen… Wir wären also vorhin beinahe über den versenkten Sarg in Form des Regenfasses von Traore oder Mbaye geschwommen! Wie wenn Rita seine dunklen Gedanken erahnt hätte, sagt sie: «Heute hast du keine Zeit zum Grübeln. Komm! Eine zweite Geburtstagsüberraschung wartet!»

«Da bin ich aber gespannt!» Heiri schlüpft artig in die Kleider und folgt Rita aufs Rad. Auch auf der Rückfahrt wird er seine dunklen Gedanken an ein mögliches Mordopfer nicht los. Die Blutflecken auf dem Beifahrersitz des Mercedes, der unweit von hier abgestellt wurde, keine Spur von Mbaye, auch nicht von Traore, dann dieser Neonazi Meier mit Verbindungen zu Jens, die unverhüllte Drohung von Jens, dass Schlimmes passieren würde, wenn er, Heiri, das Herumschnüffeln nicht sofort einstellte…

«Vorsicht!», schreit Rita, die im letzten Augenblick bemerkt, dass der neben ihr fahrende Heiri beinahe in einen entgegenkommenden Rollschuhfahrer fährt. Mit einem Schwenker in letzter Sekunde kann Heiri den Zusammenprall verhindern. «Reaktion muss man haben!», blafft er, um den in solchen Situationen üblichen Vorwürfen seiner Frau vorzubeugen. «Wenn du eh nicht mir sprechen willst, dann fahr besser vor oder hinter mir!», schimpft Rita, die ins Gras hat ausweichen müssen, um einen Unfall zu vermeiden.

«Sorry! Ich mache mir wohl zu viele Gedanken über die noch bevorstehenden Überraschungen!», entschuldigt er sich. «Hier habe ich übrigens vor zwei Wochen in der Uferböschung einen Biber gesehen», erzählt Heiri, um das Thema in friedlichere Bahnen zu lenken. Doch ihr Gespräch über die Renaturierung der Aare und die erfreulichen Folgen für Fauna und Flora ist nur von kurzer Dauer. Beim Überqueren des Staudammes fällt Heiri nämlich beinahe ein zweites Mal vom Rad. Ungläubig starrt er auf das auf Schwemmholz liegende blaue, von Lehm verschmierte und zerbeulte Regenfass, auf dem er die Anschrift Marti zu entdecken glaubt. Rita, die seinem starren Blick gefolgt ist, bemerkt lakonisch: «Was hast du? Ist doch normal, dass nach Hochwasser derart viel Geschiebe im Rechen des Flusskraftwerkes hängen bleibt.»

«Schon», antwortet Heiri. Welch ein Zufall! Wie auf einem Floß muss das Fass hierhin getragen worden sein, vermutet er. Rasch sucht er nach einer Lösung, um der Sache auf den Grund gehen zu können und wird zu seiner eigenen Überraschung fündig.

«Mir ist eingefallen, dass Walter Känel, der hier arbeitet und dieses Zeugs jeweils herausfischt, heute auch Geburtstag hat. Warte, ich möchte ihm schnell gratulieren gehen. Fünf Minuten liegen sicher drin, oder?», fragt er pro forma, steigt vom Rad und verschwindet im Maschinenraum des Kraftwerkes. «Wir sehen uns zu Hause!», ruft ihm die überraschte Rita nach.

Heiri hat Glück und findet die Belegschaft gerade bei einem kleinen Geburtstagsumtrunk für Walter vor. Rasch zieht er diesen zur Seite, gratuliert ihm und bittet ihn, das verdächtige Regenfass sicherzustellen. «Auf keinen Fall ohne mein Beisein öffnen!», mahnt er. «Ich melde mich heute Abend, aber spätestens morgen früh. Danke!» Pflichtbewusst steigt er dann vier Minuten später wieder aufs Rad, um das letzte Stück Weg nach Hause in Angriff zu nehmen.

Dort erwartet Heiri schon die nächste, diesmal aber höchst erfreuliche Überraschung. Die Tochter und der Sohn sind mit ihren Kindern da.

Sie haben Heiris bevorzugten Aprikosenkuchen mitgebracht und einen kleinen Mittagstisch vorbereitet. Die Großkinder haben die ganze Wohnstube mit Papierschlangen und Girlanden geschmückt und empfangen ihren Großvater mit einem herzhaft gesungenen «Happy Birthday». Dann überreichen sie ihm mit glänzend leuchtenden Augen ihre selbstgebastelten Geschenklein. Von seinem wie immer etwas distanziert wirkenden Sohn erhält er einen besonders schmackhaften Single Malt Whisky und von Barbara, seiner Tochter, ein neues Schachbuch. Heiri bedankt sich. Er ist stolz auf seine Familie.

«Aber diesmal nicht wieder das Hundegebell!», bittet Heiri, als ihm sein Enkel Lukas das Handy aus der Hosentasche stibitzt. Heiris Kniefall und das Gelächter lösen im Kleinen ein spitzbübisches Grinsen aus. Alle Umstehenden sind sich sicher, dass das Bellen Heiri schon beim nächsten Anruf erneut ärgern wird.

Kurz nach dem Mittag verabschiedet sich der Besuch schon wieder. «Man wird auch nicht an einem hundsgewöhnlichen Donnerstag fünfundsechzig», entgegnet Barbara auf seine überraschte Frage, warum sie ihn schon wieder verlassen wollen. «Die Größeren müssen wieder zur Schule und ich zur Arbeit. Wir wünschen dir noch einen ganz schönen Tag! Auf Wiedersehen und alles Gute, Paps!», fügt Barbara an und umarmt ihren Vater zum Abschied herzhaft, während Rolf sich mit einem schlichten Adieu von seinen Eltern verabschiedet.

«Ist doch auch gut so, nicht wahr?», bemerkt Rita, als die Schar gegangen ist. «Wir sehen sie bestimmt bald wieder, und so kannst du dich vor den Abendaktivitäten noch etwas schonen. Denk daran: Du gehörst ab heute nun definitiv zu den Senioren!»

Sie kanns nicht lassen, denkt Heiri, freut sich aber auf eine bevorstehende Siesta. Er hilft Rita, das viele Geschirr wegzuräumen. Dabei versucht er vergebens, ihr noch genauere Details über den bevorstehenden Anlass zu entlocken. Das Telefon mit den üblichen Gratulationsanrufen bleibt heute erstaunlich still. «Lass dich doch überraschen!», schlägt Rita vor. «Wie wärs, wenn wir nun noch für gut zwei Stunden im Garten liegen würden?»

Heiri ist sofort einverstanden und holt einen zweiten Liegestuhl aus dem Keller. «Dann komme ich doch noch dazu, die Tageszeitung und spärliche Geburtstagspost zu lesen. Gerne würde ich auch einen ersten Blick in Barbaras Schachbuch werfen!», freut er sich.

Nach einer Stunde im Garten hält es Heiri doch nicht mehr aus. Unter dem Vorwand, auf die Toilette zu müssen, geht er ins Haus und versucht Jean-François zu erreichen. Vielleicht sind die Untersuchungen am und im Mercedes schon ausgewertet, denkt er und spürt beim Eintippen der Telefonnummer Nervosität aufkommen. «Der Teilnehmer wünscht…» Enttäuscht, aber auch ärgerlich über sich selbst, dass er es nicht lassen kann, legt er auf. Sollte im Marti-Fass wirklich eine Leiche zum Vorschein kommen, spielt der Zeitfaktor keine so große Rolle. Nichts würde den Toten wieder lebendig und den Mord ungeschehen machen.

«Ich dachte, deine Auszeit dauere noch bis heute Abend! Bist du wegen deinem Fest so nervös oder schon wieder am Ermitteln?», fragt Rita, als Heiri in den Garten zurückkommt.

«Es fällt mir einfach schwer, mich von und vor meinen Freunden zum Affen machen zu müssen!», antwortet er etwas ausweichend und doch plausibel. «Da muss ich wohl durch!»

«Ja, es sieht so aus! Du hast mir doch verziehen, dass ich dir die ganze Sache eingebrockt habe?», fragt Rita verunsichert.

«Ja, das ist nicht der Punkt! Die Spannung bezieht sich größtenteils darauf, wer sich von den geladenen Gästen wirklich zeigen wird. Viele der Crew sind zerstritten, einige auf seltsame Weise abgetaucht.»

«Ja, allerdings, das ist wirklich besorgniserregend!», antwortet Rita und vertieft sich dann wieder in ihre Lektüre.

11

Schlag fünf Uhr sind die beiden bereit und fahren mit dem R4 und der Puppe als stummer Begleiter auf die Bargenschanze.

«Den Wagen können wir angesichts der kurzen Strecke und in Befürchtung deines vorhersehbaren angetrunkenen Zustandes leicht bis morgen da oben stehen lassen», bemerkt Rita lakonisch.

«Ich fürchte, heute einen hellwachen und klaren Kopf behalten zu müssen!», erwidert Heiri. «Ihr habt meiner geliebten Bargenschanze die Unschuld geraubt!», ergänzt er pragmatisch, als er den R4 auf dem eigens für ihn ausgesparten und mit *Jubilar* beflaggten Feld geparkt hat.

«Stopp! Nach Drehbuch muss ich dir nun die Augen verbinden, sorry!»

«Schon gut!», brummt Heiri. «Auch diese Szenenanweisung werde ich wohl hinnehmen müssen.» Verdammt, ich werde also auch noch blind aufs Schafott geführt, denkt er und stellt sich vor, wie der zynische Boselli das auskosten wird. Mehr als hilflos, ja erniedrigend werde ich nun den Gästen vorgeführt. Ein Schauer fährt ihm über den Rücken, als er daran denkt, dass sich unter den nun für ihn Unsichtbaren eventuell ein Mörder befindet.

«Bist du sicher, dass meine Nerven das aushalten werden? Ich bin nicht mehr der Jüngste!», klagt Heiri. «Zum letzten Mal wurde ich vor gefühlten hundert Jahren anlässlich meiner Pfadfindertaufe mit verbundenen Augen durch den Wald geführt. Ich muss zugeben, dass ich heute fast mehr Angst davor habe, was mich erwartet, als damals.»

«Ich bin ja bei dir, und bald wirst du erlöst. Die Idee kommt auch nicht von mir», flüstert Rita ihm aufmunternd zu. Dann hört er von weiter entfernt ein Trommelschlagen. Auch afrikanische Gesänge werden angestimmt. Viele Gedanken rasen ihm durch den Kopf. Ich tue wohl wirklich gut daran, möglichst lange den Nichtsahnenden zu spielen. Die lachenden Stimmen, insbesondere diejenige von Laura, verunsichern ihn diesbezüglich schon ein wenig. Nach kurzem Überlegen kommt er jedoch zum Schluss, dass Laura an Bosellis Seite gezwungenermaßen mitlachen muss, um nicht aufzufallen und ihr geheimes Ermitteln womöglich zu gefährden.

Von allen Seiten dringen nun Stimmen an sein Ohr. Die Trommeln sind verstummt, dafür wird nun *Happy Birthday* angestimmt. Es fällt Heiri sehr schwer, die um ihn herumstehenden Gäste nur anhand ihrer Stimmen zu identifizieren. Er fühlt sich richtiggehend ausgeliefert und kann das für ihn gesungene Geburtstagslied in keiner Weise genießen.

«Muss ich meine Gäste nun blind begrüßen?», zischt er in Richtung Rita, die ihn immer noch an der Hand hält. «Überraschung!», rufen alle wie auf Kommando. Paul nimmt ihm die Augenbinde vom Kopf und flüstert ihm ins Ohr: «Tut mir furchtbar leid!»

Heiri spielt den Verunsicherten und Überraschten. «Herzlichen Dank für den geheimnisvollen, aber friedlichen Empfang! Ist ja überwältigend, wie viele Gäste Rita zu meinem AHV-Fest geladen hat! Ihr habt mich…» Genau an diesem Punkt wird seine Begrüßungsansprache vom Aufheulen eines Sportwagenmotors unterbrochen. Alle starren theatralisch auf den kleinen Fußballplatz neben der Feuerstelle und beobachten, wie Jens Zesiger lässig aus seinem Wagen steigt. «Hurra, er lebt!», rufen alle im Chor, gefolgt von einem ebenso einstudierten Lächeln.

 «Wir gratulieren dir alle ganz herzlich zu deinen erfolgreichen Ermittlungen. Du hast nichts von deinem Scharfsinn als bester Fahnder hier auf Gottes Erdboden eingebüßt. Im Gegenteil. Mit dir verhält es sich wie mit einem guten Wein. Je reifer, desto besser!», hebt Paul zu einer Festtagsrede an und löst in der Folge mehrmaligen Szenenapplaus der Gäste aus. «Giuseppe Boselli hat dir die Aufgabe wahrlich nicht einfach gemacht. Mit dem Finden und Öffnen der blauen Regentonne gestern in Biel hast du das Rätsel bravourös gelöst. Nicht wahr, Herr Boselli?!» Bevor nun dieser zu einer Rede ansetzen kann, tritt Jens in den Kreis der Hauptdarsteller und reißt sowohl das Wort wie auch die Aufmerksamkeit an sich. «Herzliche Gratulation, Herr Weber!» Er verbeugt sich wie ein Page vor Heiri. «Leider bin ich sehr heiser. Ich bin wohl zu lange auf dem kalten Grund des Bielersees gelegen, hm! Trotzdem will ich meine Rolle in Würde zu Ende spielen und Ihnen im Namen der ganzen Truppe und des leider verhinderten Regisseurs Jürg Blaser alias Revolutionär diese Originalausgabe des Drehbuchs zu Ihrem Geburtstagskrimi überreichen. Dieser Fall war jetzt hoffentlich Ihr letzter, und mögen Sie nun den friedlichen Lebensabend fernab der bösen Welt genießen!»

Unglaublich abgebrüht, dieser Auftritt, denkt Heiri, dem der starr und kühl auf ihn gerichtete Blick von Jens tatsächlich unter die Haut geht, und er ist beinahe froh, dass Boselli einschreitet und Jens das Drehbuch förmlich aus den Händen reißt.

Boselli stellt sich voll und ganz in den Mittelpunkt und brüstet sich damit, dass er sich trotz seines riesigen Arbeitspensums bei der Kripo die Zeit genommen habe, bei Heiris Geburtstagskrimi im Hintergrund die Fäden zu ziehen. Er und sein Team hätten alles dafür getan, ihrem Ex-Kollegen am Ende seiner Karriere noch einmal den Triumph nach einer erfolgreichen Fahndung zu gönnen.

Heiri mag den Worten seines Nachfolgers und jungen Co-Autors nicht folgen, und es scheint nicht nur ihm so zu gehen. Dafür genügt ein Blick auf die unruhig gewordenen Gäste, von denen die meisten angefangen haben, Gespräche untereinander zu führen. Am Ende der mit spärlichem Applaus bedachten, gut zehnminütigen Rede setzt er dann noch einen drauf: «So hat mit meiner Unterstützung Heiri auch im Ruhestand nochmals allen beweisen können, welch brillanter Ermittler er ist!»

«Vielen herzlichen Dank, Herr Kollege!», entgegnet Heiri übertrieben freundlich, nimmt das Drehbuch entgegen und wendet sich dann an seine Freunde. «Ich danke euch für die liebevolle Verarschung! Dank euren schauspielerischen Höchstleistungen ist es gelungen, mich eine Zeitlang zum Narren zu halten und im Sinne meines Nachfolgers und Autors als senilen Trottel hinzustellen. Allerdings scheinen Herrn Boselli ein paar Ungereimtheiten entgangen zu sein, die sich am Rande seiner Geschichte ergeben haben. Das kann ich ihm in Anbetracht seines riesigen Arbeitspensums und den bevorstehenden Flitterwochen sogar verzeihen. Herzlichen Dank, dass ihr alle gekommen seid, und nun vergessen wir, wie es Jens so schön gesagt hat, für ein paar Stunden einfach die böse Welt und genießen den schönen Abend, den die beste Frau der Welt, meine geliebte Rita, organisiert hat! Den Apéro erkläre ich hiermit als eröffnet!»

Dafür erhält er herzlichen Beifall. Es kommt Bewegung in die durstige und hungrige Schar. Zu Heiris Freude setzt sich Laura neben ihn und Rita.

«Das hast du toll hingekriegt», lobt ihn Rita, die erleichtert ist, dass er keine Andeutung über ihren Drehbuch-Verrat gemacht hat. Laura raunt ihm mit hämischem Unterton zu, dass Boselli stocksauer sei, weil er ihn und die Polizeieinsätze zu wenig gewürdigt habe. Er habe sich von ihr und Weibel quasi französisch verabschiedet mit der Entschuldigung, dass er noch packen müsse und morgen früh abfliege.

«Sein Abgang kommt mir nicht ungelegen! Ich glaube, wir werden ihn nicht groß vermissen! Dann bist du ja ab sofort die Chefin sur place!»

«Ich weiß, dass noch viel Arbeit auf euch wartet», fällt ihm Rita ins Wort. «Doch morgen ist auch noch ein Tag!»

Diese Bemerkung sitzt, und Heiri bemüht sich, das Gespräch in andere Bahnen zu lenken. Aber nicht ganz ohne Absicht macht er sich auf, einige seiner Gäste noch vor dem soeben vom Partyservice aufgefahrenen Hauptgang persönlich zu begrüßen.

Der Smalltalk mit einigen Gästen bringt ihn, nicht zufällig, ganz in die Nähe von Jens, der es sich gut gehen lässt und sich vor allen andern bereits den Hauptgang hat servieren lassen. Er ist wieder einmal der Schnellste, denkt Heiri.

«Guten Appetit!», wünscht Heiri und konfrontiert Jens sofort mit seiner Sorge nach dem Verbleib des Revolutionärs und insbesondere auch Traores. Jens reagiert ziemlich heftig. «Traore ist nicht mein Freund! Wir haben nur ab und zu geschäftlich miteinander zu tun. Wahrscheinlich ist er noch mit dem Revolutionär unterwegs. Die beiden wollten nämlich zusammen ins Geschäft kommen!», behauptet er. Jedenfalls habe Traore etwas in dieser Richtung angedeutet, und eigentlich sei es ihm wurstegal, wo die beiden seien. Traore sei vor drei Tagen nicht an eine wichtige Verabredung mit ihm gekommen, und das sei in letzter Zeit typisch für ihn. «Mit Negern kann man einfach nicht zusammenarbeiten!», hält er provozierend und mit seinem süffisanten Lächeln im Gesicht fest.

Heiri hakt nach: «Soviel ich weiß, hat Traores Vater bei der Polizei eine Vermisstenmeldung aufgegeben.»

«Ach, das gehört doch zum Geburtstagskrimi», entgegnet Jens. «Wahrscheinlich steht es sogar im Drehbuch von Boselli.»

Heiri lässt sich nicht anmerken, dass ihm Jens' überhebliche Art missfällt und bohrt weiter. «Kennst du vielleicht einen Jacques Favre?», fragt er betont lässig und wartet gespannt auf eine Reaktion.

Jens schaut Heiri mit weit aufgerissenen Augen an, besinnt sich dann rasch und fragt: «Jacques…, wie war der Name?»

«Faavre», erklärt Heiri übertrieben langsam und deutlich.

Jens hat sein spöttisches Grinsen abgelegt und braucht ein paar Sekunden, um zu antworten. «Nein!», entgegnet er schließlich, «wer soll das denn sein?!»

«Ach, ist wohl nicht so wichtig. Ich bin neulich von Boselli nach diesem Jacques Favre gefragt worden. Boselli selber hatte den Verdacht, dass es sich dabei um ein Phantom oder eine Verwechslung handle.»

«Ja, wird wohl so sein!», antwortet Jens, der es jetzt plötzlich eilig hat, sich zu verabschieden.

«Vielen Dank übrigens noch für deine Botschaft im zweiten Fass. Die war aber nicht besonders freundlich.»

Jens kann sich nur mit Mühe beherrschen: «Ich wollte Sie nur warnen! Sie bekommen wirklich Ärger, wenn Sie sich um Angelegenheiten kümmern, die Sie nichts angehen.»

«Nun, in diese Geschichte bin ich hineingezogen worden, und ich habe gute Miene zum bösen Spiel gemacht und den Ermittler gespielt. Dass ich in diesem Katz-und-Maus-Spiel auf Ungereimtheiten gestoßen bin, die Ungutes ahnen lassen, habe ich mir nicht ausgesucht. Vielleicht solltest nicht du mich warnen, sondern ich muss dich warnen. Du kennst doch sicher einen gewissen Rolf Meier, nicht wahr? Aber es wäre schade, wenn du jetzt schon gehen würdest, ohne den Hauptgang gegessen zu haben.»

«Rolf Meier? Nie gehört. Ich glaube, Sie haben zu viel Fantasien im Kopf, Herr Weber. Besser, wir beenden das Gespräch.» Er wendet sich ab und setzt sich tatsächlich wieder an seinen Tisch, um sich dem Hauptgang zu widmen.

Heiri kennt Jens zur Genüge und ist nicht überrascht, dass dieser eiskalt reagiert hat, als er sich in die Enge getrieben fühlte. Aus Erfahrung weiß er, dass Menschen wie Jens lügen können, ohne das Gesicht zu verziehen. Bin ich jetzt zu weit gegangen?, fragt er sich. Ich muss unbedingt Laura informieren, dass Jens jetzt ahnt, was wir wissen und dass jetzt Bewegung in die Geschichte kommt.

Kaum hat sich Heiri wieder unter die noch meist stehenden Gäste begeben, klopft ihm jemand auf die Schulter. Es ist kein Geringerer als der afrikanische Botschafter. Er bittet ihn, doch morgen nach Bern zu kommen. Er müsse dringend mit ihm sprechen. «Gerne!», antwortet Heiri. «Ich denke, es geht um Ihren Sohn Traore, nicht wahr?»

«Gut, ich sehe, Sie wissen mehr, als sie vorhin gesagt haben!», antwortet dieser diplomatisch. «Wir treffen uns zum Mittagessen im *Schweizerhof*», schließt der Botschafter, nicht ohne sich leise noch darüber zu beschweren, dass Jens immer noch unter den Gästen weile.

Bevor Heiri an seinen Platz zwischen Laura und Rita zurückkehrt, wechselt er noch ein paar Worte mit Sokrates, der neben Paul zu sitzen gekommen ist. Ihm ist, wie Paul übrigens auch, alles andere als ums Feiern. «Du könntest diesen Jens doch mit Lauras Hilfe gleich hier festnageln!», findet er. «Nach wie vor fehlt von Mbaye und dem Revolutionär jede Spur. Jens ist…»

«Lasst das bitte meine Sache sein. Ihr müsst wissen, dass die Situation ziemlich verzwickt ist. Laura und ich bleiben dran, aber es wäre mir lieber, wenn es nicht an diesem Fest zum Eklat käme.»

Es ist ihm jedoch nicht vergönnt, sein Fest zu genießen. Bei seiner Rückkehr zum Geburtstagstisch beobachtet er Laura und sieht, wie sich ihre Lippen bewegen, obwohl sie keineswegs mit einer Tischnachbarin oder einem Tischnachbarn spricht. Bestimmt spricht sie auch kein Tischgebet, denkt er und entdeckt das als Brosche getarnte Mikrofon an ihrem Revers. Laura hat also Sicherheitsleute dabei. Am Nachbartisch erblickt er Rolf unter den Gästen, einen seiner besten früheren Arbeitskollegen, der sich mit Claudia – ebenfalls aus dem Team – als geladenes Liebespaar ausgibt. «Er wird uns nicht entkommen!», flüstert Laura Heiri zu.

Das Essen schmeckt ausgezeichnet, trotz der Spannung, die in der Luft hängt. Ab und zu erhält Heiri einen kleinen Schubs von Rita und wird damit für paar Sekunden von seinen Grübeleien abgelenkt. Was bringt das Marti-Fass zutage? Führt uns Jens tatsächlich zu einem der Verschwundenen? Kann ich meine Gastgeberfesseln ablegen und weiter ermitteln, sobald Jens aufsteht und uns verlässt? Wie weit kann oder will ich dabei Rücksicht auf Rita nehmen? Alle verlangen von mir, dass ich etwas unternehme... Es ist also verdammt noch mal nicht meine Schuld, wenn das Fest ins Wasser fällt, enerviert sich Heiri und spielt mit dem Gedanken, das Fest schon vor dem Nachtisch abzubrechen.

Urplötzlich entfacht sich ein heftiges Wortgefecht am entferntesten Tisch. Der Botschafter, flankiert von seinen zwei Bodyguards, ist an Jens herangetreten und bombardiert diesen in englischer Sprache mit Schimpfwörtern und Drohungen. Jens, der sich zuerst mit Anschuldigungen und Beleidigungen wie korruptes Arschloch und dergleichen revanchiert, erhebt sich dann und kommt mit einem süffisanten Lächeln auf Heiri zu.

Mit fester Stimme verkündet er dann grinsend: «Deshalb bin ich für die Ausschaffung aller Afrikaner! Enjoy your Party! Danke für das feine Essen. Ich muss zurück an die Arbeit, um Sozialgeld für dieses Pack zu generieren.»

Nachdem er sich per Händedruck von Heiri verabschiedet hat und mit eiligen Schritten zu seinem Sportwagen geht, zeigt er in Richtung des Botschafters den Stinkefinger. Von Kopfschütteln bis hin zu Buhrufen wird dieser Abgang begleitet. Viele starren auch Weibel an. Wie kann man einen solchen Auftritt als Polizeichef einfach so geschehen lassen?, fragen sie sich verwundert. Heiri hat schon vorher bemerkt, wie unwohl es seinem früheren Boss den ganzen Abend in seiner Haut ist. Er hat es nicht einmal für einen Geburtstagsgruss bis zu Heiri geschafft. Kurz darauf, noch vor dem Dessert, verabschieden sich auch der Botschafter und seine Entourage. Längst haben sich auch die früheren Handballer, die einzig zum Apéro geladen waren, heimwärts begeben.

Ein Augenzwinkern Lauras signalisiert Heiri, dass man Jens gefolgt ist. Im Zuge des Aufbruchs der Afrikaner haben sich auch Claudia und Rolf verabschiedet. Ein Blick in die Runde zeigt Heiri, dass nun beinahe nur noch der Kreis von engsten Freunden aus dem Umfeld der Klinik übrig geblieben ist. Während sich Heiri bewusst wird, wie klein dieser Kreis von wirklichen Freunden tatsächlich ist, geschieht Überraschendes.

Rita lässt ihr Weinglas mittels eines Teelöffels erklingen und erhebt sich. «Ich glaube, wir sind es unserem lieben Heiri schuldig, ihn hier nicht mehr länger zurückzuhalten. Es brennt ihn unter den Fingernägeln, wie ihr verstehen könnt, und, seien wir ehrlich, uns ist auch nicht mehr so richtig zum Feiern zumute. Kurzum, ich schlage vor, das Fest hier abzubrechen, um es später unter einem guten Stern im engsten Freundeskreis nachzuholen. Wer noch Lust auf einen Kaffee hat, ist herzlich zu mir nach Hause eingeladen.»

Das Verständnis für diesen Entscheid ist groß. Dies bezeugen sie auch, indem sie unter Pauls Leitung in ein «Achtung, fertig, los!» als Startschuss für Heiri einstimmen. Dieser bedankt sich kurz, küsst Rita und rennt im Stile eines Schuljungen, der Angst hat, den Unterrichtsbeginn zu verpassen, Laura hinterher zum Parkplatz.

12

«Kein Problem, ich werde in fünf Minuten da sein», antwortet Walter
Känel auf Heiris Anfrage. Zuvor haben sich Heiri und Laura abgesprochen. Rolf und Claudia sind vor Zesigers Haus postiert, in welches Jens
verschwunden ist, wie der motorisierte Hundeführer gemeldet hat. Laura und Heiri sind der Meinung, eine Stürmung des Hauses wäre kontra-
produktiv, da Jens den Revolutionär, Mbaye oder auch Traore bestimmt
nicht zu Hause gefangen halten würde. Deshalb entschließen sie sich,
gemeinsam zum Stauwehr zu fahren.
Die Stimmung auf der Fahrt dorthin ist sehr gedämpft. Heiri ertappt
sich beim obskuren Gedanken, dass das Opfer, wenn man denn ein
solches vorfände, doch bitte Traore und nicht der Revolutionär oder
Mbaye sein sollte. Nach einer kurzen Begrüßung und Heiris Entschuldigung für die Störung an Walters Geburtstagsabend folgen sie diesem
in den Maschinenraum. «Ihr ahnt nicht, was hier alles angeschwemmt
wird. Bei starkem Regen und Gewitter lösen sich an der bewaldeten, steil
ins Wasser abfallenden Flanke zur Aare hin immer wieder ganze Bäume.
Diese bleiben dann im Ufergehölz oder Schilfgürtel hängen, ehe sie
manchmal erst nach Wochen oder Monaten bei steigendem Wasserstand
bis ins Stauwehr geschwemmt werden.»
«Ich würde mich nicht wundern», fährt er fort, «wenn im gut ver-
schweißten Fass Kleider, vielleicht auch Schlafsäcke einer Schwimm-
gruppe oder dergleichen zum Vorschein kämen. Bei diesem herrlichen
Spätsommerwetter ist manchmal halb Bern in oder auf der Aare unterwegs. Manche Paare verbringen dann eine heiße Sommernacht im Ufergehölz. Schade, können wir da nicht mehr mithalten, nicht wahr, Heiri!»
Mit einem vieldeutigen Blick zu Laura fügt er an: «Mit einer so hübschen
Assistentin würde ich bestimmt auch noch über mein Pensionsalter hinaus arbeiten wollen!»
«Ich verzeihe dir aufgrund deines Alkoholpegels die lockeren Sprüche,
doch uns ist nicht zum Scherzen zumute! Du kannst uns die Arbeit

überlassen. Ich werde den Maschinenraum abschließen und dir den Schlüssel in den Briefkasten legen!», erklärt Heiri so bestimmt, dass Walter nach kurzem Zögern zum Rückzug bläst.

«Vielen Dank für Ihre Hilfe und Ihr Kompliment vorhin, Herr Känel. Ich bin es, die sich Heiri an meine Seite zurückwünschte!», lässt Laura verlauten.

«So wie es ausschaut ist es zwar reine Zeitverschwendung, dieses Fass zu öffnen», bemerkt Heiri, nachdem er über Lauras Schlusssatz hat schmunzeln müssen.

«Zum guten Glück haben wir wenigstens nicht den halben Polizeiapparat dazu aufgeboten!», erklärt Laura. Heiri staunt jedoch nicht schlecht, als im Fass ein Rollkoffer zum Vorschein kommt. «Da, schau Laura, schau das Etikett!»

«Traore!», liest Laura. «Haben Jens und der Riese im Fass Spuren verschwinden lassen wollen?» Hastig öffnet sie den Koffer, und bald sieht sie ihre Vermutung bestätigt, denn nebst schicken Anzügen kommt eine Pistole mit einem halbleeren Magazin zum Vorschein.

«Unglaublich! Dies deutet nun tatsächlich auf ein Verbrechen hin! Doch der Fund ist erst dann von Bedeutung, wenn wir die Leiche gefunden haben und Jens in die Mangel nehmen können!», hält Laura fest.

Heiri gibt ihr recht. «Trotzdem könnte der zufällige Fund uns weiterhelfen!», fügt er an. Noch bevor sie dazu kommen, die Fundgegenstände in ihrem Wagen sicherzustellen, ertönt Heiris Handy. Das Hundegebell, das ihm den Anruf ankündet, tut er mit einem leichten Lächeln ab.

Es ist Wendy, die soeben den Abenddienst in der Klinik angetreten hat und meldet, es sei während des Geburtstagsfestes etwas Seltsames in der Klinik vorgefallen, wie ihr die stellvertretende und noch völlig unerfahrene Diensthabende vom Nachmittag berichtet habe. Ein Hüne von Mann habe sich als Feuer- und Brandexperte Zutritt zur Klinik erzwungen. Es gehe um eine dringliche Kontrolle der Rauchmelder, die in jedem Zimmer angebracht seien, erklärte er. Die Kollegin wollte ihm den Zutritt verweigern. Unter dem Vorwand, er sei angemeldet und nicht verantwortlich dafür, dass momentan niemand von der Heim- und Pflegeleitung im Hause sei, habe er sie einfach zur Seite geschubst, sich am Schlüsselbrett bedient und mit seiner angeblichen Kontrolle im verlassenen Zimmer des Revolutionärs begonnen. Er habe sie dabei ausgesperrt, sei aber schon nach rund einer Minute wieder aus dem Zimmer rausgekommen, hätte pro forma noch in zwei, drei weitere Zimmer geschaut und dann erklärt, die Brandmelder seien offenbar erst vor einem halben Jahr eingebaut worden. Er werde es seinem Chef so melden und sei wieder gegangen. Ein Kurzschließen mit Silvia, die noch immer auf der Bargenschanze sei, habe ergeben, dass diese Kontrolle auf keinen Fall vorgesehen war…

Heiri bedankt sich bei Wendy für diesen wichtigen Hinweis und verspricht ihr, umgehend zu kommen, um sich im Zimmer des Revolutionärs gründlich umzusehen. Gleichzeitig ärgert er sich, nicht schon beim gestrigen Besuch von Sokrates das Zimmer des Verschollenen inspiziert zu haben.

Der Weg ins Stedtli führt sie direkt am biederen Einfamilienhaus Walter Känels vorbei. Da sich Walters Briefkasten direkt am Straßenrand befindet, kann Laura ohne auszusteigen den Schlüssel des Kraftwerks vom Beifahrersitz aus durch das schon fast zum Kult gewordene Schiebefenster des R4 einwerfen. Auf der kurzen Fahrt ins Stedtli erkundigt sie sich, ob sich Jens immer noch im Elternhaus befinde, was ihr Claudia bestätigt.

Im Laufschritt hetzen sie wenig später die ausgetretene Holztreppe zum Zimmer des Revolutionärs hinauf. Wendy hat ihnen den Schlüssel für das frühere Hotelzimmer 304 ausgehändigt. Neugierig und in Heiris Fall noch außer Atem betreten sie den Raum. Routinemäßig und mit Plastikhandschuhen ausgerüstet, machen sie sich daran, Schubladen und Schränke nach verdächtigem Material abzusuchen, werden aber bald von einem Handyanruf unterbrochen.

«Es geht los! Jens hat sich auf seinem alten Fahrrad davongemacht! Er scheint am Gürtel eine Waffe zu tragen!», meldet Laura während Heiri gleichzeitig eine Brieftasche und ein Handy entdeckt hat.

«Traore!», haucht Heiri und hält dessen mit Ausweisen und Kreditkarten vollgestopfte Brieftasche hoch. Aus Lauras Handy hört Heiri die Meldung, Jens fahre soeben über die Kanalbrücke in Richtung Stedtli. Die Ereignisse überstürzen sich förmlich, denn Heiri hat in der Schublade auch noch einen Revolver entdeckt. Trotzdem behält er kühlen Kopf, schnappt Laura die Pistole aus der Hand und wählt die Nummer von Jean-François.

«Sorry, es eilt, deshalb konnte ich den Dienstweg nicht einhalten!», hört Laura ihn sagen. «Laura und ich sind gerade in der Psychoklinik im Zimmer des Revolutionärs. Jemand hat heute belastendes Material in sein Zimmer geschmuggelt: eine Walther P6, die Brieftasche mit Kreditkarten und Traores Ausweisen!»

«Das passt», hören sie Jean-François antworten, «wir haben im Mercedes unter dem Beifahrersitz eine Patronenhülse gefunden, die von einer Walther stammt, dazu weisen auch die Blutspuren auf dem Beifahrersitz hin, denn die Blutgruppe AB ist äußerst selten. Macht weiter, Laura soll das Material sicherstellen, und dann wird dafür gesorgt, dass die Berner Kripo endlich kooperiert. Was ist mit Jens Zesiger? Wisst ihr, wo er steckt?»

«Wir haben ihn gleich, Lauras Leute verfolgen ihn. Er ist mit dem Rad unterwegs und wird jeden Moment hier in Aarberg eintreffen. Vielleicht führt er uns zum Versteck, wo er den Revolutionär gefangen hält. Ich beende jetzt das Gespräch und melde mich später wieder.»

Jens sei vor der Holzbrücke rechts abgebogen, wird gemeldet. Eiligst beraten sich Laura und Heiri und beschließen, Jens, in der Hoffnung, er führe sie zum Revolutionär, noch nicht abzufangen.

«Dass wir den Schreibblock auf dem Sekretär in der Ecke nicht schon früher gesehen haben!», schimpft Heiri mit sich selber und schaltet die Zimmerleuchte ein. Sofort beginnt er die aufs Papier gekritzelten Worte zu überfliegen. Kein Zweifel, diese Handschrift mit den verschnörkelten Buchstaben kann nur aus der Feder des Revolutionärs stammen, weiß Heiri und wagt kaum mehr, weiterzulesen. «Was ist?», fragt Laura besorgt, als sie Heiris blass gewordenes Gesicht bemerkt.

Heiri lässt Laura vorlesen:

Testament

Ich hatte einen Rückfall in alte Zeiten, als mir jedes Mittel recht war, um ans große Geld zu kommen. Niemals verjähren die schlimmen Taten von damals. Ich habe kein Recht mehr darauf, weiterzuleben. Als mich Traore auf frühere Sünden angesprochen hat und mich damit zu erpressen versuchte, sind mir die Sicherungen definitiv durchgebrannt, und ich habe ihn in seinem Mercedes erschossen. Die

Mordwaffe sowie Traores Handy und Brieftasche findet ihr als Beweis in meiner Nachttischschublade. Ich werde verreisen und meinem verpfuschten Leben weit weg von hier ein Ende setzen. Sucht nicht nach meiner Leiche. Ich werde mich sicher nicht in einem blauen Fass ersäufen! Mein Vermögen vermache ich zur Hälfte der Second-Chance-Klinik und zur anderen Hälfte Mbaye, der sich mit Haut und Haar der Schaffung einer besseren Welt verschrieben hat.

Mein Dank gilt allen, die mich in ihrem Leben ausgehalten haben. Insbesondere natürlich aber der roten Zora und unserer Venus Wendy, der guten Fee in Person. Jens Zesiger wird auch verschwinden. Ich warne euch jedoch alle vor ihm.

Machets besser!

Jürg Blaser alias Revolutionär

Während des Vorlesens hat sich der Knoten in Heiris Magen etwas gelöst. Der Revolutionär vertritt zwar manchmal radikale Ansichten vehement, aber niemals würde er über Leichen gehen. Zu sehr habe ich ihn in den letzten Jahren als Pazifisten erlebt. Revolutionär zu sein, hieß für ihn, sich stets damit zu beschäftigen, wie man das Zusammenleben der Menschen verbessern könnte. Nein, niemals traue ich ihm zu, Traore den Revolver an die Schläfe gedrückt und ihn «in seinem Mercedes» erschossen zu haben. Das Opfer befand sich auf dem Beifahrersitz, also ist der Täter vermutlich identisch mit dem Mieter des Genfer Mercedes. Ein ziemlich plumper Versuch, dem Revolutionär einen Mord unterzuschieben. Aber lebt der Revolutionär noch?, fragt sich Heiri besorgt.

«Ich vermute, Jens hat Jürg zum Schreiben dieser Zeilen gezwungen. Uns liegt so quasi ein indirektes Geständnis des Mordes an Traore durch Jens vor, meinst du nicht auch?» fragt er.

«Das sehe ich genauso. Auch, dass Jens bald ganz verschwinden werde, deutet indirekt darauf hin, dass er sich schuldig fühlt und sich vor einer Festnahme fürchtet», ergänzt sie, und Heiri fügt an, dass Goliath wohl heute Nachmittag im Auftrag von Jens hier war, um dem Revolutionär das belastende Material unterzujubeln.

«Traore lebend zu finden, können wir praktisch ausschließen. Für den Revolutionär sehe ich da eine Hoffnung, meinst du nicht auch?»

«Jens fuhr am Coop-Gebäude entlang und ist nun zur Ringmuur abgebogen. Wir sind ihm auf der alten Vespa gefolgt und vorsichtshalber nicht gleich hinter ihm abgebogen», tönt es aus Lauras auf Laut gestelltem Handy.

«Kommt er nun direkt in die Klinik, um nachzusehen, ob wir das Testament gefunden haben, oder was führt er im Schild?», fragt Laura beunruhigt. «Vielleicht zwingt er uns, ihn festzunehmen…?»

«Verdammt, wir haben ihn aus den Augen verloren!», meldet sich Claudia. «Ihr müsst kommen und überprüfen, ob er zu Fuß im Stedtli auftaucht. Wir drehen nochmals eine Runde ums Stedtli. Bruno, komm uns bitte mit dem Hund zu Hilfe!»

«Okay!», meldet dieser. «Bin euch gefolgt, parke außerhalb des Stedtli und werde mit Rex einen kleinen Spaziergang starten. Ihr wisst, ich bin in Zivilklamotten hier wie ein gewöhnlicher Hundehalter. Warte auf einen Befehl! Over.»

Laura und Heiri eilen auf den Stedtliplatz. Heiri verstaut die wichtigen Fundgegenstände und den Schreibblock im R4 und fordert Laura auf, den Treppenaufgang aus seinem Wagen heraus zu beobachten. Er selber eilt der Holzbrücke zu, um den Aufgang über die schmale Steintreppe zu überwachen und zugleich von dort aus die Übersicht über die Uferstraße der alten Aare entlang zu haben. Tatsächlich sieht er auch gleich die Vespa mit Claudia und Rolf unter der Holzbrücke durchfahren.

«Nichts!», meldet Laura schon nach zwei Minuten ziemlich gereizt. «Auch Jens' Fahrrad scheint wie vom Erdboden verschluckt! Er kennt hier jeden Winkel. Wenn er nicht schon über alle Berge ist, kann uns einzig der Hund zu ihm führen!», meldet sie verzweifelt.

«Verdammt, dass ich nicht schon früher draufgekommen bin!», flucht Heiri und eilt über den Stedtliplatz. Bilder aus seinem Kellertraum kommen ihm in den Sinn. Laura erschrickt beinahe, als sie Heiri in die Klinik sprinten sieht. «Steig aus, ich hole rasch die Schlüssel zum Keller», keucht er ins umgehängte Handymikrofon.

Unten auf dem Parkplatz kommt ihnen Bruno mit Rex entgegen. «Er hat noch keine Fährte aufgenommen!», rapportiert er bedauernd.

«Nicht so schlimm, ein Hundegebell hätte Jens vielleicht im dümmsten Zeitpunkt gewarnt. Bleib bitte vorerst mit Rex hier und in Verbindung mit Claudia und Paul. Wir gehen bei unserer Mission vorsichtshalber von der Leitung und werden dem Aarberger Ringmuur-Theaterkeller, der sich keine dreihundert Meter da vorne links befindet, einen Besuch abstatten. Falls wir in zehn Minuten nicht zurück sind, könnt ihr uns suchen kommen. Zeit jetzt 19 Uhr 18, verstanden?»

Nachdem auch das Vespa-Paar die Befehlsausgabe quittiert hat, machen sich Laura und Heiri auf zum Keller. Beiden ist klar, dass sie sich in große Gefahr begeben. «Wir müssen ihn oder sie überraschen. Deshalb müssen wir einen Zangenangriff starten!», erklärt Heiri und klettert erstaunlich behände über einen Gartenzaun. Laura folgt ihm mit fragendem Blick.

«Hier gibt es einen Notausgang, der direkt von der hundert Sitze umfassenden Zuschauertribüne ins Freie führt!», erklärt er flüsternd und postiert Laura an besagter Stelle.

«Du bist praktisch meine Lebensversicherung und greifst nur auf mein Kommando ein! Ich werde den offiziellen Eingang vom Ringmuurweg benützen und mich durch das zirka zehn Meter lange Tunnelgewölbe anschleichen, das zum Theaterraum führt. Vielleicht werde ich schon in wenigen Sekunden Entwarnung geben können.» Gesagt, getan.

Heiri zeigt sich wenig überrascht, dass die Kellertür abgeschlossen ist. Möglichst geräuschlos dreht er den Schlüssel. Dann zwängt er sich durch einen schmalen Türspalt, um einen größeren Lichteinfall, der ihn hätte verraten können, zu verhindern. Er schreckt zurück, als er bemerkt, dass die Lampe brennt und Jens' Velo an der linken Wandseite des Tunnels unmittelbar hinter dem Eingang geparkt ist. Also doch! Wenigstens bleibt es mir erspart, anders als im Traum, mich durch den stockfinsteren Gang vorzuarbeiten. Fragt sich nur, ob Jens sich hier lediglich versteckt, um uns abzuschütteln, oder ober er tatsächlich…

«So mach schon! Ja, genau, stopf die Leiche in dieses Fass. Er hat nichts Besseres verdient als den Tod, dieses elende Niggerschwein. Mach schon! Sonst bist du als nächstes dran!», hört er Jens' Stimme durchs Gewölbe donnern.

Einen Moment lang denkt Heiri an Rückzug, um Verstärkung anzufordern, doch die Neugier treibt ihn vorwärts, um zu sehen, welch dramatische Szene sich ihm auftut. Trotz seiner enormen Routine lässt ihn die

Anspannung kaum atmen. Wer ist außer Jens noch hier?, fragt er sich. Ist es Goliath, der Revolutionär oder Mbaye? Vorsichtig schleicht er weiter bis hinter den aus alten Armeewolldecken genähten Vorhang, der den Theaterraum vom Eingangstunnel abgrenzt. Dort angelangt, verweilt er ein wenig im Wissen, dass er hier nur noch fünf Meter von der Bühne entfernt ist und sich ohne Begleitschutz niemals weiter vorwagen darf. Beinahe hätte er, wie schon im Traum, zu seiner fehlenden Waffe gegriffen.

Vorsichtig versucht er, den Vorhang etwas zu schieben, obwohl sich das Risiko, entdeckt zu werden, dadurch massiv erhöht. Er erschrickt fürchterlich, denn Jens blickt ihm direkt ins Gesicht. Beide erstarren.

«Es ist aus, Jens!», sagt Heiri mit fester Stimme und tritt mutig in den Theaterraum.

«Er wird dich erschießen!», schreit der Revolutionär, der von der Leiche des Schwarzen ablässt und sich vorerst hinter die Kulissenwand eines supponierten Wohnzimmers flüchtet.

«Keinen Schritt weiter, Herr Weber, sonst schieße ich! Sie wissen, ich habe eh nichts mehr zu verlieren!», brüllt Jens zornig. «Ich würde nicht davor zurückschrecken, Sie in die ewigen Jagdgründe zu befördern, so wie diesen Scheißkerl von Nigger dort im Einmachglas!»

Um diese Warnung zu unterstreichen, feuert Jens gleichzeitig einen Schuss aufs blaue Regenfass ab und beginnt dann mit einer Hasstirade auf ganz Afrika und insbesondere auf die Botschafterfamilie. «Alle haben sie mich nur benutzt, um sich durch meine genialen Deals zu bereichern. Bis dieser Judas im Fass mich verraten hat. Mit Hilfe seines Vaters, diesem Chamäleon, hat er mich zu erpressen versucht. Wegen zwei Millionen, die ich in seinem Namen in ein Waffenhandelsgeschäft investiert habe, das geplatzt ist, weil die Scheiß-Nigerianer so blöd waren, die Waffen im Meer zu versenken, als sich ihrem Frachtschiff nach der Ausfahrt von Marseille eine französische Küstenpatrouille näherte. Traore, dieser Wichser, hat gedroht, mich anzuzeigen, wenn ich ihm die zwei Millionen nicht zurückzahlen würde.»

«Und deshalb hast du ihn getötet», stellt Heiri sachlich fest.

«Euer Geburtstagskrimi war ein richtiger Steilpass für mich, Traore zu beseitigen und die Sache auf die Reihe zu bekommen. Ich musste ihn nur überzeugen, dass ich den Tipp für das Waffengeschäft vom Revolutionär hatte und dass dieser ihm einen Teil des Verlusts würde ersetzen können. Ich hatte alles perfekt vorbereitet, den Mercedes unter einem falschen Namen gemietet und Traore kurz vor Aarberg auf dem Beifahrersitz abgeknallt. Ha, wie der mich angeglotzt und richtig Schiss bekommen hat, als ich den Wagen stoppte, zur Beifahrertür rannte und die Pistole zog! Peng! Goliath sollte die Leiche verschwinden lassen, und wenn der nicht so saublöd gewesen wäre, hättet ihr mich nie zu fassen gekriegt.» Jens grinst Heiri mit irrem Blick an.

«Da irrst du dich», wirft Heiri ein, «du hast selber grobe Fehler gemacht. Die Genfer Kripo war dir bereits auf der Spur, und...», weiter kommt er nicht.

«Scheiße!», brüllt Jens und feuert nochmals einen Schuss Richtung Traores Leiche ab, als wolle er ihn ein zweites Mal erschießen.

«Lassen Sie die Waffe fallen! Hände hoch!», schreit Laura mit ihrer Waffe im Anschlag. Nachdem sie durch einen Luftschacht in der Mauer Jens' Stimme vernommen hatte, war sie durch die Notfalltür über die letzte Reihe der Tribüne in den Regieraum geschlichen, um sich dort mit freier Sicht auf die Bühne in Position zu bringen.

Mit einem Sprung hinter die Kulisse entzieht sich Jens dem Schussfeld. Von Stuhlreihe zu Stuhlreihe tribünenabwärts schleicht sich Laura nun auf die Bühne. Heiri bleibt vorerst die Rolle eines Zuschauers. Jens hat sich den Revolutionär als Geisel geschnappt und stößt ihn mit seinem Revolver an dessen Schläfe auf die Bühne zurück.

«Ihr gebt mir nun freies Geleit, oder ich blase eurem Freund das Licht aus!», blafft er, und das hässliche irre Grinsen ist wieder auf sein Gesicht zurückgekehrt. Unbemerkt hinter seinem Rücken hat sich ihm jedoch Laura genähert und hält ihm die Waffe an den Hinterkopf.

Heiri hasst die Rolle des Beobachters, doch als unbewaffneter Pensionär ist es ihm verwehrt, ebenfalls einzuschreiten, um Jens die Ausweglosigkeit seines Unterfangens noch deutlicher zu machen. Um die Pattsituation auf der Bühne zu entschärfen, beginnt er, gutväterlich auf Jens einzureden. «Komm, gib mir die Waffe! Lassen wir das Blutvergießen!» Damit hätte er bei neunzig Prozent aller ähnlichen Situationen Erfolg gehabt, doch leider nicht bei Jens. Dieser stößt den Revolutionär von sich, und bevor Laura oder Heiri reagieren können, macht er seinem Leben mittels Kopfschuss ein Ende.

Die Zeugen dieser Kurzschlusstat sind perplex. Insbesondere der Revolutionär hat große Mühe, sich zu fassen. Er zittert am ganzen Leib und beginnt dann jämmerlich zu schluchzen. Laura verfällt in Selbstvorwürfe: «Ich bin zu weit gegangen. Ihm den Revolver an den Hinterkopf zu setzen, hat ihn zu dieser Tat getrieben!»

Heiri schließt sie in seine Arme. «Auch ich habe ein Scheißgefühl!», gesteht er. «Wenn schon, haben wir ihn gemeinsam zu sehr in die Enge getrieben! Jens hat uns beinahe keine andere Chance gegeben. Stell dir vor, du hättest ihn erschießen müssen, um wenigstens das Leben des Revolutionärs retten zu können! Du weißt, in solchen Situationen gibt es eh nur Verlierer!»

«Du verdammtes, niederträchtiges Arschloch!», brüllt plötzlich der Revolutionär und beginnt den toten Jens mit Fußtritten zu malträtieren. «Ruhig, ganz ruhig!», ruft Heiri, nachdem er sich ihm zugewendet hat. Sein Zureden zeigt jedoch keine Wirkung. Immerhin lässt Jürg ein wenig von Jens ab, beginnt aber mörderisch zu schreien und führt dazu einen wahren Veitstanz auf. Laura und Heiri wissen um den Schockzustand ihres Freundes. Es ist ihnen bewusst, was Jürg in den letzten achtundvierzig Stunden für Todesängste auszuhalten hatte, und trotzdem fällt es ihnen schwer, die sichtbar gewordene Verzweiflung auszuhalten. Die Zeit, bis der Revolutionär dann förmlich in sich zusammenfällt, scheint ewig zu dauern.

Ein so makabres Bühnenbild habe ich bei Gott noch nie gesehen, muss sich Heiri eingestehen, als es endlich ruhig wird. Aus dem blauen Regenfass baumeln die Beine eines Schwarzen, bedeckt mit Blutspritzern, die von Jens' klaffender Schusswunde stammen. Auch der Revolutionär und die aufgestellten Kulissenteile sind voller Blutflecken. Jens hat sich den halben Kopf weggeschossen, und trotzdem zeigen seine Mundwinkel noch sein überhebliches, für die Ewigkeit erstarrtes Grinsen.

Heulend und am ganzen Körper zitternd schleppt sich der Revolutionär zur Toilette in der Nähe des Eingangstunnels. Laura eilt ihm dabei zu Hilfe und stützt ihn im Wissen, dass er sich nach wie vor in einem gefährlichen Schockzustand befindet.

Heiri braucht noch eine Minute, um sich zu sammeln. «‹Jens hat sich von niemandem besiegen lassen, außer von sich selber!› wäre ein treffender Spruch auf seinem Grabstein», murmelt Heiri bitter, als er sich anschickt, die Fassleiche zu identifizieren. «Kein Zweifel, es ist Traore! Ich organisiere Hilfe!», ruft er Laura zu, die mit dem Revolutionär ins WC verschwunden ist. Als Erstes verständigt er Lauras Hilfsleute und beordert sie vor den Ringmuurkeller, um dann gleich Weibels Notfallnummer zu wählen.

Mit lauter Stimme lässt er eine Salve von Vorwürfen auf den Chef der Kripo Bern einprasseln. «Der Fall ist gelöst. Jens hat sich erschossen, nachdem er ein paare Tage zuvor Traore getötet und dessen Leiche zusammen mit dem Revolutionär wohl rund achtundvierzig Stunden im Ringmuurkeller versteckt gehalten hat. Jürg steht unter Schock. Wir werden ihn zur sorgfältigen Überwachung in Sylvias und Wendys Hände geben und uns umgehend auf die Suche von Mbaye machen, dem Letzten der Verschwundenen. Dir rate ich, mit deinen Leuten umgehend hierher zu kommen und zu übernehmen. Den ganzen Scheiß hier haben Boselli und du mindestens mitzuverantworten. Laura und ich werden uns noch überlegen, ob wir Boselli und dich wegen unterlassener Hilfestellung anklagen werden. Du hörst von uns!» Zornig legt er auf, ohne sich Weibels Aufbegehren anzuhören.

Heiri wählt als nächstes Jean-François' Handynummer und kommt gleich zur Sache: «Der Fall ist gelöst! Deine Wirtschaftskriminellen Jens Zesiger und Traore Mvogo sind beide tot! Jürg Blaser, die Geisel von Jens, konnten wir in letzter Sekunde befreien. Die Aufräumarbeiten habe ich dem Berner Kripochef Weibel übertragen. Setz dich mit ihm in Verbindung, wenn du bei der endgültigen Klärung dabei sein willst. Laura und ich machen uns umgehend auf die Suche des immer noch vermissten Mbaye. Morgen treffe ich den nigerianischen Botschafter in Bern, er möchte mit mir reden, bestimmt im Zusammenhang mit Traore, vielleicht weiß er auch etwas über Mbayes Verschwinden. Jetzt bist du dran!» Während seines Wortschwalls hat Heiri bewusst Jean-François' Zwischenrufe ignoriert.

«Mon Dieu!», sind die ersten Worte seines Genfer Gesprächspartners, als Heiri die Eingangstür zum Ringmuurkeller öffnen will, um nach draußen zu gehen. Er erschrickt, als diese von außen aufgerissen wird, noch bevor er den Türgriff zu fassen bekommt. Beinahe wäre er mit Jean-François zusammengestoßen.

«Wir waren ebenso hinter Jens her wie du, Heiri. Leider sind wir zu lange der Vespa gefolgt, die ich ihm hinterher geschickt habe. Sie hat uns irregeleitet, verstehst du?»

Heiri braucht einen Moment, um alles auf die Reihe zu kriegen. Er ist unschlüssig darüber, wie es nun weitergehen soll. Er zögert, Jean-François und seinen zwei Gefolgsleuten den Zutritt zum Kellertheater zu erlauben. Zu viele Köche verderben den Brei. Soll doch Weibel die Suppe auslöffeln! Umgekehrt hat auch die Kripo Genf mit dem Fall zu tun. In diesem Moment sind nun auch der Hundeführer und die Vespacrew beim Ringmuurkeller angekommen. Bis Heiri sich zu einer Befehlsausgabe durchringen kann, schaut man sich fragend an. Auf der Uniform von Jean-François' Begleitern entdeckt Heiri ein aufgenähtes Emblem mit der Aufschrift Protectors. Der Schriftzug ist in Form einer Astgabel dargestellt, die das Bild eines bewohnten Vogelnestes umfasst.

«Ach weißt du, wir Welschen sehen das nicht so eng!», bemerkt Jean-François, dem Heiris fragender Blick aufgefallen ist. «Die zwei Sicherheitsleute arbeiten sowohl bei der Kripo Genf als auch im Sicherheitsdienst des Weltkonzerns. Es mangelt bei uns an Personal, wie du es sicher auch von Bern her kennst.» Das glaub ich jetzt nicht, denkt Heiri, bleibt aber stumm. Als Profis wissen sie beide, dass hier und jetzt nicht der Ort ist, um darüber zu debattieren. «Und sie sind wirklich beide tot? Weißt du, ich muss nur Gewissheit haben, dass beide tot sind, dann sind wir wieder weg.» Das kann Heiri akzeptieren, und er geleitet Jean-François, allerdings ohne dessen Gefolgsleute, in den Keller des Schreckens.

Jean-François bestätigt, dass es sich beim toten Schwarzen eindeutig um Traore, den Sohn des Botschafters, handle, und macht ein paar Fotos. Vielleicht ganz gut so, denkt Heiri, dann gibt es gesicherte Bilder vom Tatort. Man kann ja nie wissen. Bestimmt wird man die Schmauchspuren an der Einschussstelle zu einem späteren Zeitpunkt noch mit denjenigen im Mercedes abgleichen. «Ich glaube, Weibel wird mir die Zusammenarbeit nicht ein zweites Mal ausschlagen!», erklärt er in sarkastischem Unterton. «Mein Fall ist somit geklärt und abgeschlossen. Beide

Verdächtigen sind tot, sie haben sich sozusagen selber neutralisiert, um diesen Ausdruck aus dem Militärjargon zu brauchen. Schade einzig, dass der Hydra Wirtschaftskriminalität immer wieder neue Köpfe nachwachsen!», seufzt er, bevor er sich ausgiebig für Heiris Mithilfe bedankt.

«Dich und Laura würde ich gerne zu einem feinen Essen an den Lac Léman einladen. Selbstverständlich gilt diese Einladung auch deine Frau Rita! So, und nun werde ich mich mit meinen Leuten zurückziehen, bevor Weibel eintrifft. Mein Besuch hier hat nicht stattgefunden, wenn du verstehst, was ich meine. Top secret!», fügt er mit einem Augenzwinkern an. «Viel Glück bei der Suche nach Mbaye. Hoffentlich lebt er noch. Vielleicht kann euch der Botschafter diesbezüglich wirklich weiterhelfen. Melde dich, wenn du unsre Hilfe brauchst. Zum Beispiel wenn sich der Verdacht erhärtet, dass Mbaye in Genf aus dem Verkehr gezogen und per Flug ins Ausland abgeschoben wurde. Wir arbeiten sehr eng mit dem Flugsicherheitsdienst zusammen, wie dir sicher bekannt ist. Ciao Amigo!»

So überraschend und rasch wie sie in Aarberg aufgetaucht sind, verschwinden sie auch wieder. Der Hundeführer wird später zu Protokoll geben, sie hätten sich in einem Firmenwagen von Nestlé davongemacht. Weder Laura noch Heiri spüren Lust, Weibels Ankunft im Keller abzuwarten. Sie geleiten ihren Freund, den Revolutionär in die Klinik zurück und stärken sich kurz mit einem Sandwich und einem Mineralwasser im Restaurant Rathaus. Obwohl es viel zu besprechen gäbe, will das Gespräch nicht so recht in Gang kommen. Zu sehr sind alle nach dem Schrecken mit sich selber beschäftigt. «Ich versuche, den Botschafter zu erreichen!», sagt Heiri schließlich und begibt sich ins Freie.

Was Laura bei seiner Rückkehr zu hören kriegt, kann sie kaum glauben. Der Botschafter sei von Weibel über den Tod seines Sohnes bereits informiert worden und werde ein Verfahren gegen die Kripo Bern einleiten. Mbaye sei wohlauf. Er habe ihn vor vier Tagen aus dem Verkehr gezogen und in der Botschaft Bern gefangen gehalten. Seine Absicht sei gewesen, Boselli und Weibel damit zum Weiterermitteln zu zwingen, nachdem diese nicht mehr bereit gewesen seien, nach Traore zu suchen. Zweck der Inhaftnahme von Mbaye sei es natürlich auch gewesen, diesem Enfant terrible einen Denkzettel zu verpassen. Dieser habe ihn und die Regierung ihres Heimatlandes an einem Vortrag bei der UNO in Genf zu Unrecht beschuldigt, korrupt und in illegale Waffengeschäfte mit dem IS verstrickt zu sein. So etwas dürfe doch nicht ungesühnt bleiben.

Weiter berichtete er, dass die ihm vorgestern im Auftrag eines gewissen Jürg Blaser zugefaxten Dokumente eindeutig belegten, dass einzig Jens in kriminelle Machenschaften verstrickt gewesen sei. Mit dem Mord an seinem Sohn und der Selbsttötung habe Jens dies faktisch unterschrieben. Dies beweise doch zusätzlich die Unschuld der ganzen Botschafterfamilie. Diese neue Sachlage habe er vorhin mit Mbaye besprochen. Darauf habe sich dieser bereit erklärt, die von ihm vorbereitete Vereinbarung zu unterschreiben. Damit verpflichte sich Mbaye, seine unhaltbaren Unterstellungen und Anschuldigungen betreffend Korruption und illegale Waffengeschäfte öffentlich zu widerrufen.

Mbaye sitze unterdessen bestimmt schon im Postauto nach Aarberg und werde uns in Kürze bestätigen können, dass er fair behandelt worden sei und die Vereinbarung aus freien Stücken unterzeichnet habe.

«Unglaublich, wie sich der Fall nun plötzlich fast wie von selbst gelöst hat!», staunt Laura.

Heiri nickt. «Das kannst du laut sagen, obwohl das Wort gelöst in diesem Zusammenhang einen schalen Beigeschmack hat. Jens' Schicksal wird mich noch lange beschäftigen. Aber wieder einmal ist die Schuldfrage nicht eindeutig zu klären. Ist es primär das Elternhaus, der frühe Tod des Vaters, die überforderte Witwe und Mutter, der Stiefvater Paul, der ihn finanziell zu sehr verwöhnt hat, die Nachbarschaft oder die Schule, die Jens zum Monster gemacht haben? – Doch weißt du was, Laura, freuen wir uns doch daran, dass Mbaye nichts geschehen ist. Das Gute hat doch noch gesiegt, bin ich versucht zu sagen. Doch noch ein kleiner Grund zur Freude. Sarah wird sich freuen! Du erlaubst, dass ich sie kurz anrufe?» «Selbstverständlich, auch Paul wird sich daran sicher wieder etwas aufrichten können!», gibt Laura zur Antwort und hört Heiri etwas von: «Als Erstes könntet ihr dann zusammen das goldene Sarah-Brasselet bei der hinteren Hütte im Bargenwald abholen gehen. Ihr findet – ja, wie doppelte Weihnachten…» ins Handy sagen.

Nach dem Anruf werden beide wieder sehr ernst. «Boselli und Weibel werden gewaltig unter Druck geraten, wenn alle Details zu diesem Fall geklärt und protokolliert werden», meint Laura. «Ich bin gespannt, wie sie zu erklären versuchen, warum sie weggeschaut haben, als Indizien deutlich darauf hinwiesen, dass im Schatten deines Geburtstagskrimis ein Verbrechen begangen wurde. Ich kann mir durchaus vorstellen, dass sie sich den Fahndungserfolg am Schluss auf die eigene Fahne schreiben werden frei nach dem Motto: Koste es, wen es wolle, aber bestimmt nicht mich!»

Heiri schaut Laura bekümmert an. «Gib mir Bescheid, wenn sie dir Schwierigkeiten machen, zum Beispiel wegen Kompetenzüberschreitung. Dann werde ich richtig sauer. Im Gegensatz zu dir habe ich, was das Berufliche angeht, nichts mehr zu befürchten!»

Laura strahlt: «Ach, Heiri, vielleicht quittiere ich den Dienst bei der Kripo tatsächlich, und wir eröffnen unsere private Ermittlungsfirma!»

«Genau. Aber nimm dir Zeit mit Entscheidungen. Es war mir jedenfalls ein Vergnügen, endlich mal wieder mit dir zusammenzuarbeiten. Nimm es mir nicht übel, wenn ich mich jetzt auf den Heimweg mache, um den Geburtstag bei einem Glas Rotwein in vertrauter Zweisamkeit mit Rita ausklingen zu lassen. Als Stellvertreterin von Boselli bist du nun wohl fast gezwungen, Weibel bei seiner Aufräumarbeit im Ringmuurkeller helfen zu gehen, nicht wahr? Wir hören voneinander! Tausend Dankeschön! Der Mohr hat, glaube ich zumindest, für heute seine Schuldigkeit getan!»

Zweiter Teil

Der schwarze Engel

1

An einem herbstlich-nebligen Spätnachmittag biegt der beige R4 mit der Jahrgangsnummer seiner Insassen BE 195254 von der Dorfstraße ab. Heiri Weber, der ehemalige Hauptkommissar der Kripo Bern, und seine Frau sind froh, die beschwerliche neunstündige Heimreise aus Südfrankreich hinter sich zu wissen.

Das Timing ist perfekt, denn traditionsgemäß holt Heiri die Ferienpost noch vor dem Schalterschluss am Tag seiner Rückkehr ab. Und wie immer bleibt der Spruch seiner Frau nicht aus: «Die Post hätte ruhig auch noch bis morgen warten können!»

Drei Minuten später erreichen sie ihr Zu Hause. Nach dem Aussteigen tätschelt Heiri liebevoll die Kühlerhaube seines alten Renaults, als wärs ein Pferd: «Brav, gut gemacht, Alter!» Rita nickt, denn auch sie ist glücklich, ohne Panne und heil zu Hause angekommen zu sein.

«Da wartet viel Arbeit auf uns!», raunt Heiri und schaut zum verwilderten Gemüsegarten. Artig trägt er dann die unzähligen Gepäckstücke ins Haus. Rita und er sind nach bald vierzig Ehejahren ein gut eingespieltes Team. Jeder Handgriff scheint abgesprochen.

«Man könnte meinen, wir seien ein ganzes Jahr weggewesen!», stöhnt er, als er mit den letzten Tragtaschen nach gefühltem hundertstem Gang hereinkommt.

«Es waren immerhin fünf Wochen! Könntest du mir den Koffer hier gleich noch in die Waschküche runtertragen, bevor du dich dann fürs

Erste mit deiner heiligen Post auseinandersetzst?» ruft Rita etwas gereizt, als sie sieht, wie Heiri bereits den Poststapel sichtet.

«Selbstverständlich. Versprich mir, dass wir in etwa einer Stunde ins *Kreuz* essen gehen. Wäscheberge hin oder her!»

«Ja, alles klar. The same procedure as every year, James!» Rita liebt den Silvesterklassiker *Dinner for one*.

Heiri schmunzelt: «Darf ich dich dann auch noch ins Bett geleiten?», fragt er grinsend, als sein Blick durchs Fenster zum Nachbarhaus abschweift. Die immer noch sehr attraktive Giulietta Zesiger da Costa steht nämlich auf einem Steg und putzt die Scheiben ihres Wintergartens. Sollten wir hinübergehen und ihr unser tiefstes Beileid aussprechen?, fragt er sich. Auch wenn ihr Sohn ein Mörder war, hat ihr seine Tat und sein anschließender Selbstmord bestimmt sehr weh getan.

Nicht zum ersten Mal bedrängt Heiri das Gefühl, die Mitmenschen hier mit der etwas überstürzten Abreise nach Südfrankreich vor den Kopf gestoßen zu haben. Nicht mal Giuliettas Rückkehr aus Portugal hatten sie wenige Tage nach dem schrecklichen Finale im Ringmuurkeller abgewartet. Mein Frust mit dem Ausgang des Geburtstagskrimis war zwar riesig, doch wenigstens den Schluss der Ermittlungen und die Beerdigungen von Traore und Jens hätte ich abwarten müssen, hadert er mit sich. Er schafft es aber nicht, über seinen Schatten zu springen und rüberzugehen. So widmet er sich seinem Stapel Zeitungen.

Auch hier hat er seine bewährte Strategie. Drei Dinge sind ihm wichtig: die Resultate seines bevorzugten Fußball- und Eishockeyvereins, die Durchsicht der jeweiligen kalten Platten sprich der Seite mit den Todesanzeigen, und der Lokalteil. Die Weltpolitik oder besser gesagt die Fortsetzung der schrecklichen Dauerbrenner Syrienkrieg, Flüchtlingselend, Rechtsrutsche in vielen europäischen Ländern, Grenzschließungen und so weiter hat er vom französischen Fernsehen mitbekommen. Den Kommentar zu den Bildern hätte er in jeder Sprache der Welt erahnen können, und die Doppelzüngigkeit der Politiker ist für ihn nicht von Wichtigkeit. Zeitung für Zeitung arbeitet er, mit der heutigen Ausgabe beginnend, rückwärts durch.

Bereits bei der vorgestrigen Ausgabe bleibt er an einem Bild und der Überschrift *Kampf der Religionen!* hängen. Nicht nur erkennt er auf dem

Bild, das eine Rauferei im Rathauskeller Aarberg zeigt, verschiedene Personen aus seinem Umfeld. Nein, auch die Untertitel lassen aufhorchen: *Wölfe im Schafspelz. Gläubige aus dem Seeland füllen globale Kriegskassen. Neugründung einer konfessionsfreien Partei der Schweiz fordert Abschaffung der Religionen.*

Das Bild zeigt seine Freunde aus der Psychiatrischen Klinik zwischen zwei Fronten von mit Stühlen bewaffneten Gruppierungen treten. Unschwer sind die Beteiligten der einen Gruppe als Muslime auszumachen. Ungläubig starrt Heiri jedoch auf die andere Gruppe. Nicht nur ist Uwe darunter zu erkennen, der Mann der Klinikleiterin Silvia Möri, nein, seine Aufmerksamkeit gilt speziell einer kleinen zierlichen Frau mit aufgesteckter Frisur.

Leider sieht man nur ihren Hinterkopf. Heiri glaubt trotzdem, sie als Giulietta Zesiger wiederzuerkennen. Insbesondere auch, weil ein Blick durchs Fenster ihm bestätigt, dass sie ihre glatten, schwarzen Haare wie auf dem Bild mit derselben rosaroten Haarbrosche aufgesteckt hat.

Am meisten überrascht ihn jedoch die hagere, leicht ergraute Person am rechten Bildrand, welche einen Ausweis hochhält. Wenn das nicht Jean-François Lambert, mein Genfer Kripokollege ist, fresse ich einen Besen!, staunt Heiri. Was sucht der in Aarberg? Hat er mir nicht versichert, der Fall Jens Zesiger sei abgeschlossen?

Offensichtlich versucht er durchs Hochstrecken seines Polizeiausweises den oberpeinlichen «Religionskrieg» zu verhindern. Neugierig überfliegt Heiri den Text, um das für ihn Relevante herauspicken zu können. Rasch wird ihm klar, dass es sich um einen der von Sokrates und dem Revolutionär ins Leben gerufenen Diskussionsabende der Reihe Forum handelt. Diesmal zum Thema: *Wäre eine religionsfreie Welt nicht eine bessere Welt?* Eingeladen wurden explizit auch Vertreterinnen und Vertreter verschiedenster Glaubensrichtungen. Muslime, Juden, Katholiken, Reformierte und Leute aus den Freikirchen der Umgebung.

Sokrates, der Vordenker des Anlasses, hatte sich, wie es seine Art ist, mit dem Aufbau des Abends weit zum Fenster hinausgelehnt. In der ersten Runde ließ er sich das Vorurteil bestätigen, dass gläubige Menschen dazu neigen, die Schuld am Elend der Welt den gottlosen Menschen, den Atheisten, zuzuschreiben. Aus vielen Lagern glichen sich die Voten. Immer wieder wurde darauf hingewiesen, dass Habgier, Gewaltausübung und dergleichen in ihrer Religion keinen Platz hätte und die Liebe zu Gott und die damit verbundene Achtung der Mitmenschen in ihrem Glauben zentral sei.

«Für mich haben all ihre Religionen dieselben Wurzeln», erklärte der Vorredner und ließ die verschiedenen Vertreter dann über die etwas provokative Frage sprechen, weshalb ihr Glaube der richtige sei. Was folgte, war eine Art Werbespot-Wettbewerb. Tunlichst vermied man es, die anderen Glaubensrichtungen schlechtzumachen.

Sokrates achtete peinlichst genau darauf, dass jede Gruppierung ihre auf drei Minuten beschränkte Redezeit einhielt und fasste die Diskussion mit folgendem Satz zusammen: «Okay, nach allem was wir nun gehört haben, kommt das Schlechte auf dieser Welt wohl tatsächlich aus meinen religionsfreien Kreisen. Ihr ahnt schon, dass ich und meine Gesinnungsgenossen, welche zu Unrecht mit dem Stempel Atheisten betitelt werden, nun eurem Urteil vehement widersprechen werden!» An dieser Stelle wurde es zum ersten Mal unruhig im Saal.

«Wir erwarten von euch, uns die gleiche Aufmerksamkeit zu gewähren, mit welcher wir vorhin euren Statements gelauscht haben. Unser Ziel ist es, im Anschluss zum Kernpunkt des Abends zu kommen und eine offene Diskussion über die Thematik des Abends zu lancieren. Einleitend möchte ich folgendes klarstellen: *Den* Atheisten gibt es nicht. Attribute wie Gewissenlosigkeit, Selbstherrlichkeit, Egoismus haben mit Charakter und äußerst wenig mit Glauben oder Unglauben zu tun. In euren Kreisen gibt es mindestens ebenso viele Mitmenschen mit diesen Eigenschaften. Der Unterschied zu euch gläubigen Menschen besteht vielleicht einzig darin, dass wir nach gemachten Fehlern keinen Gott um Verzeihung bitten können, unsere Verfehlungen also ganz persönlich auszubaden haben.»

Diese letzte Bemerkung provozierte erste Protestrufe und Kopfschütteln. Sokrates blieb ruhig und fuhr weiter: «Jeder Mensch hat seine ganz persönliche Einstellung zur Natur und zum Leben. Problematisch wird es, wenn einer behauptet, sein Glaube sei der richtige, alle andern müssten auf diesen einschwenken. In einer kleinen Zusammenstellung von Fakten aus sicheren Quellen können wir Ihnen darlegen und beweisen, dass die Religionen eine große Mitschuld an den Konflikten mit dem IS und Boko Haram haben. Aufgrund unserer Recherchen kann man eindeutig belegen, dass auch wir Schweizer und wir Seeländerinnen und Seeländer den Kampf der Religionen kräftig mitfinanzieren.»

Das anschließende Austeilen der Zahlenblätter und die vorangegangenen Worte wurden von einem Raunen und kräftigen Protestrufen begleitet. Doch Sokrates fuhr, ohne auf den Tumult einzugehen, unbeirrt weiter.

Die Interpretation der Zahlen überließ er jedem Einzelnen und ging fließend zu seinem Folgeplädoyer über. Er erklärte der staunenden Schar, dass er nicht mehr über solche unter den Teppich gekehrten Tatsachen schweigen könne und deshalb beschlossen habe, mit der neu vorgesehenen konfessionsfreien Partei Schweiz aufs Politparkett steigen zu wollen.

Die Zuhörerinnen und Zuhörer reagierten mit mitleidvollem Grinsen, Kopfschütteln, aber auch Buhrufen und Pfiffen. Ein erzürnter Gast stand auf und verließ den Keller mit den Worten: «Das muss ich mir gerade von psychisch Kranken nicht länger anhören!»

In Erahnung des bald folgenden Satzes: «Deshalb sind wir überzeugt, dass eine religionsfreie Welt eine bessere Welt wäre!», meldete sich ein Mitglied des selbsternannten Islamischen Zentralrates zu Wort und versuchte darzulegen, dass die Probleme im Nahen Osten nur durch Fehlverhalten der westlichen Länder, insbesondere der USA, entstanden seien. Am besten wäre es, wenn man das Rad um mindestens ein Jahrhundert zurückdrehen könnte. Alle Ungläubigen müssten in ihre Herkunftsländer zurück und sich verpflichten, sich nicht mehr in die Angelegenheiten der arabischen und afrikanischen Staaten einzumischen. Sein letzter Satz: «Als erstes müssten die Juden ihr Land ganz den Palästinensern zurückgeben!», brachte das Fass definitiv zum Überlaufen.

Was nun folgte, kann man vielleicht am ehesten mit Mani Matters Lied *Si hei der Wilhelm Tell ufgfüert...* umschreiben. Der totale Tumult brach aus. Der ortsansässige Pfarrer goss noch Öl ins Feuer und rief: «Dann müssten alle im Westen, also auch im Seeland lebenden Muslime in ihre Ursprungsländer zurückkehren und eure islamisierten Eidgenossen umgehend wieder zum Christentum zurückkonvertieren! Wollt ihr das? Wirklich?!»

Gegenseitig wiegelten sich nun die einzelnen Glaubensvertretungen auf. Insbesondere die Juden wehrten sich, aber auch aus dem sonst eher pragmatischen Lager der Katholiken explodierte eine kleine Anzahl von Anwesenden und begann sich vor den Muslimen mit Drohgebärden aufzustellen.

«Bitte, meine Damen und Herren! Machen Sie sich doch nicht lächerlich. Denkt an eure vorhin so hochgepriesenen Religionen und Moraldoktrinen, die da heißen: Nächstenliebe…» Weiter kam der Revolutionär nicht, denn die Ersten begannen handgreiflich zu werden, und das Ganze drohte außer Kontrolle zu geraten.

Mutig traten glaubensneutrale Leute zwischen die Fronten. Aber erst der Ruf: «Stopp! Police!» ließ die Aufgebrachten etwas zur Besinnung kommen. Um seinem Aufruf Nachdruck zu verleihen, streckte ein in Zivil gekleideter welscher Polizist seinen Dienstausweis in die Höhe. Er war es in der Folge auch, welcher einen geordneten Rückzug der Streithähne anordnete.

«Ich wähnte mich an einer Sportveranstaltung, bei der die Hooligans beider Mannschaften aneinander geraten sind», schrieb der irritierte Berichterstatter. «Außer einigen ausgetauschten Nettigkeiten und Beschuldigungen nahm der denkwürdige Abend zum Glück nun doch noch ein friedliches Ende. In einem kleinen Kreis wurde dann doch noch sachlich und friedlich weiterdiskutiert und die Gründungsversammlung für die neue Partei der Konfessionsfreien geplant.

Bestimmt gibt es aufgrund der beschämenden Geschehnisse der vorangegangenen Stunde einigen Zulauf. Auf meine abschließende Frage an Sokrates, wie er diesen Abend beurteile, antwortete dieser mit einem bitter-verschmitzten Lächeln: ‹Eigentlich genau so wie ich es befürchtet habe! Ein Spiegelbild des weltweiten Desasters!›»

Schon grenzwertig!, findet Heiri, als er den Artikel weggelegt hat. Und meint damit auch den perfiden und provokativen Aufbau des Abends durch seine Freunde. Verständnis findet er jedoch für deren Entschluss, aktiv zu werden und zu versuchen, etwas gegen die ganze Misere zu unternehmen. Dass sie damit anregen, vor dem eigenen Haus zu kehren, sprich, zuallererst im lokalen Lebensraum aktiv zu werden, ist sicher richtig.

Interessant wäre es schon, aufzudecken, woher und auf welchem Weg Gelder aus Aarberg in die Kassen der für ihre Religion kämpfenden Krieger gelangen. Wenn ich das *einem* zutraue, dann schon unserem Revolutionär, weiß Heiri und beschließt, sich bei nächster Gelegenheit diese «schwarze Liste» zu beschaffen.

Der Verdacht, dass Jean-François in seinem neuen Wirkungskreis der Wirtschaftskriminalität und der Revolutionär seit dem Fall Jens eng zusammenarbeiten, liegt auf der Hand. Auch mit Jean-François müsste ich unbedingt noch mal das Gespräch suchen, beschließt er, um sich gleich darauf über diese Idee maßlos zu ärgern. «Alter Narr, du willst dich doch nicht etwa schon wieder in etwas hineinziehen lassen!», schimpft er mit sich selber.

«Na, führst du jetzt wieder Selbstgespräche?! Was beschäftigt dich so, dass du nicht einmal die Telefonanrufe entgegennehmen kannst und ich dafür von meiner Arbeit in der Waschküche wegeilen muss?»

«Tut mir Leid, ich hatte wohl noch etwas Meerwasser in den Ohren», antwortet Heiri. «Was gibt es Neues?»

«Meine Schwester Irene hat angerufen. Es geht ihr sehr schlecht nach ihrer erneuten Chemotherapie, und ich werde morgen für zwei oder drei Tage zu ihr nach Basel fahren.

Der zweite Anruf kam von Paul. Er sucht verzweifelt jemanden, der ihn an Traores Beerdigung nach Bern begleitet. Der Hausarzt habe ihm aufgrund seiner schlechten konstitutionellen Verfassung die Fahrbewilligung entzogen. Ich habe ihm zugesagt. Er erwartet, dass du ihn morgen um halb zehn zu Hause abholst.»

Heiri reagiert ungehalten: «Päng! Kaum zu Hause, wird man schon wieder fremdbestimmt!»

«Findest du nicht, dass du etwas überreagierst?», entgegnet Rita. «Immerhin ist Paul unser ältester und bester Freund! Aber bitte, wenn du ihm seine Bitte ausschlagen willst, hier ist das Telefon!»

«Schon gut!», erwidert Heiri abwehrend und gerät sofort wieder ins Grübeln. Warum liegt Traore nicht schon längst unter dem Boden? Seit seiner Ermordung sind auf den Tag genau sechs Wochen vergangen! Dauerte die Obduktion so lange? Musste der Fall am Ende gar neu aufgerollt werden? Zum Glück treffe ich morgen Abend Laura. Von ihr werde ich Informationen aus erster Hand erhalten und hoffentlich die leidige Geschichte endlich aus meinem Gedächtnis verbannen können. Er ist beinahe froh darüber, dass Rita ihn zum Gehen auffordert. Wie meistens nach der Rückkehr aus dem Urlaub wollen sie nämlich auch heute eine *Röschti mit Speck* essen gehen.

2

«Und wen haben wir da?! Mal schauen, ob man das kleine Ding auch schon so gut vögeln kann wie seine Mama und die andern christlichen Huren!»

Dieser schreckliche Satz hallt ihr noch heute in den Ohren nach. Diesen Tag wird die damals knapp dreizehnjährige Giulietta da Costa nie vergessen können. Drei Monate zuvor hatte ihr Vater mit zwei befreundeten Familien zusammen die alte Missionsstation bezogen, die sich nur drei Kilometer entfernt von Paul Krebs' Schulcampus *Fraternité* befindet. Beide Elternteile Giuliettas gehörten der kleinen katholischen Minderheit von Weißen im Lande an. Ihre Urahnen waren einst als Sklavenhändler aus Portugal nach Afrika gekommen. Ihre Familien wurden sesshaft und übten in der Folge verschiedene Berufe aus. Schon Giuliettas Urgroßvater und Großvater waren für die Kirche tätig. Ihr Vater betonte oft: «Mit dem Dienst an den Mitmenschen kann ich die Schuld, die meine Vorfahren auf unser Geschlecht geladen haben, etwas abbauen.»

Ihr Vater folgte deshalb gerne dem Ruf von Paul Krebs, dem Schulgründer aus der Schweiz, im Campus als Lehrer zu arbeiten. Nicht nur dass er als Religionslehrer ein sicheres Einkommen für seine Familie erwirtschaften könnte, nein, auch seine Kinder würden da endlich einen regelmäßigen Schulunterricht erhalten. Die Fratérnité genoss schon nach fünf Jahren ihrer Existenz einen äußerst guten Ruf. Im Anschluss an die Grundschule konnten die guten Schüler in Gymnasiumsklassen bis zur Maturität gelangen. Der Vater dankte Gott für das Glück, das sie hier gefunden hatten. Besonders Giulietta, seine älteste Tochter, blühte richtig auf. Sie genoss es nach Jahren des Mission-Nomadenlebens, sich endlich auch mit Gleichaltrigen austauschen zu können und in der Schule viel Neues zu erfahren.

Genau am Tag nach dem Abschluss der Renovation ihres neuen Daheims, das mit einem kleinen Fest gefeiert worden war, geschah das Schreckliche.

Frühmorgens wurden sie von islamistischen Rebellen überfallen. Ein paarmal hatte ihnen der Vater zuvor schon Warnungen zugerufen, wie: «Verschwindet ihr Kretins!».

Eine Schar von einem guten Dutzend meist jungen, bärtigen Kriegern war mit Allah-Geschrei gleichzeitig in alle drei Wohnhäuser eingedrungen. Rasch zerrten sie die Männer und Kinder aus ihren Betten und trieben sie in den Innenhof, von wo sie sich anhören mussten, wie die im Haus festgehaltenen Frauen vergewaltigt wurden.

Die unbewaffneten und verzweifelten Väter versuchten vergeblich, sich loszureißen, um ihren Frauen zu Hilfe zu eilen. Die meisten der Kinder schrien und weinten vor Angst. Sie klammerten sich schutzsuchend an den Hosenbeinen ihrer Väter fest.

Der flinken Giulietta gelang es, sich schon während des Überfalls und im allgemeinen Tumult in die kleine Kapelle zu flüchten. Am ganzen Leibe zitternd verkroch sie sich unter eine der Kirchenbänke. Ihre Gedanken rasten.

Ihre Mutter hatte ihr schon von Überfällen, Plünderungen und Schreckenstaten der Rebellen berichtet. Das Geschrei und Wehklagen der Mütter und ihrer Geschwister drang bis an ihr Ohr, und auch wenn sie sich nicht genau vorstellen konnte, was draußen geschah, wähnte sie sich in der Hölle. Ein Blick ins Gesicht ihres Vaters hatte kurz nach dem Aufwachen genügt, um sein Entsetzen und zugleich seine Ohnmacht abzulesen. Er, der bisher ihr Held war, hatte Angst, und auch das kleine Stossgebet, das er aussprach, tönte alles andere als vertrauensvoll.

Wie eine junge Katze, die von einem groben Bauern hochgehoben und anschließend an einer Betonwand zerschlagen würde, zog sie ein Gotteskrieger unter der Kirchenbank hervor. Alles Beißen, Zappeln und Kreischen nützte nichts. Im Gegenteil, der Rebell hob sie hoch und verkündete: «Am besten nehmen wir das kleine Spielzeug mit in unseren Campus. Ha, ha, ha!»

Die vier andern Kumpane grinsten dreckig. Danach begannen sie blindwütig, alle heiligen Reliquien und die bunten Glasscheiben zu zerschlagen. «Mädchen, vergiss den Gott, der euch so im Stich lässt. Allah ist groß!», brüllte der Peiniger Giulietta ins Ohr. Nach wie vor hielt er sie

mit einem Nackengriff einhändig hoch, während er mit einem Messebecher in der andern Hand ebenfalls auf Zerstörung aus war.
Durch die zerschlagenen Fenster drang Rauch ins Kirchenschiff. Offensichtlich standen die Wohnhäuser in Brand. Giulietta erstarrte. Sie fürchtete um das Leben ihrer Eltern und ihrer Geschwister, während Schüsse fielen.
Sofort wachten die Rebellen aus ihrer blinden Zerstörungswut auf und hasteten zum Eingang. Wie eine Jagdtrophäe oder, besser gesagt, wie ein Schutzschild wurde Giulietta hinausgetragen. Die Rebellen blieben vorerst in Deckung und spähten beunruhigt ins Freie. Im gleichen Moment fuhren gepanzerte Militärfahrzeuge vor. Draußen lagen zwei erschossene Rebellen. Die anderen waren offenbar bereits ins Buschland geflohen.
Aus den gepanzerten Fahrzeugen stiegen Soldaten der Regierungsarmee. Giulietta spürte plötzlich den Lauf einer Pistole an der Schläfe. «Gebt uns freies Geleit, oder ich werde unserem frommen Engelchen das Hirn aus dem Kopf blasen!», brüllte der Peiniger den Soldaten zu, die mit Gewehren im Anschlag auf sie zukamen. Ein junger Leutnant gab ihm Antwort. Giulietta war aus Todesangst in Ohnmacht gefallen und kam erst viel später in einem Militärauto, das sie zur Schulstation brachte, wieder zu sich.
Da erfuhr sie, dass der junge Leutnant Mvogo die Rebellen hatte laufen lassen unter der Bedingung, dass diese das Mädchen freigäben. Er hatte ihr das Leben gerettet und sollte in der Folge eine wichtige Bezugsperson für sie werden.
Auch die übrigen Mitglieder der Missionarsfamilien waren im Schulcampus in Sicherheit gebracht worden. Der Schock sass tief. Die brutal misshandelten Frauen hatten hospitalisiert und psychiatrisch betreut werden müssen. Vätern und Kindern blieben diese schrecklichen Ereignisse unauslöschlich im Gedächtnis haften. Immerhin fanden sie im gut bewachten Campus ein neues Zuhause.
Die Missionsstation wurde nie wieder aufgebaut. Als Ersatz wurde auf dem Schulgelände eine kleine Kirche errichtet, die in der Folge für Gemeindegottesdienste oder die Kommunion und Firmung von Schülerinnen und Schülern genutzt wurde.

Giuliettas und Mvogos Wege kreuzten sich erst Jahre später wieder. Giulietta hatte Ahnenforschung betrieben. Europa und insbesondere Portugal, wohin ein Onkel der Mutter mit seiner Familie ausgewandert war, begannen sie immer mehr zu interessieren.

Seit etlichen Jahren wohnte sie in der Hauptstadt ihres Geburtslandes. Ihr Studium verdiente sie sich mit Sekretariatsarbeiten in der Verwaltung. Völlig zufällig lief ihr eines Morgens beim Regierungsgebäude Mvogo über den Weg. Sie starrten sich an und erkannten sich nach dem anfänglichen gegenseitigen Staunen wieder.

Mvogo lud sie zu einem Abendessen nach Hause ein. Er hatte vor kurzem eine Familie gegründet und erzählte Giulietta von seinem Aufstieg und davon, dass er wie sein Vater in der Diplomatie tätig geworden sei und in Bälde den Job als Botschafter in der Schweiz übernehmen würde. Er sei nun daran, sein Team zusammenzustellen.

Dies ließ Giulietta aufhorchen. Das eine Wort ergab das andere, und so kam, was kommen musste. Knapp zwei Monate später reiste Mvogo mit seiner Familie und seinem Staff nach Bern. Darin übernahm Giulietta die Funktion einer Sekretärin mit Familienanschluss und Kinderbetreuungsaufgaben.

Für Giulietta hatte der Umzug in die Schweiz die Bedeutung eines Befreiungsschlags. Das angefangene Studium der Rechte gab sie schon beinahe gerne auf. Es kam ihr pervers vor, in einem Land wie dem ihren, wo Korruption, Intrigen, Unterdrückung der Frauen und Religionskriege zur Tagesordnung gehörten, das sogenannte Recht zu studieren.

Endlich konnte sie auch das Land ihrer traumatischen Kindheitserinnerung hinter sich lassen. Auch in ihrer Familie hatte sie keinen Halt mehr. Die Eltern lebten seit Jahren im Streit. Ihr Vater war von zu Hause ausgezogen und hatte sich einer katholischen Anti-Islam-Bewegung angeschlossen. Die Mutter hatte die Schande, die ihr widerfahren war, immer noch nicht überwunden. Stundenlang schottete sie sich täglich ab und gab sich dem Gebet hin. Glücklicherweise war sie mit Giuliettas jüngeren Geschwistern im Schweizer Campus gut aufgehoben.

Schon während des Fluges nach Europa hatte Giulietta gewusst, dass sie sich früher oder später in der Schweiz neu orientieren und ein eigenes Leben aufbauen würde. Dies hatte sie auch mit Mvogo so vereinbart.

Der Bruch mit der Arbeit auf der Botschaft kam dann relativ früh und auf sehr unschöne Art. Der Botschafter verguckte sich nämlich in die attraktive und ihm aus Dankbarkeit zugetane Sekretärin und wurde sehr aufdringlich, einmal sogar richtig übergriffig. Doch konnte Giulietta sich zur Wehr setzen und drohte, ihn bei seiner Frau zu verklagen. Diese Warnung wirkte rasch. Trotzdem war das Vertrauensverhältnis für eine freundschaftliche gute Zusammenarbeit irreparabel zerstört.

Giulietta kündigte das Arbeitsverhältnis und wandte sich an Paul Krebs, den Begründer der Fraternité-Stiftung, die sie durch Mvogo kennengelernt hatte. Durch ihn erhielt sie einen Job in Lyss im Sekretariat der katholischen Kirche. Bald darauf lernte sie Herbert kennen, der zwölf Jahre älter war als sie. Nach ihrer Heirat erhielt sie das Recht, in der Schweiz zu bleiben. Zwei Jahre später wurde sie Mutter und kümmerte sich als Hausfrau um ihren Sohn Jens und den Haushalt.

Auch nach über zwanzig Jahren in der Schweiz blieb sie eine Fremde. Sie konnte sich nie dazu durchringen, in einem Verein mitzumachen. Der einzige Kontakt, der ihr wichtig schien, war der zu ihren zwei Cousinen in Portugal. Jedes Jahr fuhr Giulietta für einen Monat dorthin. Selten kamen die Verwandten auch in die Schweiz auf Besuch. Nach dem frühen Tod ihres Ehegatten hatte sie eine längere Liaison mit Paul Krebs gehabt, welchem sie sich seit ihrer Kindheit verbunden fühlte.

3

«Und nun?!», fragt sich Heiri Weber, als er auf einer mit «Stadt Bern» beschrifteten Friedhofsbank Platz nimmt. Kurz zuvor hat er umständlich ein Papiertaschentuch hervorgeklaubt, um die noch feuchte Sitzfläche trockenzureiben. Ohne ernsthaft nach einer Antwort zu suchen, starrt er vor sich hin.

Von der Nässe des gestrigen Nieselregens hat sich über dem Boden ein leichter Nebelschleier gebildet, durch den ein paar vereinzelte Sonnenstrahlen fallen. Dieses Wetterphänomen umhüllt die kleine, schwarz gekleidete Trauergemeinde, die sich um ein noch offenes Grab geschart hat. Die Litanei des Pfarrers wird von einem soeben auf dem Baum neben Heiri gelandeten Schwarm Krähen übertönt. Ihr schimpfendes Alltagsgekrächze stört und banalisiert die mystische, schemenhafte Szene ein wenig.

Das Bild lässt Heiri an Hitchcocks Film *Die Vögel* denken, denn es liegt wegen der unter sich zerstrittenen Trauergemeinde eine höchst unangenehme Spannung in der Luft. Genau da ist der Hund begraben, weiß Heiri und ärgert sich erneut darüber, seinem alten, an Demenz erkrankten Freund Paul Krebs diesen Chauffeurdienst nach Bern angeboten zu haben.

Irgendetwas hält ihn davon ab, den Friedhof zu verlassen und ins nächstgelegene Café zu gehen. Dort könnte er das Ende des Beerdigungsrituals abwarten, um danach Paul wieder abzuholen. Ob es das schlechte Gewissen ist, fragt er sich, das ihn nicht über seinen Schatten springen und sich unter die Trauergäste mischen lässt. Dieses spielt bestimmt mit. Doch welcher Kriminalkommissar nimmt an der Bestattung seines im letzten Fall getöteten Opfers teil? Und erst noch in einem solch verfilzten und negativ behafteten Umfeld, zu welchem er in doppeltem Sinne keinen unbelasteten Zugang hat. Vielleicht wollte ich ganz einfach nicht mehr an den Fall erinnert werden. Ist doch legitim. Einmal muss man mit dem Beruf des Kriminalisten abschließen können. Der Geburtstagskrimi war eine Art Zugabe, aber damit ist jetzt Schluss! Endlich loslassen können, nicht in jedem zweiten Menschen einen potenziellen Kriminellen oder Mörder vermuten. Das Leben genießen, bevor es vorbei ist, würde er sich wünschen.

Leben kommt, Leben geht! Assoziationen zum Begräbnis seiner Grossmutter in den Siebzigerjahren hier vor Ort tauchen auf. Obwohl seither gut fünfzig Jahre vergangen sind, sieht er sich auf der Stelle in sein Leben als Dreizehnjähriger zurückversetzt. Genau diese abgedroschenen Worte haben mich in meiner Trauer gestört, wird ihm bewusst. Die Stimme des Pfarrers und dessen übertriebenes Gehabe drängen sich ihm auf. Die Vorstellung, die der Geistliche mit übertriebener Gestik vor allen Anwesenden zelebriert hat, war mir und meinem Bruder äußerst peinlich, erinnert sich Heiri aufs Genauste.

Er merkt, dass er sich heute, als fünfundsechzigjähriger gestandener Mann immer noch aufregt. Wort für Wort hört er die gut gemeinte, aber völlig daneben geratene Botschaft wieder: «Eure Omi hat euch sehr lieb, Buben! Bestimmt wird sie eure Gebete erhören. Als Engel wird sie euch durch die schwierige Zeit der Pubertät begleiten. Erst im Himmel werdet ihr sie wiedersehen. Gott gibt und Gott nimmt, liebe Buben. Alles ist ein Geben und...»

Kein Wunder, kam diese Botschaft bei uns Teenagern nicht gut an! Der Tonfall – als würde er zu Kleinkindern sprechen – war deplatziert und anmaßend. Mein Bruder und ich fühlten uns blossgestellt. Heiri erinnert sich, als ob es gestern gewesen wäre. Er spürt die schwere Hand des Geistlichen förmlich auf seiner Schulter. Wie gerne hätte ich sie damals abgeschüttelt, denkt er. Da unten, nahe der Kapelle, muss die Szene sich abgespielt haben. Richtig, vor Verlegenheit – und um nicht ausfällig zu werden – habe ich damals minutenlang auf die Sonnenuhr gestarrt.

Die Gräber meiner Großeltern haben sich ziemlich genau an derselben Stelle befunden wie das von Traore, der heute zu Grabe getragen wird. Nach der Grabräumung vor Jahren wird nun meine Gedenkstätte durch die heutige Beisetzung dieses jungen Afrikaners praktisch ein zweites Mal entweiht, durchzuckt ihn ein Gedanke. Meine Ahnen waren waschechte Berner. Dieses hergelaufene «Importprodukt» von Afrikaner hat doch im Grunde kein Recht... War Traore überhaupt ein Christ?!

Heiri erschrickt über diese unpassenden Gedanken. Als liberal Denkender hat er für Fremdenhass, Intoleranz oder religiöse Vorurteile nichts übrig.

Ist es vielleicht dieses schmerzhafte Friedhofserlebnis von damals, das mich hier wie angewurzelt stehen bleiben und ausharren lässt? Hätte ich nicht wenigstens ab und zu zum Grab meiner geliebten Oma zurückkehren sollen? Kein einziges Mal war ich da.

Rasch hält er den aufkommenden Selbstvorwürfen entgegen, dass er seinen Großvater nie gekannt hat und die schönen Erinnerungen an seine liebe Oma nicht durch den Anblick in ihrem Totenbett und den damit verbundenen Schmerz zerstören wollte.

Die Ursache meiner heutigen beklemmenden Gefühle ist vermutlich viel eher mein gespaltenes Verhältnis zum Tod. Die meisten der zahlreichen Toten, denen ich mich als Kriminalpolizist gegenüber sah, sind gewaltsam ums Leben gekommen. Deshalb vermute ich wohl hinter jedem Todesfall ein Verbrechen, sinniert er im Wissen, dass es sich leider in Traores Fall so verhält. Seine Leiche wurde nach wochenlangem Seilziehen und Abklärungen erst vier Tage zuvor freigegeben, wie ihm Paul auf der Fahrt hierhin berichtet hat. Es sei jetzt auch zu hundert Prozent erwiesen, dass Jens ihn im Mercedes durch einen aufgesetzten Kopfschuss getötet habe.

Bei allen Verstorbenen fange ich gleich an, Verdacht zu schöpfen und sie als Opfer eines Verbrechens zu betrachten. Ich beginne zu kriminalisieren und nach einem potenziellen Mörder zu suchen, weiß Heiri aus Erfahrung selbst mit hundertjährigen Verwandten, die im Pflegeheim sanft entschlafen waren… Wahrlich ein Grund, misslaunig zu werden. Selbstverständlich sind mir die Morde und Einblicke in grauenhaft tiefe menschliche Abgründe nahegegangen. Gut möglich, dass ich meine diesbezüglichen, zum Glück seltener werdenden Albträume nie ganz loswerde.

An meiner Einstellung zum Sterben muss ich arbeiten, den Tod vermehrt als etwas Natürliches und Erlösendes sehen, redet er sich zu. Irgendwie will es ihm nicht gelingen, über Verstand und Vernunft auf andere Gedanken zu kommen. Vielmehr beginnt er wieder, über den Fall Traore respektive Jens Zesiger nachzugrübeln. Es tritt genau das ein, was er unbedingt hatte vermeiden wollen. Längst hat er Ähnlichkeiten des afrikanischen Botschafters, Traores Vater, mit seinem früheren Vorgesetzten Weibel wahrgenommen. Allem Anschein nach haben die sich wieder versöhnt, stellt er etwas erstaunt fest.

Nebst der Entourage der Botschafterfamilie sind auch führende Politiker aus der Regierung, allen voran der Berner Stadtpräsident, anwesend. Dessen Gesicht auszumachen, bringt Heiri nun schon fast zum Schmunzeln. Der zeigt sich auch an jeder «Hundsverlochete». Dieser Spruch fällt Heiri wie von selbst ein.

Paul steht direkt neben dem Botschafter und seiner Frau. Eigentlich erstaunlich, dass Paul als Ziehvater des Mörders Jens Zesiger sich dem Vater des Opfers überhaupt unter die Augen traut. Ihre jahrelange Freundschaft, die sich durch Pauls Afrikaschule ergeben hat, scheint unheimlich stark zu sein, denkt Heiri, als sich ihm plötzlich ein Jogger nähert.

Wer um Gottes willen kommt auf die Idee, auf dem Friedhofsgelände während einer Beisetzung laufen zu gehen?, fragt er sich und wendet sich fast demonstrativ von ihm ab.

«Vous me le permettez, Monsieur Weber?» Ungläubig schaut Heiri den großgewachsenen älteren Jogger an, der sich ohne zu zögern neben ihn auf die Bank gesetzt hat.

«Jean-François, du hier!»

Sein welscher Kripo-Freund, mit dem er bis vor fünf Wochen den Fall Jens und Traore bearbeitet hat, macht einen Erklärungsversuch: «Ja, isch bin es, und isch bin wie du wegen der Beerdigung hier.»

«Falsch!», unterbricht ihn Heiri, den bereits eine dunkle Vorahnung streift. «Ich habe Paul Krebs nur hierhin chauffiert und habe definitiv mit Ermitteln aufgehört! Sowohl beruflich, wie privat, damit das mal klar ist! Diesen Fall Jens Zesiger habe ich noch am Tag unserer letzten Begegnung bei dem feinen Essen mit dir ad acta gelegt, und bin dann schon am nächsten Tag mit meiner Frau Rita nach Südfrankreich gereist, um endlich abschalten zu können. Was mir dann glücklicherweise auch einigermaßen gelang. Kannst du das nicht verstehen?»

Jean-François zeigt sich etwas überrascht über diese heftige Reaktion, bekundet anschließend jedoch auch Verständnis. «Bist du nicht neugierig, warum ich überhaupt hier bin?», fragt er dann mit einem verschmitzten Lächeln.

«Doch!», muss Heiri gestehen. Vor allem die Frage, in wessen Auftrag du hier ermittelst, brennt mir auf der Zunge. Für Nestlé oder die Kripo Genf?!»

«Weder noch! Da ich immer noch vollstes Vertrauen in dich habe, bin ich heute auch bereit, dir meine Karten offenzulegen.» Nach einer kurzen Pause fährt er fort: «Offiziell bin ich leitender Kommissar bei der Genfer Kripo, aber ich arbeite schon länger für den Sicherheitsdienst des Bundes und habe auch ein Büro in Bern. Die Terrorprofilaxe, sprich das Verhindern von Anschlägen, steht zuoberst auf der Prioritätenliste. Wie du sicher ahnen kannst, ist dies eine äußerst komplexe Aufgabe. Du weißt, der Bund versucht mit allen Mitteln, das Image unseres Landes hochzuhalten. Stichwort: Weißgeldstrategie, kein Waffenhandel mit Krieg führenden Nationen und so weiter. Ein Gefahrenindiz sind auch dubiose Geldflüsse, wie sie Jens und Traore initiiert hatten. Bei Nestlé hatte ich mich nur eingeschlichen, um herauszufinden, ob ihre Wirtschaftsmacht, die sie weltweit, also auch in vielen afrikanischen Ländern, auszubauen versuchen, mit legalen Mitteln bewerkstelligt wird.»

«Und? Sind ihre Mittel legal?»

«Ich konnte ein paar Leute von Nestlé dazu bringen, mit meinem Team zu kooperieren, und wir bekamen mit der Zeit einen besseren Einblick in die Strukturen dieses Weltkonzerns mit Schweizer Sitz. Aber das ist eine andere Geschichte, und sie hat nichts damit zu tun, warum ich heute hier bin.»

«Tönt ja alles einigermaßen plausibel, aber trotzdem frage ich mich, ob du diesmal wirklich mit offenen Karten spielst. Jetzt bist du also im Auftrag des Bundes hier, um die Trauerfeier wegen Traore zu überwachen? Vor fünf Wochen hast du mir erklärt, der Fall sei mit dem Tod von Traore und Jens abgeschlossen. Und nun? So spannend kann eine Beerdigung doch nicht sein, dass sich der Sicherheitsdienst unsere Bundes dafür interessiert.»

«Okay, ich habe aber auch die Befürchtung ausgesprochen, dass dem Ungeheuer von illegalen Waffengeschäften gleich neue Köpfe nachwachsen könnten, erinnerst du dich?»

Heiri nickt. «Und diese neuen Köpfe sollen mit unserem gelösten Fall in Verbindung stehen?»

«Gut kombiniert, alter Fuchs!», quittiert Jean-François Heiris Vermutung.

«Sag jetzt nur nicht noch, dass die Spuren wieder ins Seeland oder nach Aarberg führen und du froh wärst, wenn ich ein paar Beobachtungen für dich tätigen würde?!»

«Chapeau! Die Anfrage wäre aber über Laura, deine charmante Assistentin, gelaufen. Wärst du also nicht erst gestern von den Ferien zurückgekehrt, hätte sie dich sicher schon angefragt, mit uns zu arbeiten», berichtet Jean-François.

«Das glaube ich jetzt aber nicht! Jetzt musst du nur noch behaupten, Laura habe ihre Stelle bei der Kripo Bern aufgegeben, um mit dir zusammenzuarbeiten?!»

Die Erklärung, die danach folgt, kann er kaum glauben. Boselli, Lauras direkter Vorgesetzter, sei in seinen Flitterwochen verunfallt und noch rekonvaleszent, zudem habe er auch bereits angetönt, dass er von Bern weg wolle. Kurzum, Laura würde höchstwahrscheinlich nach der verlängerten Stellvertretung in Bosellis Position aufrücken. Ob sie jedoch Assistentin bleibe oder Bosellis Nachfolgerin werde, sei nicht entscheidend, weil, und jetzt kommts, sie ohnehin seit zwei Jahren wie er in Bundesdiensten stünde und für diesen undercover arbeite.

Es dauert etwas, bis Heiri all diese Neuigkeiten begreifen und verdauen kann. Am meisten beschäftigt ihn die Tatsache, dass so vieles in letzter Zeit hinter seinem Rücken gelaufen ist und dass Laura auch nie die geringste Andeutung über ihre Doppelrolle gemacht hat. Jean-François scheint dies zu ahnen und ergänzt: «Weißt du, Laura und ich standen unter strengster Schweigepflicht. Mehrmals hat sie mich gebeten, dich in unsere Geheimnisse einweihen zu dürfen. Auch mir fiel es schwer, dich im Unwissen zu lassen. Dass ich dich nun mit diesem Geheimnis vertraut gemacht habe, zeigt doch mein und Lauras totales Vertrauen in dich. Mir ist dabei besonders wichtig, dass du deine moralischen Zweifel an meinem Tun nun begraben kannst. Ich werde, wie Laura und du, niemals meine Seele verkaufen! Ich kämpfe also nach wie vor aufseiten der Gerechtigkeit, verstehst du?»

«Diesbezüglich fällt mir allerdings ein großer Stein von der Seele!», antwortet Heiri und klopft seinem Freund gleichzeitig auf die Schulter. Zu weiterführenden Diskussionen über den interessanten Themenbereich kommt es jedoch nicht, denn Jean-François springt auf, dreht sich zur Bank und beginnt auf der Sitzfläche Liegestützen zu machen. Dabei haucht er Heiri zu: «Sie kommt tatsächlich, schau in Richtung Parkplatz!»

Heiri beobachtet, wie diese *Sie* gerade aus dem Taxi gestiegen ist und nun allein auf dem Zugangsweg Richtung Trauergemeinde schreitet. Ihre Erscheinung gleicht der einer Diva aus Film oder Oper. Die dunkle Sonnenbrille bedeckt den größten Teil ihres Gesichts und verhindert dadurch eine Erkennung. Aus dem als Walkman getarnten Funkgerät von Jean-François tönt jetzt Lauras Stimme: «Zielperson eins ist im Anmarsch!»

«Okay, Heiri und ich übernehmen!», antwortet Jean-François und setzt sich wieder neben Heiri.

«Raffiniert, wie ihr mich gegen meinen Willen in diese neue Sache einbinden wollt!», quittiert Heiri die Szene, ohne allerdings seinen Blick vom Auftritt der Diva abzuwenden.

«Hat diese Zielperson auch auch einen Namen?», erkundigt er sich genau in dem Moment, als er in der zierlichen Frau seine Nachbarin zu erkennen scheint.

«Giulietta!», sagen beide gleichzeitig, während sie gebannt auf das Szenario etwa hundert Meter vor ihnen blicken. Der Kreis der Trauernden öffnet sich, der in einer mönchsartigen Kutte steckende Pater unterbricht seine Grabrede und begrüßt die Ankommende mit einem untertänigen Kniefall. Der Reihe nach wird sie dann auch vom Botschafter, von Kripochef Weibel, verschiedenen Politikern, Paul und Laura, die sich doch tatsächlich auch unter den Trauergästen befindet, mehr oder weniger herzlich begrüßt.

Heiri reibt sich die Augen. «Wie kommt es, dass Giulietta, die Mutter des Mörders Jens Zesiger, mit einer absoluten Selbstverständlichkeit im Kreis der Opfer- und Trauerfamilie aufgenommen wird?», fragt er sich und zugleich auch Jean-François.

«Siehst du, genau diese Beobachtung habe ich gebraucht, um meinen Verdacht, dass die hier Anwesenden alle unter einer Decke stecken, zu erhärten. Und ja, Laura versucht, über Weibel und Paul Verschiedenes über diesen Clan herauszubekommen, verstehst du!»

«Nein! Ich fürchte, überhaupt nichts mehr zu verstehen! Ich wundere mich einzig ein wenig über das gemeinsame Trauern. Gut, Jens und Traore waren befreundet, bevor es zu diesem fatalen Zwist kam. Giulietta da Costa Zesiger ist über Jahre mit Paul liiert gewesen. Paul und dieser Botschafter kennen sich bereits aus Afrika und sind ein geschätztes Vierteljahrhundert bestens befreundet. Warum also vermutest du, wie mir scheint, etwas Schlechtes hinter dieser Versöhnung?»

Jean-François sieht, dass hier großer Klärungsbedarf ist: «Die Sachlage ist höchst brisant! Mir ist aufgefallen, dass nach dem Mord an Traore und dem Tod von Jens der Geldfluss und der illegale Waffenhandel mit Bezug auf das afrikanische Land des Botschafters unverändert weitergeht. Vieles deutet darauf hin, dass Gelder, darunter auch das Stiftungsgeld von Pauls Fraternité-Projekt, veruntreut werden. Will heißen, Boko Haram, den Regierungstruppen oder einer noch nicht bekannten Organisation in Afrika zugeschleust werden. Und nun kommt es: Viele europäische Spendengelder, die sich in dieser dubiosen Kasse ansammeln, fließen über die Schweiz. Genauer, über Aarberg und Bern. Da es nicht in unserer Macht liegt, die Botschaft zu stürmen, hoffe ich, über den Ableger in Aarberg mir mehr Einblick in dieses Netz verschaffen zu können. In unserer Ermittlersprache würde es heißen: «Es geht primär darum, einen schwachen Punkt in diesem Netz zu finden oder das faule Ei ausfindig zu machen!»

«Du willst doch nicht etwa behaupten, Aarberg sei Dreh- und Angelpunkt des IS, der Boko Haram oder eines illegalen weltumspannenden Waffenhandels geworden?»

Heiri schaut seinen Genfer Kollegen ungläubig an. «Ich glaube, diesmal verrennst du dich! Muss ich deiner Meinung nach schon wieder die Bösen oder deren Kopf unter meinen Freunden suchen? Das wäre doch lächerlich! Einen friedlicheren Ort als Aarberg gibt es doch kaum auf Erden. Dass sich zwei junge Heißsporne wie Jens und Traore verkrachen, ist doch keineswegs so außergewöhnlich. Nenn mir *einen* triftigen Hinweis darauf, dass es in meiner Heimat nächstens zu einem Terroranschlag kommt!»

Heiri weiß, dass er mit diesem Statement zu weit geht. Im Grunde kämpft er schon den ganzen Tag dagegen, erneut in etwas hineingezogen zu werden. Längst plagen ihn Gedanken an den Zeitungsbericht über den Vorfall im Rathauskeller, und er sieht den Titel *Krieg der Religionen im Berner Seeland* vor sich.

Der feinfühlige Jean-François weiß offenbar, dass er seinen Freund mit der Absicht, ihn ins Boot zu holen, allzu sehr überfahren hat. «Bon, ich verstehe deine Bedenken und Einwände. Du hast selbstverständlich auch Bedenkzeit. Sprich noch mit Laura. Wie sie mir verraten hat, trefft ihr euch heute Abend zu einem Essen. Es würde mich sehr freuen, wenn du dich danach bereit erklären könntest, mitzumachen. Wir hören voneinander!» Damit und mit einem «Adieu» macht er sich auf eine Joggingrunde Richtung Bremgartenwald.

Und schon steckt man wieder mittendrin!, stellt Heiri konsterniert fest. Auswandern müsste man, um das alte Leben hinter sich lassen zu können. Aber doch nicht ich, der so im Berner Seeland verankert ist, dass er sich kein anderes Daheim mehr wünscht, der seine Familie hier hat und sein neu erstandenes Segelboot auf dem Bielersee weiß.

Mit einem tiefen Seufzer lässt er sich, nachdem er aus unerfindlichen Gründen aufgestanden ist, wieder auf die Sitzbank fallen und versucht, sich etwas zu entspannen. Schwierig angesichts seines Tribünenplatzes und des sich bietenden Schauspiels. Aus ihrer Handtasche zieht Giulietta nämlich ein kleines handliches Tongefäß hervor und übergibt dieses dem Geistlichen. Alle schauen sie jetzt gebannt zu, wie der Pater ins Grab hinuntersteigt und das Gefäß wohl auf den Sarg von Traore stellt. Heiri ist sofort im Bild und weiß, dass es sich um die Urne mit Jens handeln muss. Nun sind also Mörder und Opfer ins gemeinsame Grab zu liegen gekommen. Eigentlich sind sie auch beide Opfer ihrer Besessenheit von Reichtum geworden, stellt er fest. Beide haben sie aus Eigen- und Fremdverschulden keinen Platz in unserer Gesellschaft gefunden. Sie waren, wie viele Menschen in der heutigen Zeit, unbewusst zu Marionetten oder Teil einer Modelliermasse geworden. Ihre vorgelebte Eigenständigkeit blieb grundsätzlich eine Wahnvorstellung, ein Wunschdenken, und hat sie in eine immer schlimmer werdende Abhängigkeit getrieben. Bestimmt waren sie auch nur Handlanger des Bösen, der Machtgier irgendeines Kriegs- oder Wirtschaftsungeheuers geworden, und nun will man mir weismachen, dass der Kopf dieses unsichtbaren Monsters in Aarberg, in meinem Umfeld, zu suchen ist. Unerhört! Kaum zu glauben!

Umgekehrt fließen viele, auch unsaubere Gelder aus Europa nach Afrika und Asien an Terrorgruppierungen wie den IS oder an Regierungen, die nicht demokratisch gewählt worden sind. Es ist daher blauäugig, zu glauben, in der Schweiz, in Bern oder Aarberg gäbe es keine Unterstützer oder Profiteure solcher Verbindungen. Ich kann nicht blind sein, aber ich will verdammt noch mal, und schon gar nicht in meinem näheren Umfeld, so misstrauisch sein oder werden. Es reicht mir vollends, es bei jedem x-beliebigen Todesfall zu sein.

Zum Zeichen des Abschieds werfen die Trauernden Blumen und eine kleine Schaufel voll Erde ins Grab. Bis etwas Unfassbares geschieht. Ein bärtiger junger Mann tritt ans Grab, spuckt theatralisch rein, zieht ruckartig einen metallenen Gegenstand aus dem schwarzen Veston hervor, brüllt in Schweizer Militärmanier: «Achtung, eine HG!», schubst die letzten beiden Trauernden von der Totengrube weg und rennt dann im gestreckten Galopp in Richtung Kapelle davon. Ein dumpfer Knall erfolgt. Erde, Steine, Staub und auch Holzsplitter des Sarges fliegen in die Luft und fallen dann wie Aschenregen eines Vulkans auf die zwei am Boden liegenden umgestoßenen Personen. Der Trauerzug, der sich schon langsam auf dem Weg zur Kirche befand, ist augenblicklich zum Stillstand gekommen. Entsetzt schaut man zurück zum explodierten Grab. Nur der Pater eilt wie von der Tarantel gestochen dem Attentäter nach und verschwindet hinter der Kirche, wo kurz danach drei Schüsse fallen.

Fast im selben Moment heult der hochtourige Motor einer Motocrossmaschine auf. Nur Heiri sieht anschließend von seinem «Hochsitz» aus den flüchtenden Lenker über das unebene rasenbewachsene Friedhofsgelände Richtung Zaun davonbrettern und durch eine kleine Lücke im Buchs verschwinden.

Ein Blick auf die Grabstätte lässt erkennen, dass niemand ernsthaft verletzt ist. Die Sprengkraft der Explosion war im tiefen Grab, fast zwei

Meter unter dem Erdboden, nicht sehr groß, stellt Heiri fest. Das muss der Täter genauestens einkalkuliert haben. Auch dass er die noch am Grab verbliebenen Giulietta und Paul wegschubste, deutet darauf hin, dass er mit seiner Tat keine Personen verletzen oder gar töten wollte. Vielmehr musste es Hass auf die zwei Verstorbenen sein, der ihn zu dieser Schandtat bewegte. Bestimmt wollte er ein Zeichen setzen gegen die Verlogenheit in der Gesellschaft. Niemand trauert doch in Tat und Wahrheit um einen Kerl wie Jens, den skrupellosesten, egozentrischsten Neureichen, den man sich vorstellen kann.

Momentan stehen aber andere Fragen im Vordergrund. Wer hat geschossen? Liegt der Pater vielleicht schwer verletzt hinter der Kapelle? Was unternimmt Laura? Sind irgendwo auf dem Gelände Sicherheitsleute positioniert? Haben die eventuell auf den fliehenden Motorradfahrer gefeuert? Bestimmt hat doch auch der Botschafter, wie sonst immer, Bodyguards dabei...

Ein Blick auf die sich nun gegenseitig stützende und tröstende Trauergesellschaft zeigt ihm, dass sich Laura Weibel vorgeknöpft zu haben scheint und ihm Vorwürfe macht. Sie wirkt hilflos, was darauf hindeutet, dass sie kein Team im Rücken hat, das einschreiten könnte. Und Jean-François, was bringt ihn dazu, Laura auf diese Art im Stich zu lassen? Ging es ihm wirklich nur darum, herauszufinden, ob Giulietta und der Botschafter auch nach dem Mord von Jens an Traore noch zusammenhalten oder sich, wie geschehen, offensichtlich versöhnt haben?

«Zielperson eins im Anmarsch!», hört er hinter sich Jean-François ins Funkgerät sagen. Das hatte er doch schon vor zehn Minuten gesagt, staunt Heiri. Wie kam er überhaupt so unbemerkt in meine Nähe? Gäbe es da nicht auch noch Zielpersonen zwei, drei, oder vier?! «Heiri und ich übernehmen!»

Ohne sich mehr Überlegungen dazu zu machen, übernimmt Heiri die Rolle des Fahnders und eilt die kleine Rasenböschung hinunter, der vom Grab entfernteren Seite der Kapelle zu.

«Dio mio!», schimpft eine seltsam hohe Männerstimme, als Heiri beim Lauf um die Kirche mit jemandem unsanft zusammengeprallt ist, und lässt diesem Ausruf einen fremdsprachigen, wohl portugiesischen Wortschwall folgen. Heiri steht einem kleinen, wie ein Mönch gekleideten Pater gegenüber, der beim Zusammenprall seine Bibel auf den Kiesweg hat fallen lassen.

«Warten Sie, tut mir leid!», stottert Heiri verlegen. «Ich hebe Ihnen das Buch auf.» Doch als er die Hand nach dem dicken Buch ausstreckt, tritt ihm der Fremde beinahe auf die Finger und schreit mit einer sich überschlagenden Stimme: «Stopp! Dieses heilige Buch ist nicht für Ungläubige!» Blitzartig, schon fast katzenhaft, schnappt sich der Fremde dann das dicke Buch und hastet «Dio mio» wetternd seiner Trauergemeinde entgegen.

Heiri braucht ein paar Sekunden, um sich zu sammeln. Er glaubt, auf dem Buchdeckel einen schwarzen, mit einem Schwert und einem Kreuz bewaffneten Kriegsengel erkannt zu haben. Was war das nun genau? Ungläubiger?! «Ich hasse alle intoleranten Menschen, die meinen, die Wahrheit mit dem Löffel gefressen zu haben und im einzig wahren Glauben zu leben!», ruft er dem Fremden nach, obwohl dieser bereits außer Hörweite ist.

Am liebsten wäre er dem Gottes- oder Engelsdiener gefolgt und hätte ihn zur Rede gestellt. Stattdessen bleibt er hinter der Kapelle. Kein Mensch ist zu sehen. Niemand, der geschossen haben könnte, aber auch niemand, der den Vorfall zu untersuchen beginnt. Der Pater scheint wohlauf zu sein. Hat ihn der fliehende Motorradfahrer nicht getroffen, oder hat…

Heiri schaut sich nach möglichen Einschusslöchern in der Kirchenmauer um. Kaum habe ich den Geistlichen hinter der Kirche verschwinden sehen, fielen die drei Schüsse, erinnert er sich. Heiri wird auf die Schnelle nicht fündig.

Danach sucht er nach dem möglichen Standort des später benutzten Motorrades. Den findet er rasch. Denn der Ständer hat im feuchten Erdboden einen recht tiefen Abdruck hinterlassen. Hier müsste man mit der Spurensuche ansetzen. Die Schüsse fielen ja kurz bevor der Motorradfahrer hinter der Kapelle zu sehen war. Die frische Wegfahrspur im noch feuchten Rasen zeigt Heiri den Fluchtweg. Er folgt dieser Spur und schaut sich nach Patronenhülsen um. Wenn der Fahrer geschossen hätte, müsste ich hier auf den ersten zehn Metern fündig werden.

Also doch der Pfarrer!, stellt Heiri beim Suchen im frisch gemähten und daher gut überschaubaren Rasen ein paar Minuten später erstaunt fest. Wer einen bewaffneten Engel auf seiner Bibel mitträgt und nach der Detonation reagiert wie ein Krieger und dem Täter folgt, kann auch geschossen haben, folgert er. Genug Zeit, um eine Waffe und Munition verschwinden zu lassen, hätte er auch gehabt.

Eine andere Variante wäre selbstverständlich, dass Jean-François' Sicherheitsleute geschossen, sich umgehend an die Verfolgung des Täters gemacht haben und demzufolge bereits weg sind. Heiri überlegt kurz, ob er weiter nach der Tatwaffe oder Munitionshülsen suchen soll, kommt aber zum Schluss, dass der ominöse Geistliche bestimmt Zugang zu allen Gebäuden und insbesondere zu den an die Kapelle angebauten Räumen hat und er innert nützlicher Frist bestimmt nichts finden würde.

Gerade will er sich aufmachen, um nach dem Verbleib der Trauergemeinde zu sehen, als er Lauras Blondschopf an der Stelle des Zusammenpralls von vorhin wahrnimmt. «Tut mir so leid!», ruft sie ihm entgegen. «Du siehst, dein Küken ist noch nicht ganz flügge geworden! Weibel, dieses A… nimmt mich immer noch nicht ernst und wollte nichts von einem Sicherheitsdispositiv für diesen Hochrisiko-Anlass wissen! Wenigstens die Stadtpolizei hätte man aufbieten müssen. So ist es für mich ein Kampf gegen Windmühlen. Der Bombenwerfer ist längst über alle Berge. Zum Glück hat es keine Toten oder Verletzten gegeben. Einzig Paul scheint einen Schock erlitten zu haben und liegt immer noch neben dem Grab oder dem, was davon noch übrig geblieben ist. Könntest du vielleicht…? Weißt du, ich habe mir unser Wiedersehen auch anders vorgestellt und wollte dir heute Abend alles erzählen. Glaub mir, wir haben dich hier nicht erwartet. – Mit Jean-François werde ich noch ein Hühnchen rupfen. Dich einfach so einzuspannen, ist nicht richtig. Tut mir so leid. Bitte entschuldige!»

Erst als Heiri sie gutväterlich in die Arme schließt, stoppt sie ihren Redeschwall und findet wieder zu einem klaren Kopf. «Der Pfarrer hat vorhin erklärt, er würde für alle, die sich noch dazu imstande fühlen, in fünf Minuten eine kleine Andacht in der Kapelle halten. Weibel findet das eine gute Lösung im Sinne, dass man das Ganze am besten geordnet über die Bühne bringt, um die Trauergäste nicht noch mit Verhören am Ort des Schreckens zu plagen. Könntest du dich vielleicht um deinen Fahrgast Paul kümmern. Du kennst ihn besser und kannst am ehesten abschätzen, ob er ambulante oder stationäre Hilfe braucht oder du ihn im besten Fall direkt nach Hause bringen kannst.»

«Das kann ich gut übernehmen!», antwortet Heiri. Ich bin ja auch als Begleithund hier. Ich an deiner Stelle würde hier, wenn nicht ein klarer Befehl von Weibel ausgeht, nichts mehr unternehmen. Unser Treffen heute Abend lassen wir uns durch einen solchen überdimensionierten Bubenstreich nicht nehmen oder?!»

«Ganz der Alte. Weber steht immer über der Sache!», meint die schon wieder recht gelöste Laura. «Auf jeden Fall! Um sieben im *Commerce*», fügt sie an, gibt Heiri einen flüchtigen Kuss und führt ihn dann zu Paul, um den sich niemand wirklich kümmert. Seltsam, bei so vielen Freunden, denkt Heiri, der dafür kein Verständnis hat. «Ich glaube, der Pastor hat geschossen!», flüstert er Laura außer Hörweite der Trauerpersonen zu, die sich auf dem Weg in die Kirche befinden, und ist überrascht über Lauras Reaktion.

«Gut möglich!»

Heiri kann Paul relativ rasch dazu bewegen, aufzustehen und wenigstens die paar Schritte bis zur nächstgelegenen Sitzbank zu gehen. «Das glaub ich einfach nicht!», wiederholt Paul immer wieder. Doch auf Heiris Frage, was er denn nicht glaube, kriegt er keine Antwort.

Gute fünf Minuten später lässt sich Paul dazu bewegen, ihm zum Auto zu folgen. Zuvor kann es Heiri nicht unterlassen, noch einen Blick ins zerstörte Grab zu werfen. Sein Interesse gilt nicht dem Horrorbild, das sich ihm auftut, sondern der Art des Sprengkörpers. Er glaubt, Splitterreste einer uralten Handgranate zu erkennen. Eher aus dem Ersten als aus dem Zweiten Weltkrieg stammend, vermutet er und schüttelt stumm den Kopf.

Paul schreitet nun plötzlich zügig dem Parkplatz zu, als wolle er den Ort des Schreckens möglichst rasch hinter sich lassen. «Den werde ich übernehmen! Passt irgendwie zum ganzen Scheiß hier!», flucht er, als er als erstes Heiris R4 erreicht hat und den Parkbußenzettel unter dem Scheibenwischer hervorklaubt.

«Danke! Sehr rücksichtsvoll!», überbrückt und unterdrückt Heiri den eigenen Ärger über die Busse und wundert sich über den klaren Kopf, den Paul nun plötzlich wieder zu haben scheint.

Auf der Fahrt nach Aarberg bohrt Heiri nach, was er mit: «Das glaub ich einfach nicht!» gemeint habe. Doch Paul gibt vor, sich nicht mehr an diese Aussage zu erinnern. «Wahrscheinlich stand ich unter Schock, oder es ist wieder meine Demenz, die mir die Erinnerung geraubt hat!», begründet er sein Vergessen.

Obwohl Heiri mit «Schon gut!» antwortet, ahnt er eine Ausrede dahinter. Hat Paul den Attentäter etwa erkannt und will seinen Namen auf keinen Fall preisgeben?

4

Zu Hause angelangt, lässt sich Heiri völlig geschafft ins Sofa fallen. Er, der von der gestrigen stundenlangen Autofahrt noch richtig gerädert ist, fühlt sich durch die Lawine von Eindrücken und Gefühlsbädern diesen Morgens total schlaff.

«Mann, Mann, Mann!», schimpft er vor sich hin. Vergebens versucht er sich zu entspannen, auch weil sich Leere im Magen bemerkbar macht. Rasch geht er in die Küche, um mit einer Familienpackung Joghurt und einem doppelten Espresso zur Stärkung zurückzukehren. Hastig, wie damals zu Studienzeiten, löffelt er das Heidelbeerjoghurt in sich hinein. Am noch viel zu heißen Kaffee verbrennt er sich gleich noch die Zunge. «Verdammte Scheiße!», flucht er und meint damit nicht etwa nur seine schmerzende Zunge. Vielmehr kristallisiert sich in seinem Nachsinnen die Gewissheit heraus, dass ihm auch in der Fortsetzung des Aarberger Krimis – den er mehr oder weniger schon als abgeschlossen betrachtet hatte – eine höchst unangenehme Rolle zukommt. Belastend ist, zu wissen, dass er, um wieder zur Ruhe finden zu können, geradezu zum Mitmachen gezwungen wird.

«Ich habe keine andere Wahl!», seufzt er und spürt, dass die Entscheidung hierfür eigentlich schon in Bern gefallen ist. Also nichts wie los! Was liegt näher, als dem Hause Zesiger, solange Giulietta noch in Bern an der Trauerfeier weilt, einen Besuch abzustatten? Nicht umsonst hat Jean-François sie heute Morgen als Zielperson Nummer eins bezeichnet. Ihr divenartiger Auftritt und die schon fast demütige Haltung des waffentragenden Pastors bei ihrer Begrüßung, das ehrerbietige Verhalten des Botschafters und seines früheren Chefs Weibel der Mutter des Mörders gegenüber – das war doch alles sehr speziell und würde schon fast Stoff für einen billigen Italo-Western liefern. Hinzu kommt noch das Pressebild, das beweist, dass Giulietta sich in einer ultrakatholischen Gruppe bewegt. Rasch findet er am Schlüsselbrett den Ferienschlüssel zu Zesigers Haus.

Das Haus scheint verlassen. Doch Vorsicht ist trotzdem geboten. Was, wenn Giulietta frühzeitig von der Beerdigung zurückgekehrt ist? Kein Fenster außer dem WC-Fenster im ersten Stock steht offen. Er hört auch keine Geräusche wie zum Beispiel Wasser laufen oder Musik, die auf einen Bewohner deuten könnten. Auch das Spähen durch den gläsernen Wintergarten lässt ihn keine Schlüsse ziehen. Ein seltsames Wimmern lässt ihn zusammenfahren. Ist doch jemand im Haus?, fragt er sich. Aber nein, die seltsamen Geräusche kommen aus einer anderen Richtung. Er folgt ihnen. Sie führen ihn hinters Garagenhäuschen, das sich neben dem Wohnhaus befindet. Er erschrickt, als er das immer noch ganz neu ausschauende blaue Regenfass vor sich stehen sieht, aus dem jämmerliche und lauter werdende Geräusche an sein Ohr dringen. Auch Kratzgeräusche sind zu vernehmen. Ein kleiner Schauer fährt über seinen Rücken, obschon er die Jens-Geschichte längst hinter sich weiß. Die mysteriöse zum heutigen Geschehen absolut passende Szene entschärft sich rasch, als er im recht gut gefüllten Regenfass eine junge zappelnde Katze vorfindet. Er packt sie am Kragen und befreit sie aus ihrer misslichen Lage. Sie muss beim Versuch, Wasser zu trinken, reingefallen sein, vermutet er, während er sich zur Haustür begibt und klingelt.

Längst hat er sich die Ausrede zurechtgelegt, den Ferienschlüssel zurückgeben zu wollen, falls Giulietta ihm öffnen sollte; doch die kann ja gar noch nicht zurück sein und befindet sich wahrscheinlich noch unter den Trauergästen im Restaurant. Auch nach dem dritten Klingeln regt sich nichts.

Ein Druck auf die Türklinke genügt, und Heiri wäre beinahe vorwärts ins Entrée gestürzt, denn die Tür war nicht verschlossen. Ist da doch jemand? Gleich in die Offensive gehen ist am besten, denkt er instinktiv, und ruft laut nach Giulietta. Nichts regt sich. Heiri schleicht sich bis zur Gießkanne vor und ergreift sie. So könnte ich behaupten, nur die Pflanzen gießen zu wollen. Er geht von Zimmer zu Zimmer und pocht vor dem Betreten der Räume zuvor an jede Tür, um eine mögliche Reaktion abzuwarten.

Hat sie vor Aufregung vergessen, ihr Haus abzuschließen?, fragt er sich, oder ist vielleicht eine Freundin oder so da, um sie durch die schwere

Zeit zu begleiten? Erst als er sich ganz sicher ist, dass tatsächlich niemand im Haus ist, beginnt er sich in den ihm unbekannten Räumen umzusehen. Beim Blick in Giuliettas Schlafzimmer erschrickt er heftigst und weicht einen Schritt zurück. An der gegenüberliegenden Wand, die wegen der zugezogenen Vorhänge im Dunkeln liegt, zeichnen sich die Konturen einer Frauengestalt ab.

Giulietta? Unmöglich! Diese Figur ist viel zu korpulent! Vorsichtig zieht er die Vorhänge leicht auseinander. Der Lichtstrahl lässt ihn in die Augen einer menschengroßen Statue blicken. Fasziniert und zugleich verblüfft nimmt er wahr, dass es sich bei diesem Angst einflößenden Wesen um den gleichen bewaffneten schwarzen Engel handelt, den er auf der im Kies liegenden Bibel gesehen hat. Ein furchterregendes, mit Schwert und Kreuz bewaffnetes schwarzes Weibsbild! Auf dem Schaft des Schwertes steht *Deus lo vult* geschrieben. Gott will es, oder so!, übersetzt Heiri in schwacher Erinnerung an seine spärlichen, aber doch manchmal nützlichen Lateinkenntnisse.

Was zum Teufel soll hier in Gottes Willen abgehen?, fragt er sich und starrt ungläubig auf den beim Fußende des Bettes aufgebauten Altar. Was steckt hier dahinter? Kann eine Frau wie Giulietta, die nicht mit ihren weiblichen Reizen geizt, so fromm sein und sich Nacht für Nacht von einem «Kampfengel» bewachen lassen?! Leidet sie eventuell unter Angstneurosen, weil sie sich vom wahren Glauben abgewandt hat? Neben der musealen Büste hängen an der Wand Fotos von mit Schwertern und Kreuzen bewaffneten Geistlichen. Hellwach tritt Heiri näher, um diese genauer zu betrachten. Die mehrheitlich bereits vergilbten schwarzweißen Fotos, die fast vollständig mit Legenden in portugiesischer Sprache versehen sind, zeigen weiße Prediger, die im afrikanischen Busch auf ganze Sippschaften von Schwarzen einreden. Aber auch Vereidigungen von jungen Schwarzen, die mit einer Waffe und einem brustgroßen christlichen Metallkreuz ausgestattet werden. Was hat das alles zu bedeuten? Heiri entdeckt auf den meisten Bildern auch Banner mit der Aufschrift *Deus lo vult*!

Viele der unverständlichen handschriftlich angefügten Texte sind mit dem Namen Fernando da Costa bestückt oder unterzeichnet. Die seltsamen Firmungen werden von ein und demselben Mann vorgenommen.

Er trägt einen mittelalterlich anmutenden Umhang wie der Pater von heute Morgen, konstatiert Heiri. Vieles deutet darauf hin, dass der Leader da Costa heißt, gleich wie Giulietta Zesigers lediger Name. Liegt da vielleicht eine Verwandtschaft vor? Dieser Fernando könnte aufgrund der mit Jahreszahlen versehenen Bilddokumente ihr Urgroßvater gewesen sein!

Vielleicht hat Giulietta Heimweh nach dem Afrika ihrer frühesten Kindheit, wo sie sich geborgen fühlte in der Familie und in einem starken Glauben. Heiri erinnert sich an die Aussage seiner Frau Rita, die erwähnte, Giulietta da Costas Vater sei ein portugiesischer Missionar gewesen. Der streng katholische Glaube habe stark auf Giulietta abgefärbt. Alles gut und recht, doch was soll diese Militanz, dieses Kriegerische? Es gibt doch keine Kreuzritter mehr! Sind wir jetzt wieder im Mittelalter angekommen? Kürzlich ließ ein italienischer Politiker im Karikaturenstreit zwar verlauten, er würde sich gerne an die Spitze einer neuen Kreuzritterbewegung stellen, um gegen den Islam vorzugehen. Aber das war doch reine Polemik!

Gut, diese Fotos stammen alle aus den ersten Jahren des vorigen Jahrhunderts! Damals gab es viele «unheilige» Allianzen von Nationalismus und der Katholischen Kirche. Doch diese Zeiten sind längst vergessen und deren Verherrlichung irgendwie völlig daneben. Deshalb praktiziert Giulietta diesen privaten Kult wohl auch nur in ihrem stillen Kämmerlein.

Mit einem Schlag schämt sich Heiri ein wenig, im Privatleben dieser von Schicksalsschlägen wahrlich nicht verschonten Nachbarin herumzuschnüffeln. Bedächtig zieht er die Vorhänge, als wolle er damit den ganzen Spuk vergessen machen und begibt sich, nachdem er die Gießkanne wieder an ihren angestammten Platz gestellt hat, zurück nach Hause. Dort hängt er den Ferienschlüssel an seinen Stammplatz zurück, überlegt kurz, was zu tun sei und kommt zum Schluss, sich auf eine kleine Radtour zu begeben, um sein Hirn durchzulüften, wie er zu sagen pflegt. Rasch durchs Stedtli und dann via Spins auf eine kleine Frienisbergtour, plant er, um hoffentlich der lästigen Nebelsuppe zu entfliehen. Irgendwo an der Sonne einen kleinen Apéro, dann zu Hause duschen und später möglichst unvoreingenommen zum Essen mit Laura ins *Commerce*.

Sein Vorhaben will jedoch nicht recht gelingen. Weiter als ins Aarberger Stedtli kommt er nicht. Eine im Vorbeifahren gemachte Beobachtung lässt ihn abrupt anhalten. Soeben ist nämlich Paul aus der Filiale der Raiffeisen-Bank getreten und sieht sich, wie es Heiri scheint, ängstlich um. In seiner rechten Hand trägt er ein prallgefülltes, weißes A3-Couvert, das er mit der linken Hand abzuschirmen versucht. Bevor er Richtung Holzbrücke losmarschiert, dreht er sich auf dem Absatz nochmals um. Ungefähr so wie es unser früherer Aarberger Stedtli-Sheriff zu tun pflegte, wenn er aus der sicheren Polizeistube hinaus ins unsichere Freie trat. Ganz Aarberg hat sich damals insbesondere bei seiner Rückkehr amüsiert. Wie ein eingeübtes Ritual hat sich der Uniformierte jeweils nochmals auf der Ferse gedreht, um sich mit einem Kontrollblick zu vergewissern, dass alles ruhig ist. Dieses Wildwestgehabe war in der Tat filmwürdig und ist so manchem Aarberger in Erinnerung geblieben.

Heiri kann sich ein leichtes Schmunzeln nicht verkneifen, obwohl sein Blick ganz auf Paul fokussiert ist. Hat Paul so viel Bargeld abgehoben – Jens' Geld? Plündert Paul jetzt dessen ominöses Konto? Veruntreut er vielleicht das Geld unserer Stiftung? Er beobachtet, dass Paul nicht etwa zu seinem Wagen geht, sondern eilenden Schrittes die Holzbrücke anvisiert. Heiri, der beim oberen Stedtlibrunnen haltgemacht und sein Rad hinter einem der vier Ahornbäume geparkt hat, ist sich sicher, dass Paul ihn nicht gesehen hat.

Vorsichtig folgt er ihm. Ein korpulentes Ehepaar, das zufälligerweise genau zur selben Zeit direkt hinter Paul stadtauswärts geht, gibt ihm Deckung. Schon fürchtet Heiri, ihn auf der langen dunklen Holzbrücke aus den Augen verloren zu haben, als er ihn links auf das UBS-Gebäude zugehen sieht.

Tatsächlich verschwindet er sogleich in der Schalterhalle. Sehr verdächtig! Heiri folgt ihm in gemessenem Abstand und überlegt sich bereits eine Ausrede für ein vielleicht unvermeidbares Zusammentreffen.

Wenn einer sich für sein Tun zu rechtfertigen hat, dann Paul. Im Übrigen haben auch Rita und ich unser Geld, oder besser unsere Hypothekarschulden, bei der UBS. Trotzdem wäre mir lieber, wenn er nichts von meiner Beschattung erfahren würde. Heiri schleicht sich zum Bankomaten im linken Eingangsbereich. Von da sieht er durch die Glastür problemlos in die gut überblickbare Schalterhalle. Was er nun aus seinen Augenwinkeln zu sehen bekommt, übersteigt all seine Erwartungen.

Bündelweise übergibt Paul Anita nämlich Banknoten. So viel Geld hat Heiri höchstens einmal im Fernsehen bei einer Lösegeldzahlung in einem für einen Kontrollblick geöffneten silberfarbenen Koffer gesehen. Er kommt aus dem Staunen kaum mehr heraus. Und Paul jongliert mit diesem Geld, als wäre es das Natürlichste auf der Welt. Heiri wundert sich auch, dass Anita diese Bündel in einer Selbstverständlichkeit sondergleichen entgegennimmt.

So funktioniert also die stark proklamierte Weißgeldstrategie. Unglaublich!, denkt Heiri verblüfft und schleicht sich dann vorsichtig und ohne von Paul gesehen zu werden, davon. Schon auf der Holzbrücke nimmt er sich vor, der ganzen Sache nachzugehen. Zum Glück kennt in Aarberg jeder jeden, denkt er, und er erinnert sich nach Jahren an sein Patenkind Peter, der als Filialleiter der Raiffeisen-Bank amtet. Den werde ich jetzt gleich aufsuchen, um Paul auf die Schliche zu kommen. Das waren wohl mindestens eine halbe Million Franken, vermutet Heiri. Und Paul trägt sie mit blossen Händen quer durch Aarberg. Und das in der heutigen Zeit, wo alle Überweisungen und Transaktionen doch elektronisch erfolgen. Das schreit förmlich zum Himmel.

Widerwillig steigt sein Misstrauen seinem Freund gegenüber wieder an. So langsam traue ich Paul alles zu. Paul, die Güte in Person. Paul, von dem es im Volksmund heißt, dass er noch sein letztes Hemd für Afrika hergeben würde! Ein Betrüger und Gauner, Entführer und Mörder?! Heiri merkt, dass er beinahe die Beherrschung verliert. Haben wir unsere Spendengelder nicht auch auf ein UBS-Konto einbezahlt? Hat er unser aller Geld veruntreut? Heiri gerät bei diesem Gedanken vollends in Rage und bleibt vor der Raiffeisen-Bank wohlweislich ein paar Sekunden stehen, um sich zu fassen.

Hier werden sie mir wegen der Diskretionspflicht wohl keine stichhaltigen Auskünfte über Pauls Geschäfte geben. Doch einen Versuch ist es mir wert. Beim Eintritt überspielt er dann seine Nervosität mit einer ruhigen Stimme, stellt sich vor und fragt die Dame am Schalter nach seinem Patensohn.

«Sie haben Glück, der Chef ist heute ausnahmsweise hier. Ich werde Sie melden, Herr Weber. Ein andermal bitte ich sie aber unbedingt, uns vorher telefonisch zu kontaktieren, um einen Gesprächstermin mit Herrn Bürgi auszumachen.»

«Selbstverständlich. Ich war nur gerade…»

«Ist schon in Ordnung», sagt eine tiefe, sonore Stimme hinter ihm, «für meinen Götti Heiri habe ich doch immer Zeit! Komm, wir gehen in mein Büro.» Und schon streckt ihm Peter zum Gruss seine rechte Hand entgegen.

«Du überrennst mich ja nicht gerade mit Besuchen, hhm – und wie geht es dir, was hast du auf dem Herzen? Willst du dein Grundstück doch diesem Jens Zürcher, oder wie er heißt, verkaufen? Du weißt, in unserem Kaff vernimmt man alles.»

«Jens Zesiger, meinst du», erwidert Heiri, um das Stichwort gleich aufzunehmen. «Der ist übrigens heute beerdigt worden – aber diese Geschichte müsstest du eigentlich kennen –, nein, es geht mir mehr um eine soeben beobachtete, höchst merkwürdige Geldtransaktion von Paul Krebs.»

«Unseren Paul, meinst du?» Peter stellt sich etwas naiv.

Es kann ja nicht sein, dass in diesem Kleinbetrieb eine halbe Million über den Ladentisch geht, ohne dass der Chef genauestens darüber informiert ist, überlegt Heiri. Und was sollte die Frage, ob er sein Haus an jemanden verkaufen wolle, der bereits unter der Erde liegt?

«Ja, der Paul war hier! Spionierst du jetzt deinen Freunden nach? Einmal Kriminalist, immer Kriminalist, nicht wahr?» Peter lässt ein paar Sekunden angespannter Stille verstreichen. «Du verstehst doch sicher, dass ich dir da nicht weiterhelfen kann? Aber sag: Was hast du Verdächtiges beobachtet?», fügt er mit einer Art Vorwärtsstrategie geschickt an.

Heiri geht nun selber in die Offensive: «Sicher ist es mit dem Gesetz unvereinbar, dass ein alter Mann mehrere Hunderttausend Franken bei dir abhebt, diese dann durchs Aarberger Stedtli trägt, um sie dann in einem Schließfach oder auf einem Konto der UBS zu verstecken! Du beziehungsweise ihr seid doch auch an Gesetze gebunden…»

«Willst du mir etwa drohen?», fragt Peter nun sichtlich enerviert. «Suchst du Streit mit mir oder was?»

«Entschuldige, nein!», beschwichtigt Heiri, der merkt, dass er mit diesem massiven Vorwurf an Peters Adresse weit übers Ziel hinausgeschossen hat. «Ich mache mir ganz einfach Sorgen um Paul. Du weißt, dass er an Demenz erkrankt ist, nicht wahr? Vielleicht müsste man ihn bevormunden, verstehst du? Bist du sicher, dass er weiß, was er mit dem vielen Geld tut? Gehört es überhaupt ihm? Ist es Geld seines Hilfswerks, das er veruntreut? Habe ich nicht auch deinen Namen auf der Gönnerliste gesehen? Ich möchte dich einfach warnen und dir sagen, dass in seinem Umfeld in den letzten Tagen und Wochen – gelinde gesagt – sehr merkwürdige Dinge passieren!»

«Sorry, Götti, ich wollte dich vorhin nicht brüskieren. In Bezug auf Paul kann ich dich etwas beruhigen. Wahrscheinlich hat er das viele Geld genau unserer Stiftung zukommen lassen. Zugegeben, Paul ist noch etwas altmodisch, was die Überweisungsmethode anbelangt. Du kannst deine Nachforschungen ruhen lassen. Unsere Bank und die UBS haben nach wie vor vollstes Vertrauen in ihn, wenn du verstehst, was ich sagen will!»

«Oder stammt das viele Geld vom verstorbenen Jens Zesiger? Immerhin hat Paul ihm während Jahren das Studium und den Lebensunterhalt bezahlt. Paul hätte also bestimmt eine Art Rückzahlung zugute! Hatten sie vielleicht ein gemeinsames Konto bei euch?»

Peter errötet bei dieser letzten Frage, springt entschlossen von seinem Drehstuhl auf und weist seinem Götti den Weg.

«Jetzt hast du den Bogen definitiv überspannt! Ich kann dir doch nicht über ganz Aarberg Auskunft geben. Ich hoffe, wir sehen uns bald bei anderer, weniger peinlichen Gelegenheit!», faucht er und drückt Heiri zum Abschied flüchtig die Hand.

«Tut mir leid!», entschuldigt sich dieser. «Ich wollte dich nicht in Verlegenheit bringen, glaub mir! Herzliche Grüße an deine ganze Familie.» Mit einem tiefen Seufzer tritt Heiri ins Freie, während Peter rasch in seinem Büro verschwindet.

Peters Reaktion war eindeutig. Es gibt oder gab also einen Deal oder gar ein gemeinsames Konto von Paul mit Jens. Jedenfalls hat Paul ohne Probleme viel Geld, höchstwahrscheinlich einen großen Teil der übrig gebliebenen Börsengewinne von Jens, transferiert, vermutet Heiri. Vielleicht hat Paul mit Jens' Hilfe selber große Aktiengewinne eingefahren. Fragt sich, womit sich innert weniger Jahre solche Gewinnmargen erzielen lassen und woher Paul das nötige Anfangskapital hatte. Wieder taucht der Verdachtsmoment der Stiftungsgelder auf. Paul wäre in der Tat nicht der erste Wohltäter, der in einer Selbstverständlichkeit Gelder aus der Stiftung veruntreut und sie für sich privat abgezweigt hat, weiß Heiri.

Paul wird doch nicht etwa mit Jens in den Rohstoff- oder Waffenhandel eingestiegen sein! Wie paradox und menschenverachtend wäre das denn! Heiri erinnert sich auch an Jean Zieglers Buch über den Warenhandel großer Konzerne, bei dem zum Beispiel Weizen so lange in riesigen Silos lagert, bis es zu einer weltweiten Verknappung kommt und der Preis für wichtige Grundnahrungsmittel künstlich in die Höhe getrieben wird.

Heiri meint von sich, eine gute Menschenkenntnis zu haben. Konnte er sich in seinem Freund Paul so getäuscht haben? Nein, nein und nochmals nein! Paul gehört zu den Wohlhabenderen in der Region Aarberg, für die es nichts Besonderes ist, Bankkonti mit Vermögen von einer halben Million oder gar mehreren Millionen Franken zu besitzen. Aber etwas an Pauls Verhalten irritiert Heiri. Irgendetwas ist faul.

Er ist immer noch am Grübeln, als er sich anschickt, seine Velotour fortzusetzen.

«Hallo Heiri, na endlich zurück aus deinem Frankreichurlaub!», grüßt ihn eine wohlbekannte Stimme. Bevor Heiri auf Sokrates' Gruss reagieren kann, hält ihm dieser bereits ein Plakat unter die Nase.

«Schau, lies!», fordert ihn sein ungewohnt übermütiger Freund auf. «Da staunst du, nicht wahr!»

«Allerdings!», antwortet Heiri nüchtern. Rasch hat er auf dem Plakat die mit rotem Pinsel durchgestrichenen Religionssymbole, wie das Fischlein der Christen, den Leuchter der Juden und andere erfasst und die Überschrift *Gründungsversammlung der konfessionsfreien Partei der Schweiz* gelesen.

«Euch kann man keine Woche allein lassen, und schon baut ihr Mist!», fügt er nicht ganz ernst gemeint an und brüskiert damit Sokrates ein wenig.

«Hey, hey, schlecht gelaunt? Komm, ich lade dich zu einem *Pastis à la française* ein, es besteht offensichtlich Erklärungsbedarf! Hat dir der feuchtkalte Seelandnebel aufs Gemüt geschlagen?»

Heiri gibt klein bei und folgt seinem Freund ins *Commerce*. Bestimmt kann mich Sokrates etwas updaten und mich so ein wenig auf den Austausch mit Laura heute Abend vorbereiten. Im Ungewissen zu schwimmen, ist äußerst unangenehm. Er erklärt Sokrates, dass er seine Infos aus dem Zeitungsbericht habe.

Dieser bestätigt ihm die Vermutung, dass er die Ohnmacht gegenüber den Geschehnissen auf dieser «mir fremd gewordenen Welt», wie er es formulierte, nicht mehr in sich hineinfressen wolle.

«Ich als abgeschobener Geisteskranker habe eh nichts mehr zu verlieren, verstehst du. Die Erkenntnis, dass selbst unser nächstes Umfeld am Räderwerk des Bösen mitschraubt, kann und will ich nicht hinnehmen. Ich kann im Spannungsfeld von Besserwisserei, Misstrauen und Intrigen nicht länger leben. Mit dem Forum der Religionen wollten wir die Fronten, die aus taktischen und individuellen Gründen vertuscht werden, aufdecken. Das ist uns ja gelungen, oder nicht? Selbstverständlich waren wir provokativ. Dass du dies hinterfragst, verstehe ich. Doch ohne Aufdeckung der Missstände macht unsere Arbeit wenig Sinn. Der Revolutionär hat wegen dem Fall Jens deinen alten Spezi Jean-François kennengelernt und arbeitet jetzt eng mit ihm zusammen. Dein welscher Freund hat, wie du bestimmt auch gelesen hast, die totale Eskalation zwischen den Glaubensgruppierungen am Forum-Abend verhindert. Es hat sich eindrücklich bestätigt, dass es nebst der Bieler Gruppierung von Islamisten auch auf christlich-katholischer Seite kampfbereite Individuen gibt. Dass dabei Leute aus unserem Umfeld wie Giulietta Zesiger agieren, ist für mich erschreckend und beängstigend. Selbst in unserer Klinik in Aarberg, in deinem und meinem nächsten Umfeld, schwelt der Machtkampf der Religionen. Versteh doch, ich habe aus tiefster innerer Not gehandelt. Wir können doch nicht mit Menschen zusammenleben, die aus ideologischen und Glaubensgründen Hass verbreiten und zu Gewalt aufrufen!»

Heiri nickt. Er hat seinen Freund ausreden lassen und bestätigt ihm, in vielen Punkten gleicher Meinung zu sein. «Deine Grundabsicht kann ich sehr gut nachvollziehen. Erzeugt ihr aber mit eurer Plakataktion, mit den durchgestrichenen Glaubenssymbolen und der Forderung auf Abschaffung der Religionen nicht nur neuen Hass? Manövriert ihr euch dadurch nicht selbst auf ein Abstellgeleis? Sind Atheisten, die mit ihrem Nichtglauben hausieren gehen, in den Augen von Menschen, die in ihrer Religion Trost finden, nicht einfach nur Wichtigtuer?»

«Okay, okay, hier kann unsere Diskussion beginnen! Leider fehlt uns aber hier und jetzt die Zeit, denn ich muss ins *Heim* zurück. Du weißt, um siebzehn Uhr dreißig ist Nachtessen angesagt… Gerne würde ich dieses Gespräch möglichst bald mit dir weiterführen. Die größte Bitte an dich wäre, uns beim Aufdecken eines Skandals behilflich zu sein. Wer weiß, vielleicht hat Paul selbst Stiftungsgelder veruntreut. Immerhin war er lange mit dieser fanatischen Giulietta da Costa, wie sie früher hieß, zusammen. Ein anderer Verdacht fällt auf Silvias Mann, der sich im Rathauskeller für die Gruppierung der *Erzkatholischen* stark gemacht hat.

Im Weiteren fürchtet Paul, sein Enkel Konrad, der Bruder von Sarah, sei als Islamist in den Heiligen Krieg gezogen. Seit er vor einem Jahr aus Pauls Wohnung ausgezogen sei, habe Konrad jeglichen Kontakt zur Familie und nach Aarberg abgebrochen. – Aber jetzt muss ich, definitiv. Ahoi alter Kumpel.»

Während Sokrates aufsteht und sich noch per Handschlag verabschiedet, muss Heiri an die ungläubigen Worte Pauls auf dem Friedhof denken. Erst die Frage der Serviertochter: «Na, Herr Weber, essen wir noch etwas bei uns?», weckt ihn aus seinen Gedanken auf.

«Eh, ja, aber erst um neunzehn Uhr. Den Tisch habe ich schon vor Wochen reserviert», antwortet er noch völlig in Gedanken versunken und verabschiedet sich dann.

«Der Tisch ist selbstverständlich reserviert!», ruft ihm die Serviertochter hinterher.

5

Bestimmt werden Laura und mir die Themen bei unserem Tête-à-Tête nicht ausgehen, denkt Heiri, als er sich nach dem Duschen neu einkleidet. Und auf einmal muss er sich eingestehen, dass die brisante Geschichte mit den unterschiedlichsten Konstellationen ihn doch sehr gepackt hat. Rasch holt er nochmals den Artikel über die Rathauskellerepisode aus seiner Schublade und beginnt das Bild mit einer Lupe nach einem jungen rotbärtigen Islamisten abzusuchen.
Würde ich auf diesem Bild Konrads Gesichtszüge überhaupt erkennen? Ich habe ihn als scheuen, zurückhaltenden Knaben im Gedächtnis, der laut Pauls Aussagen später große Mühe hatte, seinen Weg zu finden. Und nun scheint er den Halt im islamischen Glauben gefunden zu haben und sprengt Gräber von Ungläubigen, um seinem neuen Gott zu gefallen... Alles nur Vermutungen, nichts als Spekulationen und Klischees!, ärgert sich Heiri über sich selbst und gibt die Suche nach Konrad auf.
Beim Aufblicken erschrickt er. Durch das Fenster sieht er den Gesuchten mit einer Pistole in der Hand aus Zesigers Haus rennen. Rasch stülpt Konrad den Helm über, startet seine rotweiße Motocrossmaschine und drischt davon.
Gebannt starrt Heiri auf die offen gelassene Tür, in der soeben ein älterer untersetzter Mann auftaucht. Unglaublich, wenn das nicht der Pfarrer von heute Morgen ist...» Er beobachtet, wie der leicht ergraute südländische Typ zur Garage eilt und Sekunden später mit Jens' schwerem Motorrad die Verfolgung aufnimmt.
Wird mir jetzt die Fortsetzung des Geburtstagskrimis auch wieder auf dem Silbertablett präsentiert? Vielleicht hat jemand ein zweites Drehbuch... Blödsinn! Niemand aus meinem Umfeld hätte ein zweites Mal mitgespielt!, ist sich Heiri sicher. Er schlüpft in seine Halbschuhe und rennt durch den Garten zu Zesigers Haus. Dabei malt er sich schon aus, was alles geschehen sein könnte.

«Hallo, Frau Zesiger!», ruft er durch die offene Tür ins Haus und tritt unaufgefordert ein. Vom Flur aus nimmt er ein leises Wimmern wahr. Wenigstens lebt sie noch. Er folgt den jammervollen Tönen. Sie kommen eindeutig aus Giuliettas Engelzimmer, stellt Heiri beim Näherkommen fest.

Der Anblick, der sich ihm beim Übertreten der Schwelle bietet, ist erschreckend. Giulietta liegt in zerrissenen Kleidern am Boden und hält den abgeschlagenen Kopf des schwarzen Engels in ihren Händen. Alles ist voller Scherben und Splitter. Der Motorradfahrer hat ganze Sache gemacht. Nebst dem Engel und dem Altar hat er auch sämtliche Bilder von den Wänden gerissen. Der rechte Unterarm Giuliettas ist mit Brandmalen von ausgedrückten Zigaretten übersät. Rauch hängt im Raum.

«Dieser Scheißkerl. Ich wollte sowieso meine Zelte hier abbrechen und nach Portugal ziehen!», jammert die kleine zierliche Frau, bevor sie wieder in sich zusammenfällt. Es dauert mehrere Minuten, bis sie wieder ansprechbar ist und sich ohne große Widerrede von Heiri in die Notfallstation des Aarberger Spitals fahren lässt. Wenigstens die Foltermale, die Heiri zu Beweiszwecken fotografiert hat, müssten medizinisch behandelt werden, weiß er.

«Er hat mir mit dem Tod gedroht, falls ich nicht sofort aus dem Seeland verschwinden würde. Die Schmerzen hat er mir zugefügt, um seiner Drohung Nachdruck zu verleihen, aber auch um mehr über unsere religiöse Gemeinschaft in Erfahrung zu bringen. Zum Glück kam mich Paolo wie geplant besuchen. Ihm gelang es dann, Konrad in die Flucht zu schlagen!» Trotz ihrer Schmerzen wirkt Giulietta erstaunlich gefasst und kann auf der Fahrt nach Aarberg klar sprechen. Heiri hält seine Fragen zurück, die ihm auf der Zunge brennen.

Wie wenn bei der bedauernswerten Frau alle Dämme brechen würden, beginnt sie, Heiri ihre Lebensgeschichte zu erzählen. Sie beginnt dabei bei ihrer Kindheit, dem schrecklichen Tag des Überfalles und der Zeit in Pauls afrikanischer Schule. Im Zentrum steht aber immer wieder der Kampf der Religionen, der in ihrem Heimatland seit Jahrzehnten tobt. Sie erzählt von ihrem Urgroßvater und Großvater, die in Afrika das Christentum gegen den sich ausbreitenden Islam – wenn nötig auch mit Waffen – verteidigten. In ihrer Erzählung schwingt viel Bewunderung mit. Ihr Vater habe bis zum Tag des Überfalls der Utopie nachgelebt, mit Gottes Hilfe sei alles auch friedlich zu regeln, man müsse die Leute nur vom christlichen Glauben überzeugen.

«Nach dem Auseinanderbrechen unserer Familie trat er dann mutig in die Fußstapfen seiner Vorfahren und schloss sich den *modernen Kreuzrittern* an. Als Symbol ehren wir den schwarzen, mit Kreuz und Schwert ausgestatteten Engel. Schwarz, weil es darum geht, die afrikanischen Christen zu verteidigen und unseren Glauben unter den Schwarzen zu verbreiten», erklärt sie ihrem aufmerksamen Zuhörer.

«Etwas muss gegen den IS und die in meinem Heimatland wütenden Boko-Haram-Schergen getan werden, verstehen Sie?!»

Um Giulietta nicht zu unterbrechen, nickt Heiri leicht. Diese Geste genügt, damit sie tapfer weiterspricht, obwohl Heiri den R4 längst vor dem Notfalleingang des Regionalspitals geparkt hat.

«Wenn unsere offizielle Kirche weiter so schwächelt, wird sich der fundamentalistische Islam wie ein Geschwür über die ganze Welt ausbreiten. Gerade das Beispiel Konrad zeigt, wie verheerend der Einfluss dieser Gotteskrieger auch auf Europa ist. Konrad, Pauls Enkel, der streng katholisch erzogen wurde, hat nicht nur die Seite gewechselt, nein, er kämpft nun auch gegen sein eigenes Blut. Armer Junge! Er macht sich Infos zunutzen, an die er niemals hätte kommen sollen, und versucht, unseren kleinen Kreis der hier lebenden *Retter des Christentums* zu zerstören. Eher früher als später wird er sich dabei den Kopf einschlagen. Er gehört eingesperrt, als Grabschänder, Folterer und militanter Islamist!»

Giulietta scheint es nicht eilig zu haben, auszusteigen und sich in die Notfallstation zu begeben. Sie spricht mit leiser Stimme weiter: «Es wird uns niemand verbieten können, Geld zu sammeln, um unsere Leute in Afrika im Kampf gegen islamistische Terrorbanden wenigstens finanziell zu unterstützen. Denn jeder Bürger dieses Landes trägt Verantwortung für diese Misere. Sämtliche Waffenlieferungen, sämtliche Kriegseinsätze, Lieferungen von Hilfsgütern, die dann in falsche Hände geraten, müssten gestoppt werden. Wie naiv sind wir eigentlich, zu glauben, das hätte nichts mit uns zu tun?» Sie schaut Heiri bitter lächelnd von der Seite an.

«Wir sollten uns um Ihre Verletzungen kümmern, aber reden Sie weiter, wenn Sie noch mögen und es für Sie wichtig ist.» Heiri spürt, dass Giulietta ihm noch mehr mitteilen will.

«Um keinen Aufruhr zu provozieren, haben wir bisher im Untergrund agiert. Doch nun sind die Geldlieferungen schwieriger geworden, nicht zuletzt wegen des Todes meines Sohns Jens, der mit allen Gruppierungen hüben wie drüben Geschäfte tätigte. Ich weiß, dass einige seiner Kontakte nicht sauber waren und dass er leider keine Skrupel kannte, auch mit mafiösen Organisationen Geschäfte zu machen. Unser Kreis geriet in Verruf und ist aufgeflogen, und deshalb werden wir uns neu organisieren. Niemand wird unseren Kampf für das Gute stoppen!»

Heiri, dem während Giuliettas Ausführungen plötzlich vieles klar geworden ist, zeigt sich angesichts ihres bedauernswerten Zustands und weil ihn ihr ganzes Elend irgendwie berührt, möglichst behutsam. Dort die Bösen, hier die Guten, als ob das so einfach wäre. Aber darüber mag er jetzt nicht debattieren.

«Ich verstehe voll und ganz, wie es Ihnen gehen muss», beginnt er vorsichtig. «Ich bedaure, was Ihnen oder dir – erlaube, dass ich vorschlage, uns zu duzen, ich wollte dir als meiner Nachbarin schon lange das Du anbieten – in deinem Leben alles widerfahren ist und dass Jens sich in eine so ausweglose Situation manövriert hat. Ich bewundere deine Stärke und deinen Mut. Ob eure Organisation legal handelt, müssen andere entscheiden. Meine persönliche Meinung zum Streit der Religionen spielt dabei keine Rolle. Ich bezweifle allerdings, dass Waffengewalt eine Lösung ist…»

Genau in diesem Moment bellt Heiris Handy los. Der Name Laura leuchtet auf. «Ist schon gut! Ich komme jetzt allein zurecht. Danke für Ihre, äh, deine Hilfe!», sagt Giulietta, steigt aus dem Auto und verschwindet im Notfalleingang.

Heiri stellt fest, dass es bereits zehn Minuten nach sieben ist. Laura wartet bestimmt schon im *Commerce* auf ihn. «Hallo Laura, sorry, ich komme gleich!» Sofort merkt er jedoch, dass etwas Unvorhersehbares passiert sein muss, denn er hört Lauras raschen Atemrhythmus.

Sogleich beginnt Laura dienstmäßig hastig zu rapportieren: «Brauche deine Hilfe. Bin im Bargenwald ganz in der Nähe der hinteren Waldhütte. Wurde soeben Zeugin eines tödlichen Unfalls, oder besser, einer Motorradverfolgungsjagd mit tödlichem Ausgang. Der Verfolger hat während der halsbrecherischen Fahrt zwei Schüsse auf den Flüchtenden abgegeben und sich nach dem Aufprall seines Opfers sofort aus dem Staub gemacht. Ich konnte nur noch den Tod des Verunfallten feststellen. Er trug keine Papiere auf sich, aber es könnte sich bei dem Toten um den Grabschänder von heute Morgen handeln. Meine Leute sind bereits unterwegs, aber du könntest den Toten eventuell identifizieren. Du hast ihn auf seiner Flucht besser sehen können als ich und erkennst vielleicht auch sein spezielles Motorrad wieder.»

«Bin schon unterwegs und in fünf Minuten bei dir.» Heiri bricht das Gespräch ab, um sich aufs Fahren zu konzentrieren. Vor der roten Ampel bei der alten Holzbrücke hat er einen Blitzgedanken. Eine Minute später fährt er bei Paul Krebs' Einfamilienhaus vor.

Er hat Glück, sein Freund hat es sich gerade vor dem Fernseher gemütlich gemacht. «Jetzt benötige ich deine Hilfe, mein Lieber. Könntest du mich kurz begleiten?»

«Es hat hoffentlich nichts mit meinem Geldtransfer zu tun. Ich habe deine Observierung nämlich mitbekommen!», bemerkt Paul. «Leider war ich immer noch zu feige, mich dir anzuvertrauen. Weißt du, ich habe heute endlich reinen Tisch gemacht!»

So kommt es, dass Heiri auf der kurzen Fahrt in den Bargenwald Paul gar nicht über das makabre Ziel aufklären kann. Paul scheint richtiggehend erlöst zu sein, diese Sache mit der Veruntreuung von Stiftungsgeldern bereinigt zu haben.

«Ich war einfach zu gutgläubig und habe Jens' Talent zur Geldvermehrung überschätzt. Zudem hat mir auch Traores Vater, der übrigens nächste Woche von seiner Regierung aus der Schweiz abgezogen wird, ein Schnippchen geschlagen. Nur um persönlich ein wenig Geld beim Verkauf unserer Schule mitzuverdienen, hat er ungeachtet aller Sorgfaltspflichten unseren Fraternité-Campus den Meistbietenden angeboten. Über Traore und Jens wurde das Geschäft abgeschlossen. Mbaye hat nun herausgefunden, dass aus meinem humanitären, afrikanischen Kind ein Schulungszentrum des Boko Haram geworden ist. Alle Lehrer und die meisten Schüler seien entlassen worden. Unglaublich!»

Paul scheint es nicht zu interessieren, wohin die Fahrt geht. Er plaudert munter weiter: «Dank der Hilfe des Revolutionärs, der Jens und Traore mit erpresserischen Mitteln einen Teil unseres Stiftungsgelds abluchsen konnte, stehe ich jetzt wenigstens nicht mehr als totaler Loser da! Den restlichen Betrag konnte ich durch den Verkauf meines Motorbootes und mit Erspartem ersetzen. Damit hoffe ich, dass mir der Stiftungsrat, den ich für nächsten Mittwoch zu einer Sitzung einberufen habe, den begangenen Fehler wird verzeihen können!»

Erst als Heiri in einen kleinen Waldweg abbiegt und man bereits den die Bäume beleuchtenden Lichtkegel von Lauras Auto sieht, hält Paul inne. «Wo führst du mich hin? Du weißt, zum Bargenwald, den ich als Knabe so gern mochte, habe ich seit deinem stieren Geburtstagskrimi ein gespaltenes Verhältnis! Es hängt doch nicht etwa mit dem schrecklichen Vorfall von heute Morgen zusammen. Doch nicht Konrad, oder?!»

Kaum hat Heiri seinen R4 hinter Lauras Auto zum Stillstand gebracht, reißt Paul die Beifahrertür auf und eilt Laura entgegen.

«Mist! Ich hätte Paul darauf vorbereiten müssen, was ihn hier erwartet», schimpft Heiri mit sich selbst und folgt seinem Freund zur Unfallstelle. Paul kauert bereits neben der Leiche seines Enkels und weint bittere Tränen. Laura legt ihm mitfühlend den Arm auf die Schulter und fragt: «War er es, der heute Morgen die Handgranate gezündet hat?»

Paul seufzt auf, ohne Antwort geben zu können.

«Ja, es ist Konrad, sein Enkel!», antwortet Heiri an Pauls Stelle. «Ich glaube, es gibt noch viel zu besprechen, doch er braucht jetzt ein wenig Zeit, um den Schock zu verdauen. Tut mir so leid, Paul! Ich schlage vor, dass wir uns bei uns zu Hause treffen, um den schrecklichen Tag in Ruhe aufzuarbeiten.»

In diesem Moment hört man zwei VW-Busse der Polizei heranbrausen. Laura erteilt ihren Kollegen, kaum angekommen, schon ihre Weisungen. Neben der Aufforderung, die Unfallstelle akribisch bildlich festzuhalten, weist sie darauf hin, die Leiche und das Motorrad nach Schusslöchern zu überprüfen. Zudem seien Reifenspuren des Verfolgers und mögliche Patronenhülsen oder Projektile einer Pistole zu suchen und aufzunehmen. Guten Gewissens übergibt sie die Polizeiarbeit dann ihrem jungen, wie sie später Heiri sagt, sehr zuverlässigen Assistenten.

Kurz darauf finden sich die drei im Haus von Webers wieder. Paul wirkt recht gefasst. Heiri erzählt von Konrads Überfall auf Giulietta und seiner Vermutung, der Verfolger könnte der Geistliche von heute Morgen gewesen sein.

«Paolo, Paolo da Costa!», unterbricht Paul. Laura und Heiri starren ihn an. «Ja, er ist Giuliettas Vater. Er und seine Familie haben dem Botschafter und mir viel zu verdanken. Deswegen hat Paolo sich bereit erklärt, für die Abdankung hierher zu reisen. Selbstverständlich hat er die Gelegenheit genutzt, uns endlich wiederzusehen. Alle haben sich darum gerissen, ihn beherbergen zu dürfen.

Bestimmt hat er seine Tochter vor weiteren Untaten Konrads und seiner islamistischen Freunde beschützen wollen und ihn deshalb auch verfolgt, um ihm einen Denkzettel zu verpassen. Töten wollte er ihn aber bestimmt nicht. Er weiß, dass mein Enkel Konrad, *en arme Siech* ist. Nie hat er im Leben den Rank gefunden! Der tödliche Autounfall seiner Eltern, als er zehnjährig war, hat ihm die Kindheit geraubt!»

Betroffen hören Laura und Heiri zu, wie Paul weitererzählt und ihnen das ganze Herz ausschüttet. Auch wenn Heiri das meiste schon kennt, lässt er seinen Freund ausreden.

«‹Lieber ein Ende mit Schrecken als ein Schrecken ohne Ende!›, würde Sokrates wohl das Schicksal meines Enkels und den Ausgang unserer Familiengeschichte kurz und sachlich beschreiben», hält Paul jetzt nüchtern fest. «Also bringen wirs zu Ende. Viele Probleme lösen sich fast wie von allein. Der Botschafter wird auf Geheiß seiner Regierung nächste Woche den Posten in der Schweiz räumen, Giulietta wandert nach Portugal aus, und Paolo kann ich euch gleich ausliefern, er übernachtet nämlich heute bei uns.»

Kaum hat Paul ausgeredet, klingelt es an Webers Haustür. Giulietta und ihr Vater stehen da und erweitern bald darauf den Kreis am Stubentisch. Beide sind sie sehr aufgewühlt und sind da in der Absicht, den Unfall im Wald mit der Fahrerflucht reumütig zu melden. In gebrochenem Deutsch und mithilfe seiner Tochter legt der Vater ein Geständnis ab. Mit Jens' Motorrad sei er Konrad gefolgt. Die zerschlagene schwarze Madonna und die Brandmale auf dem Unterarm seiner Tochter hätten seine grässlichen Erinnerungen an den Überfall auf die

Missionsstation aufleben lassen. Blind vor Wut gegen die Islamisten und deren Missetaten sei er Konrad gefolgt, um ihn ein für allemal davonzujagen. Und ja, er habe am Morgen auf Konrads Motorrad Schüsse abgegeben.

«In meinem Heimatland traue ich mich als christlicher Missionar längst nicht mehr ohne Waffe unter die Leute», versucht er sich zu rechtfertigen. «Ich habe Konrad übrigens kurz vor dem Unfall stellen können. Er war aber nicht bereit, mir zuzuhören, hat mir einen Fausthieb verpasst und ist dann mit Hohn- und Spottrufen weitergerast. Wie vom Teufel geritten bog er mit seiner Motocrossmaschine in den finsteren Wald ab, während ich meine Verfolgungsjagd aufgab und in meiner Verzweiflung noch ein paarmal in die Luft schoss.»

«Das tönt einigermaßen plausibel und deckt sich mit meinen Beobachtungen im Wald, trotzdem ist eine gründliche Untersuchung notwendig. Im Namen des Gesetzes sehe ich mich, trotz des Geständnisses, gezwungen, Sie, Herr da Costa, festzunehmen!»

Laura bittet Heiri, Giuliettas Vater zu bewachen, bis sie die Handschellen aus ihrem Wagen geholt habe. Den fragenden Blicken von Paul und Giulietta entgegnet Heiri in sachlichem Ton: «Ich an ihrer Stelle hätte genau gleich gehandelt. Vor dem Gesetz sind alle Menschen gleich!»

Heiris klare Worte scheinen die Situation entschärft zu haben. Paolo verhält sich ruhig, obwohl es Heiri nicht ganz klar ist, ob er sich der Konsequenzen der Festnahme ganz bewusst ist.

«Ich hoffe nur, dass dein Ex-Chef Weibel, dieses korrupte Schwein, sich nicht nochmals herausschummeln kann und endlich gefeuert wird», begehrt Paul auf. «Auch ich habe Mist gebaut, aber ich bin bereit, dafür zu büssen und werde mit dem Stiftungsrat reinen Tisch machen.»

«Richtig so! Die Hoffnung wächst, dass bald all die persönlichen Schatten, die Sokrates, unser Philosoph, umschrieben hat, kleiner werden und wir unseren Freundeskreis retten können!», spinnt Heiri den Faden weiter, als Laura in Begleitung ihres Assistenten zurückkehrt, um Herrn da Costa in die U-Haft nach Bern überführen zu lassen.

6

Drei Wochen später treffen sich Laura, Jean-François und Heiri zu einem klärenden Gespräch mit anschließendem Essen unter Freunden im *Commerce* in Aarberg. Damit alle auf den gleichen Stand gebracht werden, beginnt nach einem ersten Anstoßen gleich ein reger Austausch von Informationen.

Den Anfang macht Laura. Sie erklärt, die Akte Zesiger nun definitiv abgeschlossen zu haben. Herr da Costa sei nach eingehender Analyse freigesprochen worden. Weder an Konrads Körper noch an seinem Motorrad hatten Einschusslöcher gefunden werden können. Selbstverständlich sei das Abgeben von Schüssen im Freien nicht erlaubt. Die Verfahrenskosten seien ihm deswegen angelastet und zusätzlich sei er des Landes verwiesen worden.

Er und seine Tochter Giulietta seien mit dem Ziel, ein neues Leben aufzubauen, bereits nach Portugal abgereist. Auch der Botschafter werde auf Ende Monat die Schweiz in Richtung Heimatland verlassen.

«Der harte Kern der Berner Kreuzritter und Geldeintreiber hat sich aufgelöst, auch wegen der Verhaftung von Polizeipräsident Weibel und des freiwilligen Austritts von Silvias Mann Uwe», berichtet sie.

An diesem Punkt hakt Jean-François ein: «Ja Heiri, ich habe die Untersuchungen gegen Weibel veranlasst. Nicht nur hat er mir die Hilfe bei der Aufklärung des Falles Jens Zesiger verweigert und damit in Kauf genommen, dass es Tote geben könnte, nein, er hat nachweisbar auch Dreck am Stecken, wie ihr *Suisses Allemands* zu sagen pflegt. Auch er hat Gelder veruntreut und große Spenden in die Kriegskasse dieser Kreuzritterbewegung abgezweigt. Die Ausrede, er sei – wie Paul –, Jens auf den Leim gegangen und habe davon nichts gewusst, widerlegen Hackerdokumente des Revolutionärs. Weibel scheint sich ganz in seiner Vetternwirtschaft und in Korruptionsdeals verheddert zu haben. Meine Strafanzeige soll verhindern, dass er mit seinem vor drei Wochen eingereichten Rücktrittsgesuch einmal mehr den Kopf aus der Schlinge ziehen kann. Selbstverständlich ist er nur ein kleiner Fisch. Mit Schummeleien decken jedoch gerade solche Menschen die Drahtzieher krimineller Organisationen. Gerade wir von der Polizei sollten für einen sauberen Verhaltenskodex einstehen.»

Laura und Heiri stimmen ihm aus Überzeugung zu und kommen dann auf Paul Krebs zu sprechen. Sie informieren Jean-François über die von ihm einberufene Stiftungsversammlung. Er habe klargemacht, niemals dieser Kreuzritterbewegung, deren Präsidentin oder Anführerin Giulietta gewesen sei, beigetreten zu sein. Im Weiteren stand er auch dazu, ohne Erlaubnis der Vollversammlung in gutem Glauben Stiftungsgelder zur Wertvermehrung in Jens' Hände gegeben zu haben. Anstelle einer Vermehrung habe Jens jedoch an der Börse einen beachtlichen Betrag davon verspielt. Paul habe aus Reue und zur Wiedergutmachung des Fehlers den Fehlbetrag von hundertzwanzigtausend Franken aus seinem Privatvermögen ersetzt und hoffe so, straffrei auszugehen.

«Einstimmig wurde ihm seitens des Stiftungsrates verziehen», berichtet Heiri weiter. «Die Spendengelder werden jetzt und in Zukunft der Schweizer Flüchtlingshilfe zugutekommen und explizit zur Bildung von allein geflohenen Kindern und Jugendlichen aus Afrika eingesetzt. Unser guter Paul wird uns hoffentlich noch lange erhalten bleiben. Das Leben hat ihm in letzter Zeit übel mitgespielt! Obwohl er reinen Tisch gemacht hat, ist er psychisch in ein Loch gefallen. Ich bin froh, dass er von Silvia Möri professionellen psychiatrischen Beistand erhält.

Ja, und da wären noch unsere nimmermüden *Jungpolitiker* Sokrates und der Revolutionär zu erwähnen. Vielleicht konntet ihr der Presse entnehmen, dass es tatsächlich zur Gründung ihrer *Konfessionsfreien Partei* gekommen ist. Momentan sind sie daran, ihr Parteiprogramm auf die Beine zu stellen. Es freut mich, dass sie mich als neutralen Berater dafür vorgesehen haben.

Immer deutlicher kristallisiert sich heraus, dass sie sich auf keinen Fall in der Schublade einer Protestpartei wiederfinden wollen. Als Partei werden sie sich für ein offeneres und besseres Zusammenleben starkmachen und viel in die Aufklärung investieren. Im Zentrum ihrer Philosophie steht der Humanismus, der sich leider auch in Europa noch nicht durchsetzen konnte oder zumindest starke Abnützungserscheinungen zeigt, wie es Sokrates formuliert hat. Egal, darüber gerne mehr, aber ein andermal. Mich würde jetzt aber, da die ‹Aarberger Probleme› fürs erste gelöst scheinen, brennend interessieren, wie es mit euch beiden beruflich weitergeht!»

Laura äußert sich als Erste dazu. Sie will sich nämlich für den freigewordenen Posten als Hauptkommissarin melden. «Aber nur, wenn du mir in schwierigen Fällen als Berater beistehen wirst!», meint sie schmunzelnd und so charmant, dass ihr Heiri nicht widersprechen mag.

Bevor die drei definitiv zum Essen und zu ihren Privatgesprächen übergehen, wird Jean-François noch emotional: «Da der Kanton Bern nun wieder in sicherere Hände kommt und ich mich vermehrt um nationale Sicherheitsfragen kümmern werde, seid ihr von der Mithilfe in meinem Bereich ab sofort freigesprochen! Die Kosten für das heutige Essen gehen auf meine Rechnung.» Er umarmt erst Laura, dann Heiri und gibt sich keine Mühe, eine Träne zu unterdrücken.

Vom gleichen Autor sind außerdem erschienen...

Taschenbuch, 128 Seiten
1. Auflage 2013
ISBN 978-3-732281-84-8

Zart besaitet
Roman

«Zart besaitet» spielt im geschichtsträchtigen Berner Seeland und erzählt die ungewöhnliche Lebensgeschichte von Kurt Marolf. Er fühlt sich als Versager und kommt zur Überzeugung, in den entscheidenden Momenten seines Lebens immer den falschen Weg gewählt zu haben.

resmuhmenthaler.ch/zart-besaitet.html

Taschenbuch, 96 Seiten,
1. Auflage 2014
ISBN 978-3-732296-58-3

Der Stammtisch
Roman

Dieser Roman ist nicht nur eine Hommage an das historische Städtchen Aarberg im schweizerischen Seeland, sondern erzählt auch die ergreifende Liebesgeschichte von Emmi und Pjotr aus der Sicht einer stolzen, alten Eiche.

resmuhmenthaler.ch/der-stammtisch.html

Taschenbuch, 132 Seiten
2. Auflage 2017
ISBN 978-3-9524751-0-2

Der Wolf ist tot
Kriminalroman

Schlimm, was fehlende Mutterliebe aus einem Menschen machen kann. Die Sehnsucht nach Zuneigung und Liebe treiben Lars, Marcs Zwillingsbruder, ins Verderben. Eine moderne, jedoch genauso tragische Kain-und-Abel-Kriminalgeschichte entwickelt sich.

resmuhmenthaler.ch/der-wolf.html